会飞的将军

HUI FEI DE JIANG JUN

曾皓 著

时代出版传媒股份有限公司
安徽文艺出版社

图书在版编目（ＣＩＰ）数据

会飞的将军/曾皓著.—合肥：安徽文艺出版社,2023.2
ISBN 978-7-5396-7426-1

Ⅰ．①会… Ⅱ．①曾… Ⅲ．①中篇小说－小说集－中国－当代②短篇小说－小说集－中国－当代 Ⅳ.①I247.7

中国版本图书馆 CIP 数据核字(2022)第 006520 号

出 版 人：姚　巍
责任编辑：张星航　　　　　　装帧设计：秦　超　褚　琦

出版发行：安徽文艺出版社　　www.awpub.com
地　　址：合肥市翡翠路 1118 号　邮政编码：230071
营 销 部：(0551)63533889
印　　制：安徽联众印刷有限公司　(0551)65661327

开本：880×1230　1/32　印张：9.25　字数：200 千字
版次：2023 年 2 月第 1 版
印次：2023 年 2 月第 1 次印刷
定价：45.00 元

（如发现印装质量问题，影响阅读，请与出版社联系调换）

版权所有，侵权必究

目录

— 红裙子　　　　　　　　　001
— 奇迹发明家　　　　　　　021
— 我是一个罪人　　　　　　035
— 寻找玻璃做的女人　　　　054
— 比蛇更忧伤　　　　　　　077
— 会飞的将军　　　　　　　127
— 无边无际的呼喊　　　　　174
— 燃烧的铁　　　　　　　　237

红裙子

我是一名轧钢厂的天车司机,很多人都认为我的工作富有诗意,他们很容易把天车想象成开往天堂的火车。这样的工作,想一想都让人陶醉。

我与孔雀第一次相见时,她才十九岁,有两条细长嫩白的腿,像春天里刚长出来的葱,脚步轻盈,如跳高运动员一样,随时都能在空中来个鱼跃。我们在一个诗歌朗诵会上相识,我随着音乐朗诵自己写的那些短句,她则随着音乐翩翩起舞。那时她是个业余舞蹈演员,为挣点外快,答应活动组织者来为诗朗诵伴舞。当从我嘴里听见"天车"时,她突然停了下来,薄薄的嘴唇张开,发出一声长长的"呀",眼神紧紧地"咬"住我,直到我和她的脸都变得通红。

后来她缠着我带她去看天车,我们的手很自然地牵在一起了。那段时间流传着工厂要倒闭的流言,在工人挑头闹事后,工厂便停产搞起了整顿,厂区看起来很空荡。我们从轧钢厂的大门进去,被门卫室的老头叫住,他嘴里散发的大葱味让我感到莫名的愤怒。我拿出工作证,他挥手让我进去,却把她拦在了门外。

那时的我除了喜欢写短句以外,还喜欢挥舞拳头。当我抓住老头的衣领时,老头一丝慌乱也没有,梗着脖子轻蔑地对我说,你不就是一个天车司机吗?你敢动我,我就让保卫科整你,到时我看你还牛不!

我把老头推到墙角,这时有人在身后拼命拉我。她的眼里闪着泪花,哀求般地对我说,我们走吧。

我的心一下软了。从没有女孩在我面前流过泪。我默默地跟着她,朝雨镇的大街走去。

她一直紧紧地拉着我的手,生怕我突然转身,跑回去找那个老头打架。我们这样走过雨镇灰蒙蒙的大街,一直走到河边,淹没在一片野草中。然后,我们的身体挨在一起,很自然地发生了那事。

过后,我们又手拉着手走向河岸。我提议去吃烤串。她低着头,像犯了错误的孩子那样沉默不语,走了很长一段路后才说,我想回家,我只想回家。

于是她领着我,朝她家的方向走去。城市很黑,轧钢厂常年冒出的烟尘像浓雾一样弥漫。但我的心里很亮堂,也很温暖,只是感到特别饿。走到一个地方,她松开我的手,头也不回地对我说,你回去吧。

我知道她的家快到了,就对她的背影大声说,明天我带你去轧钢厂,我一定要让你看到天车。

她的身子猛地停住,接着转身,一下扑到我的怀里,像溺水般紧紧地抱着我。我听见她的声音有些哽咽,还有些颤抖,像鼓起勇气一样小心翼翼地对我说,你答应我,这辈子一定要对我好,一定……一定,好吗?

她重重地强调了"一定"两个字,我郑重地向她点了点头。

过后,厂里举办职工技能大赛,我获得了天车组第一名。我按着口袋里的奖金,就像按住一只小兔子。我本来想请她吃饭的,在去找她的时候经过雨镇商业街一家服装店,很远我就看见橱窗里的模特身上穿着一条鲜艳的红裙子,长长的微微向上卷起的裙摆,像一支奏响舞曲的大喇叭。那个本来了无生气的石膏模特似乎一下活了过来,正在华美的舞曲中优雅地翩翩起舞……

我看呆了,在橱窗前久久不肯离去。我想到了我正爱着的那个叫孔雀的姑娘,我想到了她那两条细长嫩白如香葱一样的腿,那像踩了弹簧一样随时都会在空中来个鱼跃的曼妙身姿,如果这条红裙子穿在她的身上,那将是多么美丽的风景。

当我拿出刚发的奖金准备买下这条红裙子的时候,那个长着两颗兔牙的售货员捂着嘴笑了好久,然后对我说,要是那点钱能买,她自己早就买了。

可是……

我胆怯地指了指裙子上的价签,接着说,那上面不是标的这价吗?

售货员又笑了,那两颗兔牙这时候看起来非常丑陋。售货员说,你把眼睛瞪大点再看看。

我又看了一遍,上面是手写的 8888。我屏住呼吸,再次检验,的确,中间没有任何小数点。可这怎么可能?一条裙子八千多?

我感觉自己像遭了巨大羞辱一样,愤怒地望着售货员,八千多?你们疯了吧?这个店也值不了那么多钱。

售货员突然亮开了嗓门,我们老板说这叫摩登舞裙,是给那些跳外国舞的人穿的,不是给一般人穿的,你懂不?这是我们老板从外面弄回来的镇店之宝,标这个价的意思就是这条裙子是非卖品,可以出租照相,不卖,你懂不懂?

我根本不懂啥叫摩登舞,但听到是给跳舞的人穿的,就更加坚定了买下的想法。我说,你们是做生意的,只要是挂出来的东西,哪有不卖的?你问问老板,到底多少钱才卖。

售货员突然收敛笑容,像赶苍蝇一样将我轰出店,嘴里骂道,你是不是有病啊?说了不卖就是不卖,你看你那样子,买得起吗?就是卖给你,你送的人她能穿吗?咱们这镇上,有几个女人能穿这样的裙子?

如她所言,在这个常年灰蒙蒙的小镇,有几个女人能穿这样的裙子？不是她们不渴望美丽，而是根本没有驾驭这种美的底气。可她怎么能把我深爱的孔雀姑娘和小镇的其他女人相比呢？把孔雀与一群庸脂俗粉比较，这是对她的侮辱和亵渎。

我愤愤不平地跨出店门，走到街上。接下来，我干了这辈子最冲动的一件事。我从地上捡起一块石头，在售货员的尖声惊叫中，我手里的石头像呼啸而出的炮弹，橱窗的玻璃哗地碎了一地。

我像个劫匪一样在光天化日之下"抢"走了那条红裙子。但我并不认为是抢，因为我把兜里所有的钱卷成一团扔进了店里。除了刚拿到手的奖金以外，还有整整一个月的工资。

我根本没想到这样干的后果。我脑袋发热，全身不停地颤抖，除了激动，还有癫狂。我一路飞奔，只想快点把这条红裙子送到她的手上。我跑到她家楼下，扯起嗓子喊了一声孔雀的名字，看见她从窗户朝我招了招手。我还没等到她下来，就见小镇派出所所长胡文革骑着一辆摩托车从我背后冲过来，我被摩托车车把勾倒在地。胡文革从车上跳下来，解下腰带，劈头盖脸朝我招呼过来，嘴里骂道，老子看你还跑不跑！

要不是服装店那个留着长发的老板放我一马，胡文革最后肯定会把我送进牢房。服装店老板说，你是这个镇上除了我之外最懂得审美的人，那条红裙子就按你付的钱卖给你，不过你得再赔我一块玻璃。

我走出派出所的时候，看见我的孔雀姑娘惊慌失措地站在门口。我像举着战利品一样朝她晃了晃手里的红裙子，她冲上来紧紧地抱着我,一边号啕大哭,一边说,你怎么这么傻呢?你怎么这么傻呢?

没隔多久,她就穿着那条红裙子嫁给了我。我们去街道办事处登记结婚的路上,她的脚下像装了陀螺一样,走着走着,突然就会在我面前来一个旋转。裙裾飞扬,轻云般慢移,旋风般疾转,如鲜花怒放,如水波潋滟。

我无法形容她的美丽,也无法描述她带给我的惊艳和幸福。我像傻子一样笑着,她也像傻子一样不停地跳着、旋转着。街上的人像看耍把戏的一样追了我们一条又一条街,孔雀那曼妙的舞姿和飞舞的红裙像闪电一样划过雨镇灰蒙蒙的天空,给我,也给雨镇的很多人留下了终身难以磨灭的印象。

过后,那条红裙子她再也没有穿过。她像收藏珍贵的艺术品那样,用塑料袋将红裙子包了起来,然后轻轻挤压,直到将里面的空气挤光,接着再套上另一个塑料袋。最后到底套了多少个塑料袋,大概只有她知道。

住在租来的平房里,房子很简陋,我们却很快乐。最开始,我们对未来的生活充满激情和憧憬。有时我会给她朗诵我工作之余写下的那些短句,而她呢,则会在我抑扬顿挫的朗诵中翩翩起舞。我说我希望以后能继续写诗,让生活充满诗意。她说她想成为一个真正的舞蹈家,永远都那么优雅和华美。然后我们紧紧相拥,不厌其烦地用身体带给对方快乐。和其他夫妻一样,我们创造了自己在性爱方面的隐语,我们把做爱叫作开天车。我白天在工厂开完天车之后,夜晚就在那张铺着水蓝色床单的木板床上,继续开我们的天车。

事情慢慢变坏应该是从那天她去轧钢厂给我送饭开始的。那是我们结婚五年后的一个六月,那天天气预报说本地将迎来五十年来最热的一天,而轧钢厂迎来了改制以后的第一个大订单,这天所有工人都要加班。因为实在太累,那天早上我睡过了头,起床后着急去上班,却忘了拿她为我准备的午饭。结婚后,为了省钱,也为了我吃得合口,五年来一直是她事先为我准备好午饭,装在饭盒里,由我带去轧钢厂。午饭时间,工友们去吃饭时,我才发现自己的疏忽。我对自己有些生气,像惩罚自己一样又爬上天车,继续干起来。不知是因为天气实在太热,还是因为饥饿,有好几次,我都没能钩住天车下方要起吊的东西。我气急败坏地拍打着牢笼一样的驾驶室,真想从上面跳下来。

就在这时,我听见有人喊我。我扭头朝下望去,看见我的孔雀姑娘正站在起吊机下面朝我呼喊。我莫名地烦躁,向她吼了一句,你怎么来了?不要站在下面!

厂房里到处是加工的巨响和混杂的回音,她好像并没听见,她也似乎不知道起吊机下不能站人的规定,侧身将手放在耳朵上,大声问,你说什么?

我再次吼了一声,她还是没听见。不知为什么,那一刻我心头突然毛了,火烧火燎的,立即停车,钻出驾驶室,从天梯上倒退着爬了下来。

我走到她面前时,发现她像打量怪兽一样惊恐地看着我。这时我才发现自己只有肩上搭着一条擦汗的毛巾,啥也没穿,而身上源源不断冒出的汗水让我像刚从水里——不,准确地说,应该是从泔水里捞出的一样,因为我身上还散发着一股难闻的味道。

这很正常,遇到闷热天,吊在半空的天车驾驶室就像一只冒着热气的蒸笼,轧钢厂的天车司机几乎都是这副德行。要是讲文明,非要穿个裤头遮羞,那用不了多久,裆里捂着的家伙非变成烧鸡不可。

她打量我的眼神还是让我有些难堪,虽然我们对彼此的身体都非常熟悉。我一把将她从吊车底下拉开,没好气地问道,你跑到这里来干什么呀?

她一愣,举了举手里拎着的方便袋说,你忘了带饭,我给你送饭来。

这时我才看到她满头大汗,露在外面的皮肤像被太阳烤熟了一样通红。我问,你骑车来的?

她点了点头。

从我们租住的平房到这里,她最快也得骑半个小时。我心头一软,本想表达心疼的意思,可从嘴里蹦出的话却带着刺。我说,你傻呀?这么热的天你省那两块钱干啥?你要中暑了我还得花钱给你看病。

她的眼里泪花一闪,说,你嫌我花你的钱了,那我以后自己挣,不花你的钱就是了。

我听到她这样说,心里当时就后悔了。这几年,她一直没上班。我实在不愿意看到她在餐厅或其他场合跳舞挣零花钱时,那些男人用不正经的眼神一边看着她一边咽口水的表情。我说，你要实在想跳，就在家里跳吧。你要想学，以后想当舞蹈家，没问题，不用你去挣那点钱，这一切都包在我身上，我给你挣钱。这几年，一直都是我用不多的工资负责家庭的开销，还有一部分她学跳舞的支出。

我说，我不是那个意思，你瞎说什么呀？

大概是因为我心情急躁，都怪那天气实在太热了，我说这话的时候，声音抬高了不少。

她也抬高了嗓门，你还不是那个意思，那你冲我嚷嚷什么呀？

我摆了摆手说，好吧，我不说了，我啥也不说了，好吧？

我转身爬上天车。而她将饭盒一扔，赌气地走了。

一连几天，我们互相都没说话。后来有一天，我躺在床上时向她发出暗号。她背对着我，没有一点回应。我按照以往驾轻就熟的套路开始了操作，这时她翻过身，睁大眼睛像打量陌生人一样望着我，用一种奇怪的语气对我说，我一直以为，天车就是通往天堂的火车，原来它跟起重机没啥区别。

我愣了好半天才说，天车本来就是一种起吊设备，这有什么大惊小怪的？

她长长地叹了一口气，接着说，你开天车的样子，一点都不像个诗人。

我说，我本来就不是什么狗屁诗人，我是一个地地道道的轧钢厂工人。

她瞬间变得有些惊慌,仿佛突然获悉了某种她不愿面对的真相,紧紧缩在床头,摇着头说,至少那时你还像个诗人,现在你连像也不像了。你知道你在天车里的样子像什么吗?

我说,像什么?

她眼圈一红,哽咽着说,就像一个囚徒,一个被关在笼子里苦苦挣扎的囚徒……

说完,她终于哭出声来,不知为何那样伤心,哭了整整一夜。

过后,她再也没去学跳舞,并且不顾我的阻拦,在一家饭店当起了服务员。最开始我感到很欣慰,心想我的孔雀姑娘终于长大了,开始学做一个为家庭付出的女人了。但慢慢地,她的市侩和婆婆妈妈让我对她的变化有些无法忍受。为了能买便宜一两毛钱的土豆,她能拉着我逛遍整个菜市场,和菜贩子们讨价还价到口干舌燥,最后也不一定买,还要去别处看看。我对这种琐碎繁杂的事情充满了厌恶,费那般周折就为了省下一毛两毛,那我宁愿躺在床上多休息一会儿。而她却乐此不疲,并经常婆婆妈妈没完没了地絮叨我不当家不知柴米油盐贵。

日子就从她详细记录收支的小本上悄然溜走,她对未来的生活目标进行了现实的规划:攒下钱了,先租一个大点的平房,条件允许了再租楼房,要是发财了就买个自己的房子,哪怕先交个首付也行,然后,再生个小孩。每个月我们都想攒点钱,结果都没攒下来。意外支出像防不胜防的小偷,时不时把我们的钱包掏得精光。不是她头疼脑热,就是我酒喝多了,骑自行车撞倒了老太太……生活中的偶然就像潜伏的敌人,时不时暗算我们一下。总之,几年下来,我们的目标一个也没实现。我们对未来的憧憬也慢慢变成了满腹的牢骚和没完没了的絮叨。

后来有一天,有一档电视节目吸引了她的注意,那是一个舞蹈类的选秀节目。她连续看了几期,看的时候还不忘对每个选手进行专业的点评,最后愤愤不平地说,就她们跳的那个也叫舞蹈?简直就是对舞蹈的侮辱。

我说,你要上去的话,绝对秒杀全场。

我奇怪,她怎么就没听出我话里的讽刺意味?我本来是想刺激她一下。没想到她抬起头,用非常期待的眼神望着我,然后说,真的吗?

我实在不忍心看到她眼里闪动的小火苗就此熄灭,那是这些年来我很少看到的。我违心地点了点头,生怕她看出我的虚伪,又诚惶诚恐地点头说,真的。

没想到这就是灾难的开始。她像着了火一样从床上蹿起,赤着脚在地上来了几个旋转,然后大声说,那我明天就去报名参加海选。

我以为她只是说说而已。第二天我下班回来,她拉我去商场,准备买一条参加海选时跳舞穿的裙子。我对逛商场深恶痛绝,加上一天的劳累,实在不想挪窝,就对她说,反正我的工资卡在你那儿,你想买啥样的裙子都行。

我明显看出她的不高兴,我消极的态度浇灭了她刚刚燃烧起来的激情。但如果我立即改变主意,那她会更加怀疑我的真诚。她什么也没说,像生怕我改变主意一样,决绝地朝我摆摆手,然后独自走出了家门。

等她回来的时候,已是晚上,我已在床上睡了一觉。我看到她空手而归。我说,你买的裙子呢?

她并没理会我的关切,扔下手里的包,连衣服也没脱,径直上了床,怕冷一样用被子将自己裹上。

看来她的心情并不愉快。我没追问,共同生活的经验告诉我,那样只会自讨没趣。我关掉了灯,她却像赌气一样在床头将另一边的台灯打开。我一句话也没说,将被子拉过头顶,继续装睡。

过了很久,她突然坐起,侧身似乎观察了一下我,接着就拿靠枕朝我头顶砸来。

你是死人啊?你对我一点也不关心。

说完她就哭了。

女人真的很麻烦,问她时偏偏不说,真不理她时她又感到了冷落。我说,怎么了?到底谁惹你生气了?我去帮你揍。

你也就那点出息!

我掀开被子,跳下床,一边穿裤子,一边对她说,你就说受了谁的气吧,我要不揍他,我就不是男人。

我气冲冲的样子把她吓到了,她显然没看出来其实我也只是做做样子。她擦了擦脸上的泪痕,接着说,你揍得着吗?我是生气现在东西太贵了,一条像样的裙子都要成百上千,还有好几千的,这么贵,它卖给鬼呀!

原来她为这事生气呢。我豪爽地说,只要你喜欢,贵就贵呗,钱是个王八蛋,花完了再去赚!

她突然扑哧一笑说,你说得轻巧,银行卡上就那点钱,花完了咱俩不得喝西北风?

我就知道她心疼钱,这也是我故意显得豪爽的原因。我说,那好办,明天咱俩再去商场,你看好哪条裙子,到时我帮你抢一条回来就行了,这种事咱又不是没干过。

她朝我扔过来一个枕头。你说的是人话吗?

突然,她从床上蹦起来,朝衣柜扑去,兴奋地说道,我想起来了,你原来给我"抢"的那条裙子还没怎么穿呢。

时隔多年,那条见证我们的爱情而又被我俩遗忘的红裙子被重新找了出来。她急不可待地穿上,接着来了个三百六十度旋转,然后双手托着裙摆,一腿向后弯曲,身体前倾,躬身做了一个舞蹈演员的答谢礼。

我一下就看呆了。虽然时光的流逝让她的身体略显臃肿,原本葱白一样水嫩的双腿也爬满了蚯蚓一样的静脉曲张,但穿上红裙子后的曼妙旋转,让她像重新找回翅膀的天使,那个曾经像精灵一样的舞者在她略带矜持的眼神中慢慢苏醒,瞬间光彩照人。

我突然热泪长流,张开双臂,激动地与她相拥。我拍着她的肩膀说,明天,我一定陪你去参加那个比赛……因为,你是最优秀的……

她听了我的话后,像受了委屈的孩子那样,靠在我的怀里失声痛哭。我们当时觉得,只要参加这个比赛,就能一扫这些年在生活中遭遇的那些委屈和辛酸。

第二天,我去工厂请完假出来,远远就看见我的孔雀姑娘穿着那条红裙子在门口等我。我们像年轻了许多,手拉着手朝电视台走去。几年前,我们也是这样手拉着手去领结婚证的。如今,她的腿已不如当年那样轻便,走在路上,发出嗒嗒的声音。她的那条红裙子已经变旧,像贴在门上的旧春联,像她的皮肤一样黯淡无光。我想,等她参加完这次海选,不管能不能晋级,我一定要给她买一条新裙子。我知道她喜欢红色,那就买一条像火焰一样燃烧的红裙子。

去电视台参加海选的人之多,远远超出了我们的预料。从几岁的孩子到八十岁的老人,他们都穿着各种奇装异服,挤满了电视台的各个角落。我们奋力挤进人群,终于完成报名,然后就站在一边,竖起耳朵等广播叫她的名字。

在漫长的等待中,她和其他人一样,做些进场前的准备工作,压压腿,扭扭腰。在她身边不远,一个五六岁的小男孩不时跑来跑去,有好几次都踩到了她的裙子。这让她很不高兴,她笑着对小男孩说,小朋友,这是公共场合,你要注意礼貌,你踩到我的裙子了。

小男孩向她吐了吐舌头,非但没有后退,反而一点一点向前挪着脚,故意跟她作对一样,照着她拖在地上的裙摆又轻轻踩了一下。

我看见我的妻子板起了脸,生气地说,你怎么这么没礼貌呢?

小男孩这时一溜烟朝他的母亲跑了过去。

妻子拍了拍裙子,狠狠地瞪了瞪那个正朝她扮鬼脸的小男孩,然后转过身,继续压腿。

这时小男孩又走了过来,他在妻子的身后跺着脚,妻子并没有理会。小男孩盯着妻子的背影,又上前走了两步,然后转身跑回去拉着他母亲的手,一边指着妻子,一边用他天真无邪的美妙童声大声说,妈妈,她的裙子上破了好大一个洞。

小男孩的母亲回头,果然在妻子的裙子上看到了一个破洞,破洞刚好在臀部的位置,已经洗得发黄的白色内裤也看得一清二楚。

如果这时妻子不是半蹲着,那个破洞肯定不会被人看到,它刚好在裙子的皱褶中。妻子在穿这条裙子的时候,一定照了镜子,但那个破洞刚好隐藏在皱褶里,没能发现。或许她急着出来参加比赛,根本就没注意到那个破洞。此时,她半蹲着身子,结实的臀部把那个皱褶撑开,刚好暴露了那个破洞。那一定是我们用肉眼几乎无法察觉的蛀虫潜伏在箱底,在漫长的岁月里慢慢啃食的结果。

小男孩的母亲厌恶地回过头,并强行把孩子的头扭过来,自言自语般地说,都什么人,半拉屁股露外边了还不知道。

周围的人都将目光投了过去,他们看见妻子屁股上的破洞之后,禁不住笑了,而妻子却浑然不觉。我正要上前,奇怪的是,我听见周围人的笑声,便怯懦地停住了脚步,像个高明的潜伏者那样把自己隐藏在了观众中。

这时妻子站起身,回头奇怪地望着正打量她的人群。那个小男孩又跑上前,对妻子扮了一个鬼脸,大声对她说,你的屁股上有个洞。

妻子好像没有听清,问道,你说什么?

小男孩这次几乎是吼着说,你的屁股上有个洞!

妻子听到了,她愤怒地对小男孩说,谁教你的?这么小就要流氓,真是有人养没人教的东西。

小男孩的母亲听到妻子骂她的孩子,转过身,亮开嗓门,那声音就像一块玻璃在寂静的夜里掉在了地上,她对妻子骂道,你才是有人养没人教的东西,你的屁股上本来就有个洞,你穿不起裙子也不至于穿个破裙子出来丢人现眼,连屁股都露外边了,恶不恶心人!

围观的人群发出哄堂大笑,显然他们都看到了妻子裙子上的那个破洞。妻子听到人们的哄笑,看到他们脸上不怀好意的表情,禁不住用手去摸自己的裙子了,紧接着她拨开人群,像被疯狗追得惊慌失措的兔子一样,逃命似的冲出了电视台的大厅。

我也跟着向外走去,我听到背后有一群人在哄笑。我没跑,我的样子看起来很镇定,脚步虽快,却很从容。我看见妻子的脑袋像卷进旋涡的树叶一样消失在前面的人群中。我感觉不妙,赶紧加快脚步,跑了出去。

我跑出大门,四下寻找妻子的身影。突然,前面的十字路口,从等待过马路的人群中传来一阵尖厉的刹车声和尖叫,我抬起头,看见妻子在一群呼啸的汽车面前,像个跳高运动员一样凌空飞起,长长的红裙子在空中划出一道刺眼的光。

这是一场要命的车祸。妻子冲出电视台的大门,就在她奔跑着准备横穿马路的时候,没看到红灯,她的一条腿被汽车撞成粉碎性骨折,我不得不在未来的岁月中努力为她更换各种廉价的假肢。现在她再也不穿裙子了,不管天气有多热,她始终都穿着一条长长的牛仔裤,并用厚厚的袜子把她的一条腿和一条假肢遮得严严实实。

我们的命运就这样发生了转折。如果我一开始就不同意她去参加比赛,如果我一开始就陪着她去买裙子,如果我能细心一些,及时发现裙子上那个该死的破洞,如果我能在她遭受嘲笑的时候毫不犹豫地站出来,如果我能在她跑出去时及时追上她……

生活中没有那么多如果,那该死的蛀虫不仅毁掉了妻子的红裙子,也毁了我们的生活。

之后,我们不可避免地离了婚。我们在一起实在找不到话说了,从她出事的那天起,我们几乎没有说过话,两人都变成了哑巴。后来有一天,她终于开口对我说,我们离婚吧。我没说什么,只是郑重地朝她点了点头。

办完离婚证之后我们回来家,经过我工作的轧钢厂时,我突然想起多年前的事,眼睛一下湿润了。她望着我,有些嘲讽地问,你后悔了吗?

我摇着头说,其实我一开始就应该告诉你,天车并不是开往天堂的火车,它一点诗意都没有。

她张了张嘴,声音突然哑了,说了些什么,又好像什么也没说,只是长长地叹了一口气,一瘸一拐地走了,只留下我呆呆地站在大街上。

她用车祸肇事者所赔的那点钱买了一台电动缝纫机,开了一家缝纫店,帮人改个裤脚、缝个纽扣之类的。我不止一次去光顾过她的店,她却没给我一分钱优惠。

她让我滚远点,说不想再看到我。我却嬉皮笑脸地回应她,并故意和她作对,她的小店开到哪里,我就把房子租到哪里。有时我休假,就整天趴在窗口,看她在狭小的店里摆弄那些衣服。有时遇上式样好看的红裙子,她会从缝纫机前站起来,拿着裙子在自己身上比画。没过多久,她又生气地把裙子扔在地上。之后她就关上店门,谁也不知道她在干什么。

后来,一个三十多岁的修鞋匠把摊子摆在了她的门前。那家伙同样是个瘸子,却能说会道,经常把她逗得哈哈大笑。两人越来越熟悉,有时修鞋匠还从外面买点卤肉或者小凉菜,两人就在店里那张用来熨衣服的大桌子上一起吃饭,看起来很像两口子。

她过生日的那一天,我去商场,想给她买点东西。即使离婚了,我仍无法把她从我的生活中抹去。我在商场碰上了那个修鞋匠,他正在女式服装区徘徊。我问他买什么,他说准备给女朋友买件衣服。我问,是那个缝纫店的瘸子吗?他不好意思地点点头。我说,你给她买一条红裙子吧,她最喜欢红裙子。

补鞋匠摸了摸他鹦鹉一样皱巴巴的鼻子,半信半疑地望着我。我对他点着头说,你相信我吧,我是她的前夫,我知道她最喜欢什么。

我不知他最后到底买了什么,我什么也没买就走了,回到我租住的那间平房,莫名的烦躁像讨厌的苍蝇一样让我心绪不宁。我趴在窗台上向前妻的缝纫店眺望,她正坐在缝纫机前发呆,她的样子让我想起了我们认识的那天下午,我们躺在河边的草地上憧憬未来生活时她那天真的表情。

过后我听见叫骂声,从窗户望出去,看见她疯了一样,手里不停地挥舞着一把裁剪尺。补鞋匠手里拿着一条红裙子,一边躲着她手里的裁剪尺,一边惊惶地从缝纫店里往外退。

她一直追到了大街上,她残缺的身体每前进一步,就像在蹦跳一样,样子滑稽可笑。补鞋匠一边躲,一边委屈地喊,干啥呢?干啥呢?你疯啦?……

她摔在了地上,她的那条假肢离开了身体。补鞋匠上前想扶她,却被她用捡起来的石头砸中了脑袋。我以为补鞋匠这时肯定会离开,可他没有走,蹲在不远处,不管她怎样朝他扔石头、吐口水,他始终没走。他一直捂着脑袋,像颗肮脏的口香糖一样顽固地粘在地上。

她坐在地上一直哭,她的哭声惊动了整个街道,尘土飞扬。最后她实在哭累了,就努力爬起来,然后捡起那条假肢,装在腿上,回到店里,关上了门。补鞋匠又回来坐到门前,他侧耳听了听门内的动静,之后转身从口袋里掏出一支烟点上,吸了几口,又掐灭,把没抽完的烟装进口袋,然后靠在门上睡着了。

让我没想到的是,第二天,孔雀缝纫店又开了门,补鞋匠也仍在店门口摆摊。他们有说有笑的样子,像一对热恋中的情人。

让我不可思议的是,她居然穿着一条崭新的红裙子,不长不短,刚好及她的膝盖。裙子下面是她穿着白色长袜的一条腿和一条假肢。

那一定是补鞋匠听了我的话买给她的那条,那鲜艳的红色让我感觉自己的眼睛在流血。

奇迹发明家

1

我们又从城里搬回了蒲村,跟三年前我们从蒲村搬到城里相比,这一次我们可是垂头丧气的了。我们确实高兴不起来,我的姐姐们闷闷不乐地帮着妈妈搬东西,就连爸爸那个得了臆想症的傻瓜儿子也在伤心地流着眼泪。

爸爸一声不吭,蜷着一把瘦骨头,躲在那件肮脏的军大衣里,不住地咳嗽。咳,咳,咳,咳嗽已把他折磨得差不多了。我们听见从他的肺腔里传出呼哧呼哧的声音,就像多年前我们家那个吹火用的破风箱一样。我们惊慌失措地看着爸爸咳嗽,他每咳一声，我们的心就莫名地抽搐一下。我们担心，有一天，他会像神话传说里的阴神婆从嘴里吐出青蛙一样，哇地一下就把一颗心或是肝给咳出来了。

我们把一些破旧的东西搬上车，是一架牛拉车。爸爸执意不坐汽车，现在他听见汽车的引擎声、闻到那股汽油味就开始没命地呕吐。他恨汽车恨得出奇，甚至害怕有人在他面前提到"汽车"两个字。我们理解他的心情，因为他当了三十多年的医生才辛辛苦苦攒起来的钱，在进城搞汽车运输队之后，亏没了。我们不知道爸爸破产的过程，我们只知道最后我们卖了我们在城里所有值钱的东西，坐着舅舅的牛车，带着一些变不成钱的破铜烂铁，灰溜溜地回蒲村去了。

我们断断续续地往回赶，因为爸爸的身体忍受不了颠簸。爸爸把自己裹在一床烂棉絮里，像个柔弱的婴儿。妈妈托着他的头，一边用毛巾擦着他咳出的痰，一边忍着眼里快要流出的泪水。我们听着牛车轮子发出的骨碌碌的声音，霜冻的地面泛着白光，我们谁也没有说话。

整个冬天我们都觉得非常寒冷，爸爸的病贯穿了这个阴郁的季节。我们终日提心吊胆，害怕他难以撑过这个寒冬。但是最终他活了下来，我们为我们取得的这场胜利而欢欣鼓舞。我们期待着爸爸能够走出这次事业惨败的阴影，重新带领我们向幸福的小康生活前进。

爸爸已开始在村里行走，我们知道他还不老，可是他看起来却像个老头一样，驼着背，拄着一根木棍，缓缓地绕着我们的房前屋后走上几圈,有时还要弯腰咳上一阵。我们在田里劳作的时候,妈妈看着爸爸的身影,好像充满幸福和自豪地说道,你们看,我们家的老头子也能走动走动啦,要是有几顿白米饭,再熬点骨头汤给他喝喝,说不定他就能跑起来啦。

谁也不希望自己的爸爸像个病猫一样,我们想方设法给爸爸弄来了白米饭,妈妈还不知从哪里弄来了一块肥肉。我们闻着肥肉的香味,馋得流出了口水,可是妈妈一点也不心软,坚决保证了那些好东西都落进了爸爸的口中。后来的事实证明我们做的这一切都是白费,当我们在日后谈到爸爸的所作所为时,妈妈还恨恨地说道,早知道是这样,那时还不如把那些吃的拿来喂狗。

可是我们谁也想不到后来的事,我们当时只一心一意地想着爸爸的身体能早日复原。爸爸的身体终于在第二年的夏天复原了,在天气最炎热的三伏天,爸爸甚至还偷偷地跑到河里去洗了个澡。爸爸说,要不是被妈妈发现了的话,他可以游出我们这条蒲江,游到长江去。我们都知道爸爸在吹牛,可是我们心里由衷地高兴,爸爸已差不多恢复成原来的爸爸了。

我们想着该给爸爸派一件什么样的活儿,既然现在他差不多恢复过来了,就得和我们一起干活来维持这个家。要知道我们能走到这一步很不容易,全靠妈妈带着我们在田地里没命地干。我们不知受了多少人的白眼和讥讽,都咬牙挺过来了。现在好了,爸爸恢复过来了,我们会和他一起,用劳动和汗水重新挣回我们应有的一切。

我们想找个适当的时机，向爸爸说出我们的意思。妈妈总是一拖再拖，每次都是对我们说，再等等吧，他不是刚缓过来吗？可别再把他压垮了，等他精神再好一点，干起活来会更有劲的。可是后来有一天，妈妈进去和爸爸说的时候，我们听见了争吵声，过了一会儿，妈妈流着眼泪出来了。我们急于知道结果，妈妈擦了擦眼角的泪，伤心地又非常气愤地说道，你们的爸爸说他已经干够了，现在什么也不想干。

我们以为爸爸是在和我们开玩笑，什么叫干够了呢？人活着总得要吃啊，要吃就得去卖力气，自古以来不就是这个理儿吗？可爸爸好像是真的不想干了，现在整日整日地躺在床上。不知道他怎么就躺得住，每次进他房间的时候，不是看见他蒙着被子呼呼地睡大觉，就是见他两眼呆呆地看着房梁，谁也不知道他到底在想什么。

我们不知道该怎么办才好，白天我们仍和妈妈一起在田地里拼命地干活。田地里有干不完的活，那些庄稼总是催着我们去侍候。因为忙不过来，现在我们一天只吃两顿饭，每次吃完饭后我们总要留一碗饭放在爸爸的床头。后来妈妈又跟爸爸提起干农活的事，没想到爸爸吭也没吭一声。妈妈摔门出来后，就再也没进过那个房间。

妈妈说，既然他什么也不愿意干，那饿死他活该。每次吃饭的时候，妈妈坚决不留爸爸的份。有时锅里剩下一点饭，妈妈也要把它装起来，藏在一个谁也找不着的地方。可是爸爸仍然没有被饿死。我怀疑妈妈是真的没发现，还是装着没看见——虽然我们和妈妈一样痛恨爸爸,可是我和姐姐们总会悄悄地省下碗里的饭,然后通过各自的秘密渠道转移到了爸爸的手中。

我们谁也没有跟爸爸说过话,我们从不进那间屋,也没和他打过照面。我们有时怀疑他是否还活着,当我们悄悄地从窗台和门洞里取回空碗的时候,我们都由衷地感谢菩萨,感谢他还没有把爸爸带到阎王爷那里去。

2

我们好像已经忘了他。我们谁也不提起他,妈妈觉得提起他就是一种羞辱。村里所有的人都在议论爸爸,最开始我们觉得很难堪,没想到妈妈对我们说,有什么好难堪的?难道因为他我们就不活了?别人爱说什么就让他们说去吧,他们总有累的时候,没有你们的爸爸我们不是照样活得好好的吗?就当你们从来没有过爸爸就行了。

可是我们仍然没法忘记他,我们在空闲的时候总要想那么一阵。这么久了,他该变成什么样了呢?胡子老长老长了吧?他的胃怎么样了?天天吃我们碗里的冷饭,受得了吗?夜里他冷吗?那么久没见过太阳,他的皮肤受得了吗?他的身上是不是长虱子了?

这些我们无从知道,我们心里渴望见着他却又害怕见着他,我们说话的时候尽量回避一些有关他的字眼,我们的目光甚至害怕在他所住的房间里停留。

后来有一天,我们在田里除草的时候,突然听见,我们的房屋传来扑扑扑的声音,我们望过去,看见一只绿色的大鸟正在那间屋的窗外盘旋。我们看见一个陌生的面孔出现在窗台上,我们不知怎样形容,那个头发长长、面孔惨绿的人竟是我们的爸爸。这是我们这么久以来第一次看见爸爸。妈妈看了一眼后就背过脸去,眼里马上滚出了泪水。天哪,他的样子多像一个妖怪。我们目不转睛地看着爸爸,只见他嘴里叽叽咕咕地说着谁也听不懂的话,正在和那只绿色的大鸟亲切地交谈。

爸爸打开了那扇木质窗,那只绿色大鸟飞了进去,从此和他住了下来。后来,从那扇打开的窗户里又飞进了各式各样的鸟。我们的房屋真正成了一个鸟窝,整日都是叽叽咕咕的鸟叫声和扑扑的翅膀扇动的声音。最让我们受不了的是那些鸟拉出的鸟粪,整个村子都能闻到我们房屋发出的那种恶心的臭味。

现在村子里又传出了许多关于爸爸的传闻。以前他们只知道爸爸好吃懒做,是扶不上墙的烂泥。现在呢,他们有的说爸爸中了邪,有的说我们家祖坟葬得不好,在我们祖坟上老有鸟在做窝,冲撞了先人。我们偷偷地去看了,可是并没有他们所说的鸟窝。还有的则说我们家先人以前在哪里哪里打死过一只神鸟,现在活该遭报应。

每一种传闻都对我们不利,我们害怕出门,害怕听见别人打听或是说起关于爸爸的事。我们总感觉脊梁骨痛,好像有无数人在戳我们的后背。直到多年后,我们的脊梁骨有时仍然隐隐作痛。在这些传言中,我们还是相信爸爸是中了邪这一说法。虽然我们恨他给我们带来了这么多的耻辱,但是我们仍然没有失去希望。

我们在征得妈妈的同意后,花重金给爸爸找来了驱邪的阴神婆,就是那种传说能从嘴里吐出青蛙来的阴神婆。阴神婆在我们家折腾了好几天,把我们的房前屋后和祖坟都看遍了,最后在我们的堂屋里设起了法坛。那几天我们家是全村最热闹的地方,比城里的电影队来时还热闹。作法的时候一般都是在晚上,听阴神婆说,妖怪们都是在晚上披着烂蓑衣出来活动。乡亲们吃完饭后,手里提着小板凳,早早地来到我们家的院子里,抢先占据好位置。可是我们谁也看不见那些披着烂蓑衣的妖怪,尽管我们使劲地睁着眼睛。我们看见阴神婆手里拿着符咒,在我们的墙壁上乱贴,嘴里念念有词。我们屏住呼吸,神情紧张。唯一一次让我们感觉妖怪临近的时候,是法坛上那盏油灯忽地闪了一下,阴神婆表情严肃,轻轻地嘘了一声,说道,来了。我们的心提到了嗓子眼,可是那灯闪了一下之后就恢复了正常,爸爸的房间里安静极了。

乡亲们私下里都在说阴神婆作法的效果不大,还有的说她的功力不够,跟谁谁比差远了。想必是这些话传进了她的耳中。这天晚上作法时,阴神婆使出了全身力气,在我们的堂屋里又唱又跳。临近午夜的时候,我们听见爸爸咳嗽了一声,接着是那些鸟扑扑地急速扇动翅膀的声音。阴神婆侧耳听了一阵,回头对我们说道,你们听,那些妖怪正在和我的法力拼斗,再有一阵,它们就全都被降伏了。

我们全都睁大了眼睛。爸爸的屋里又响了一下,阴神婆又卖力地唱了一阵，接着又没什么响动了。我们睁着疲惫的眼睛，正在犯困的时候，突然听见一阵哗啦啦的巨响，爸爸房间的门不知怎么一下打开了，接着从里面冲出一群黑压压的大鸟，刮着一股旋风，像滔天的浪一样，劈头盖脸地朝堂屋的法坛和阴神婆扑了过去。

我们好像突然从梦中惊醒，谁也不明白发生了什么事。我们只看见阴神婆趴在地上，正呜呜地发出惨叫。我们回过神来，费尽全力驱逐了那些鸟。阴神婆从地上爬起来，全身满是鸟爪划过的伤痕。不过不管我们怎么挽留，阴神婆还是带着一脸的惊恐，说这邪她驱不了，让我们另请高明，然后连夜离开了我们的村庄。

接下来我们真不知该怎么办才好，那天晚上的事经乡亲们一传，方圆百里的村子都知道了，有的还越传越神，最后竟变成了我们家出了一个任何法师都收拾不了的妖怪。还有更可笑的，说爸爸是神仙下凡，甚至还有人不远千里地跑来请爸爸为他们治病，把我们都弄糊涂了，不知道哪些说法是真的。不管是来看稀奇的，还是来求神治病的，都被我们挡了回去。我们受不了那种纠缠，我们永远都不愿意相信这些说法中的任何一个是真的。

我们实在受不了了，用妈妈的话说，这样子我们还怎么活？那天我们全都站在爸爸的房门前，妈妈提着嗓子高声说道，我不管你是神还是妖，可你这样子让我们怎么过？你要是还有点良心的话，就看在这些小孩的面上，离开这个家吧。你要是神仙，哪里不能去呀,为什么还要待在这里？妈妈说完流下了眼泪,我们也跟着流下了眼泪。爸爸没有说话,可是我们后来回忆时又好像听见他说了些什么,只是当时我们都有点悲伤,一句也没有听见。

当天晚上,我们在睡梦中突然被一阵扑扑的扇动翅膀的声音惊醒。我们谁也没有起床,我们不知道又要发生什么事。接着我们听见爸爸的声音,像鸟叫声一样呜呜地响了几声。我们感觉得到,一大群鸟绕着我们的房顶,扑扑地飞了几圈,然后便像潮水一样,慢慢地消隐在夜空中。

第二天早上我们没有听见爸爸的咳嗽声,爸爸的房门大开,一只鸟的踪影也见不着,爸爸好像也和那些鸟一样飞走了。

3

爸爸在村子东头的杨树林里修了一间屋,可是谁都说那是一个窝。因为那间屋修在一棵高大的杨树的树杈上,就像一个巨大的鸟窝。那么高的一棵树,我们怎么也想不出他是怎样爬上去的,爸爸和他的那些鸟就住在那间屋里。

我们谁也不知道他要在那棵树上干什么。最开始的时候,村里的一些小孩和吃饱了没事干的人整天蹲在树下,他们仰起头,想看清楚爸爸到底在干什么。总有人来告诉我们一些零散的消息:你爸爸在和那些鸟说话;你爸爸像个傻瓜一样,两眼发呆地看着那些鸟飞翔;你爸爸在吃鸟叼来的胡萝卜;你爸爸在学鸟飞翔,差点从树上摔下来了。对于这些消息,我们尽量装作无动于衷的样子,好像他们所说的那个人跟我们是毫无干系的人。事实上我们已经做到这样了,我们不想再跟他有任何联系,我们好不容易才把他赶出了我们的生活。

但我们还是很容易被打扰,爸爸的事不知怎么传到了城里,还有更远的地方。一些记者慕名而来,他们对树上这个和鸟一起居住的人产生了没完没了的兴趣。他们拥到我们家,探寻有关爸爸的一切。在遭到我们的拒绝之后,他们就跑到了杨树林,愚蠢地想直接跟爸爸对话。最开始爸爸对这些搞文字工作的人充满崇敬和热情,他站在高高的杨树上,试图对记者们发表一篇他好像已深思熟虑过的长篇大论。可是爸爸的语言系统好像已经受到了严重的破坏,记者们听到的只是一些像鸟叫的叽叽咕咕的语言。

爸爸的演讲结束后,谁也没听懂他到底说了些什么,他们只听到爸爸在不停地重复着"奇迹"两个字。可到底是什么奇迹呢?记者们不停地追问。最后爸爸失去了耐心,他钻进那个叫鸟窝的小屋后,就再也不出来了。

记者们的报道千奇百怪,后来我们都看见那些报纸了,有的说爸爸是一只鸟,有的说是鸟仙,有的说是鸟和人类的使者,有的干脆说是神经病。总之什么样的说法都有。紧接着村子里络绎不绝地来了很多人,有本省的,还有外省的,甚至还有外国人,他们都是在看了那些报道后从四面八方赶来参观的。村子里修起了高档的旅馆、餐厅和台球室。村里的人从田地里走出来,他们已经学会了怎样赚那些外地人的钱。当地政府来了人,把爸爸住的杨树林用栅栏围了起来,取名叫珍稀鸟类保护区,还拨专款修通了城里到蒲村的公路,让那些外地人更方便来到我们这里。

我们仍然和妈妈一起种田,我们没有从田地里跑出来去赚钱。早些时候还有人来指点我们,让我们在杨树林修个关口,在那里收门票,怎么说树上的那个人也是从我们家出去的,我们要去收票,谁也不敢说什么。可是那些人都被妈妈骂走了,现在谁也不提了,刚好让别人捡了个便宜。即使我们现在想说树上的那个人是我们的爸爸,也不会有人承认了。现在他已经是大家的了,就跟我们川东大巴山一样,是属于川东大巴山每一个人的,是我们川东大巴山的骄傲,甚至是我们国家的骄傲。

爸爸最开始对这么多人的观望感到惊慌失措,后来慢慢地习惯了,他已经能够泰然自若地面对人们的观望。有一段时期,爸爸躲在那间小屋里不出来,人们开始担心他是不是身体出了问题。人们表现出强烈的关心的愿望,众多的人纷纷到当地政府请愿,要求政府立即组织一个专家小组,对爸爸进行一次探望。还有的人自发跑到离杨树林不远的地方,准备了药品、食物和水,他们整日整夜地守着,希望要是爸爸确实遇到了麻烦的话,他们可以帮得上忙。

专家小组来了,包括省城里著名的肠胃科专家、脑神经科专家、心血管病专家、皮肤病专家。考虑到爸爸的特殊身份,还专门从国外请了一位鸟类专家。当专家小组正在仔细研究怎样开展工作的时候,他们听到了爸爸重新出现在树上的消息。

爸爸这一次的出现,造成了一场不大不小的轰动。人们看见他的时候,发现他全身长满了五颜六色的羽毛,正骄傲地站在树丫上。所有的人都激动地向爸爸欢呼。仿佛受这种情绪的感染,爸爸向树下的人群挥了挥手,人们看见他的手臂上生出了一对巨大的翅膀。人们发出了惊奇的叫声,爸爸没理会他们,径直爬上了一棵最高的大树,开始活动身子。

谁也不知道他要干啥,爸爸踢了踢腿,伸了伸懒腰,然后抬起头,像是长长地舒了一口气,接着他从树上跳了下来。所有的人都发出了惊讶的呼叫声,接着他们又欢呼起来,只见爸爸双臂一振,那两只巨大的翅膀一下鼓满了风,爸爸的身体竟缓缓地飞起来了。

飞起来了,他飞起来了!所有的人都为爸爸带给他们的巨大惊喜而欢欣鼓舞,他们像崇拜天神一样匍匐在地,眼里热泪长流。

忽然听见啪的一声,大家都听见是从高空传来的,人们看见爸爸的一只翅膀在发出一声脆响之后,突然从中间折断了。大伙发出了嘘声,都为爸爸捏了一把汗。好在爸爸离树林的距离不大,他仓皇之中落在了一棵树上。整个过程有惊无险。爸爸为这一次的失败恼怒不已,在安全地坐在树丫上之后,他当着大伙的面,生气地把身上的羽毛拔了下来。人们发现,爸爸身上的羽毛原来是粘上去的,包括他那对能够飞翔的翅膀。

爸爸这一次的表演给很多人留下了深刻的印象,甚至毕生难忘。后来谁也没见过爸爸进行过同样的试验,因为后来谁也没有时间和精力去关注一个生活在树上的人。在爸爸进行那一次石破天惊的飞翔之后,蒲村接着发生了谁也料想不到的灾难。当爸爸飞翔的消息传出去之后,又有数不清的人朝蒲村拥来。一天深夜,灾难发生了,一场地震卷去了很多人的生命,村里的酒店和旅馆全都陷进了从地表豁开的裂口中,紧接着下了一场连绵的阴雨,瘟疫在全村里蔓延。蒲村的人死的死,走的走,一个人也没剩。

这期间发生了很多事。我的几个姐姐全都出嫁了,我跟妈妈相依为命地生活了好几年,后来她扔下我,一个人去了另一个世界。我生了两年病,好歹活了下来,可已没有力气再去侍候那些土地了。我在灾难发生的前一年去城里打了一阵短工。灾难发生后,我也没有回去,那个地方已没有什么让我牵挂的了,我想着爸爸也许在那场灾难中离去了吧。

后来我在邻村找了一个婆娘,虽然是倒插门,她的鼻子上还有一些数不清的麻点,但是我对她的身材非常满意。她一次就给我生了两个儿子,这让我不得不做牛做马来报答她的恩情。

我们的日子过得很平静,有时还会听到一些人提起我的爸爸。他们大多数都是说爸爸先前的那些事,不过也有的说爸爸没死,他们说爸爸还在那棵树上,有的人还说亲眼见到爸爸坐在树上,手里在做着风筝一样的玩意儿。我从来不相信他们说的这些话,爸爸要是还活着,那他不知该有多老了,那么老的人怎么可能还活在树上呢?何况还有那场让人想都不敢想的灾难。

他们非要拉我去看看,我死活不去,他们就给我找来一些图纸，说是从爸爸所在的树下捡来的，他们都说是爸爸在树上画出来的。我看也没有看那些图纸，就把它们扔到粪池里去了。

我的日子越过越艰难，我那个麻子婆娘特能生，像下驴崽一样给我生了好几个儿子。后来有一天，我正在为上哪去给儿子们找吃的而犯难的时候，突然听见了一阵风声。我那个正在门前吃草的傻瓜儿子抬着头，目不转睛地盯着头顶的天空。我抬起头，看见一个身背翅膀的老头挟起一股劲风，正朝我飞过来。我目瞪口呆地看着他，看着他那飘扬的白发，看着他那温暖又慈祥的笑容，他甚至还扮了一个鬼脸，就像我小时候看见的那样。我的心霎时冲过一股激流，一颗眼泪从我眼角淌下，我多想高声叫一声爸爸，可怎么也没喊出口，我的嗓子早在几年前就嘶哑了。

我跪在地上，热泪横流。他在我的头顶上空飞了几圈，我再一次亲眼看见他给我扮了一个鬼脸，然后飞走了，直到变成远空中的一个虚点。

我的婆娘在屋里喊道，是什么声音啊？这么响！我擦了擦眼泪，说道，没什么。然后走了进去。

我是一个罪人

我伸着一只铁丝钩,趴在池塘边,等一只癞蛤蟆出现。

太阳很毒,我这样趴着已经很久了。池塘的水面死气沉沉,连泥鳅打嗝的水泡也见不到,更别说那满身长着疙瘩的癞蛤蟆了。

母亲说,抓不到一只癞蛤蟆,你就莫回来吃饭。自从父亲生了病,母亲的心就变狠了,有好几次我都是饿着肚皮睡觉的,连晚上姐姐悄悄塞进我被窝里的烤红薯都被她没收了。她还一边打我的屁股一边骂,你一个癞蛤蟆都抓不到,光晓得吃,你的心长哪里去了?

母亲一边抽泣,一边数落我,没完没了的絮叨像雨镇的秋雨那样让人生厌。她说恨铁不成钢之类的话,我听不明白。接着听见父亲的咳嗽声。自从看见从他嘴里咳出过血以后,我们就害怕听到那揪心的声音。母亲立即进到里屋,埋怨的语气中有股夸张的成分,你咋个起来了?哪个让你起来的吗?父亲大概想说话,我听见他嘴里发出抽水烟一样的咕噜声。自从爷爷去世后,家里再也没人抽水烟了。父亲张嘴时为什么会发出那样的声音呢?隔了好半天,父亲的胸膛终于平静下来,他对母亲说,不要骂宝娃子……他还小……

母亲轻轻为父亲拍着后背,那枯瘦的身体发出空洞的声音,就像在敲击一段霉烂之后晒干的木头。母亲说,他还小?马上就该上学了,这么大了还不懂事,让他抓个蛤蟆,一只也抓不到,就晓得吃,就晓得要……

母亲不知道,父亲其实很烦她的絮叨。父亲咳了一下,然后赌气地说,让他们不要抓了,吃了那么多也不见好,现在我看到那东西就恶心,我真的不想吃了。

母亲有些慌,赶紧说,咋没见好呢?我觉得比先前好多了,你一定能好起来的。父亲长长地叹了一口气,隔那么远,我都能闻到他叹气时发出的那带着酸味的气息,好像有啥东西烂了一样。

父亲又睡着了,过了很久,发出梦呓一样的声音,我的病我晓得,你们不要操心了,从明天开始,让他们再不要抓蛤蟆了……

母亲从父亲的房间出来时,我和姐姐都快睡着了。母亲进了我和姐姐的房间,她的手像烧红的铁钳一样夹住了我的耳朵,我听见她对我喊道,你以为今天就没事了吗?你一个蛤蟆都没抓到,还想睡?

我觉得母亲疯了,那个以前那么疼爱我的女人咋就变得这么可怕呢?我叫了一声,希望我的喊叫能让父亲听到。父亲不是说让我们不要再抓那东西了吗?可里屋很安静,父亲大概真的睡着了。这时姐姐起来了,她麻利地拉起我就往外走,对母亲说,我带弟弟去抓。

我跟姐姐走出门去时,整个世界都是黑的。我对姐姐说,好黑,我不敢走。姐姐使劲握着我的手说,莫怕。然后又松开。姐姐的手里亮了,我看见她握着一只手电筒,就像一只亮闪闪的萤火虫,接着手电筒又熄灭了。我说,姐姐,你咋把它关了?姐姐说,电池快没电了,我们得省着点用,一会儿抓蛤蟆的时候没它可不行。

我只好抓着姐姐的手,由她牵着往前走。黑暗中的雨镇和它身后绵延不绝的川东大巴山像梦里广阔的迷宫。我没再让她开手电筒。自从父亲生病后,家里能卖的东西都卖了,这两节电池还是姐姐卖了她的课本换来的。

姐姐卖掉她的书,肯定是打算再也不读书了。为啥姐姐说不去读书,母亲几乎没怎么考虑就答应了呢?要知道母亲可是学校的老师,以前她一直希望姐姐和我上学以后好好读书,像她的那些好学生一样,从我们雨镇考到川东大巴山以外的大城市去。

我突然觉得这些天萦绕在脑子里的想法一定是真的。我说,姐姐,我发现一个问题。

姐姐拉着我往前走,黑暗中看不清她回没回头。姐姐说,啥问题?

我说,我们的妈妈可能不是亲妈妈,就像葛二狗的爸爸给他找的那个后妈一样……

葛二狗是我们的邻居,两家的房子近得谁放个屁都能闻到臭味。

姐姐突然站住,她猛地甩开我的手,打开手电筒照着我的脸。我看见她的脸板得就像母亲让我跪的搓衣板那样。我用手挡着电筒光,等她关掉亮光以后,继续振振有词地说,葛二狗的爸爸打工走了后,他那个后妈就不让他去读书,还天天打他。我们和他差不多,妈妈也不让你读书,还动不动就打我。

姐姐再次打开手电筒,我看见她高高举起手,准备朝我的脑袋扇下来。我一躲,姐姐的手却放下了。姐姐说,你咋拿那个女人跟妈妈比呢?你这样说,要是妈妈听见,她得多伤心!

我突然有些心虚,还是嘴硬地回了一句,我说得又没错!

姐姐又举起手,但她还是没有打下来,姐姐是最疼我的。但她的嗓门却抬高了不少。

这能一样吗?葛二狗不读书是他后妈不让他读,妈妈是班主任,为这事还和那个蛮不讲理的女人吵过一架;我不读书是自愿不读的,又不是妈妈不让我读。

姐姐的成绩一向很好,这曾经让当老师的妈妈非常自豪。

我说,那你为啥不去读书了呢?

姐姐说,因为爸爸病了啊,妈妈教书的工资要攒下来给爸爸看病,妈妈想带他去省城看病,还要养活我们一家人,我不去读书,不但能省下学杂费,还可以在家照顾爸爸……爸爸的情况你是晓得的,要是他咳的时候没人帮他捶后背,他的痰出不来咋办?我跟妈妈说,我不去读书,妈妈放学回来同样可以教我,所以妈妈就同意了。

可是……

我脑子里的问题像肥皂泡一样不停地冒出来,可是妈妈咋不像以前那样对我好了呢?她为什么动不动就喜欢骂我,还狠心打我?

姐姐拍了拍我的脑袋,拍得很轻。姐姐说,因为爸爸病了,你是我们家中唯一的男子汉,妈妈骂你打你是希望你能快点长大,快点懂事啊……可你呢,一点也不知道妈妈的心里有多烦,有多苦。你快点长大吧,我的好弟弟……

姐姐说到最后,突然哭了。姐姐是从来不哭的。受她的感染,我也想哭。可姐姐捂住我的嘴说,别哭,你是男子汉,不准哭。姐姐说完关掉手电,也把嘴巴关上了,拉着我继续朝田野走去。

那天晚上,姐姐趴在稻田边捉蛤蟆的时候,也许是因为手电的光太弱,也许是因为太疲惫,反正她没看清,误将露出黄色三角形脑袋的毒蛇当成一只癞蛤蟆。姐姐被毒蛇咬了,晕倒在地。我不知道自己是怎样穿越那墙一样的黑暗跑回去叫来母亲的,母亲将姐姐送进了医院。姐姐最终被救了过来,却将母亲攒下来准备带父亲去省城看病的钱花了个精光。

母亲说,都是因为我白天没有捉到癞蛤蟆,才害得姐姐夜里出去遭了蛇咬。

我感觉我是一个罪人。

后来父亲再也不让我们去捉癞蛤蟆。父亲非常决绝地对母亲说,你们弄来我也不吃,我说到做到。

父亲说了他不吃,母亲却仍然让我们去抓。那看起来非常恶心的癞蛤蟆真的能治好父亲的病吗?自从本地的医生不再给父亲开药,用癞蛤蟆皮治病的偏方就成了母亲治好父亲的唯一希望。父亲到底吃了多少张癞蛤蟆皮,估计他自己也不知道。每次抓回癞蛤蟆,都是母亲和姐姐悄悄在厨房里剥皮,将皮放在火上烘干,然后磨成面,搅进父亲的稀饭里,让他吃下去。父亲每吃几口就要打一个响亮的嗝,就像癞蛤蟆的叫声。

即使我经常感到饿,即使我的嘴像母亲说的那样,是永远都装不满的猪食桶,我也没吃过那些剥了皮的癞蛤蟆。有一回我亲眼看见一只刚被母亲和姐姐剥了皮的癞蛤蟆从厨房里爬出来,冲着我咕噜咕噜地叫,那丑陋模样让我感到全身发凉。姐姐出来看见我呆呆的样子,笑着说,你不是喜欢吃肉吗?癞蛤蟆肉也是肉,要不要我烤了给你吃?

我听见姐姐的话当时就吐了,然后一溜烟跑出去。我的耳朵里全是癞蛤蟆的叫声,就像在哀怨地诅咒。

妈妈啊,我亲爱的妈妈,不是我不懂事,不愿意为爸爸抓癞蛤蟆，我是真的害怕听到癞蛤蟆的叫声。癞蛤蟆本来长得就丑，剥了皮就更让人害怕。一想到这些，我的心就慌了，拿铁丝钩的手就抖了。癞蛤蟆聪明着呢，在快咬我铁丝钩上的诱饵时，一见我的手抖，就蹦起一跳，再也找不到它的影子。何况还有毒蛇，它们的脑袋和癞蛤蟆的脑袋真有几分相像，姐姐比我大这么多，她不也被咬过吗？

我看见我伸出去的铁丝钩好像被太阳烧红了，我取回来，用手摸了摸钩子上那只当诱饵的蚂蚱。蚂蚱已经被烤干，轻轻一搓就变了形，再也穿不起来。这哪是太阳，分明是炉火。没有蚂蚱，癞蛤蟆才不会蠢到去咬我的铁丝钩。可到哪里去找一只活蹦乱跳让癞蛤蟆一见就想蹦起来吃的蚂蚱呢？

大地热得就像一只放在火上的铁锅。不远处，起着楼房正往村庄扩展的雨镇，就像那些从大城市回来穿着光鲜外衣站在农田里干活的打工仔，此时也少了往日的张扬和神气。雨镇身后的村庄里，除了被烤得蔫着脑袋一动不动的树和庄稼，看不到人，也看不到往日东游西荡的野狗。我感觉身体被烤干了，脑子昏昏沉沉，又困又饿。如果继续待在这太阳底下，我一定会被烤死的。要是等母亲放学回来我还没抓到一只癞蛤蟆，那晚上又得饿肚皮了。

好吧，先去弄几只该死的蚂蚱。没有蚂蚱，知了也行。可一向喜欢在树上聒噪的知了也哑了火，它们肯定早就知道老天想吃烤肉，才不会傻乎乎地趴在树上等着太阳把它们烤熟呢。要真烤熟了，也轮不上癞蛤蟆，我会毫不犹豫地把它们吞到肚子里。我的肚子正在咕咕地叫,就像里面住了一群青蛙……

我不知道自己是怎么离开池塘的,也不知道去哪里找癞蛤蟆爱吃的蚂蚱。我像一只游荡的小狗,不知怎么就转到了雨镇的前河边,刚一抬头,就看见无数颗挺着圆滚滚肚皮的大西瓜,正毫无遮拦地躺在那片松软的沙滩地上。

这是葛二狗家的西瓜地。前几天我在这里看见葛二狗牵着他家的狗,不准我踏进西瓜地半步。葛二狗说,他的后妈不让他读书,就是为了让他守西瓜,不管白天晚上,都要守在窝棚里,少一颗西瓜,就打断他的腿。

我喊了一声二狗,并没听到他的狗叫。那只土狗简直比葛二狗的后妈还要凶猛。我将脑袋埋在草丛里,朝葛二狗住的窝棚扔了一块石头,窝棚里静悄悄的。隔了片刻,我探出头,慢慢走过去。

葛二狗和他的狗都不在,看来他们都受不了这毒辣的日头,不知跑到哪里乘凉去了。我转身准备走,扭头却看见窝棚里放着一块没吃完的西瓜,那红红的瓜瓤像煮熟的腊猪肉一样散发着香气。我本来干渴得快要冒烟的嘴里突然涌出口水,我的脚再也无法动弹。

我再次喊了一声二狗,希望他出现在眼前。我会跟他说,二狗哥,你那块没吃完的西瓜还吃不吃?我的嗓子冒烟了,要是你不吃,能不能给我吃?葛二狗肯定会答应的,以前他经常带着我一块玩,他喜欢我这个听他指挥的跟屁虫。即使他舍不得,要是我说拿卡片换,他肯定也会愿意的。我们都玩卡片,可他收集的卡片没我多。他说过，要是我把那几张他没有的卡片给他，他甚至可以考虑用他的超级大弹弓跟我换。那是他最心爱的东西，每次他挎上那把大弹弓，威风极了，周围的鸟和狗都躲得远远的。我不要他的弹弓，只要这半块西瓜，他一定会乐得屁颠屁颠的。

我这样一想，心里就觉得葛二狗已经答应。这么便宜的事，只有傻子才不干。我捧起那块西瓜，埋头啃了下去，三下五除二，连西瓜皮一起，全都咽到肚子里。

过后我舔着手指上的西瓜汁，恨不得把手指也咽下去。肚子里好像有一只凶猛饥饿的老虎，先前它在打盹，这块西瓜下去后，把它惹醒了，它用爪子不停地挠着我的肠子和心肝，它在疯狂地咆哮：你吃亏了，你这亏吃大了，这块西瓜是烂西瓜身上的，都已经馊了，有臭味了，是他扔了连狗都不吃的，你用那几张卡片换这块烂西瓜，你就是大傻瓜，你应该让他用瓜地里最好的大西瓜换，快去啊，快去……

这是我肚子里那只老虎让我干的，我要是不去，它一定会用锋利的爪子挠死我。我冲进瓜地，照着眼前最大的一颗西瓜下手，然后抱着它朝河边的树丛奔去，刚把西瓜摔成两半，肚子里的老虎便吼了一声，急不可耐地从我的嘴里伸出它那红得冒火的舌头。

那么大的一个西瓜，最后咋就进了我的肚子呢？那只老虎倒是安静下来了，可我抱着肚皮却迈不开步。肚皮实在太沉，难道葛二狗走的时候在西瓜上使了"千斤坠"的妖法？我感到有只手在拉着我,连同眼皮一起,拉得我想躺在地上。好吧,那就找个地方躺下。我爬进树林里的草丛,本想先躺一会儿,等力气长出来后再走,谁想到最后却睡着了。

我在梦中又回到了以前的好日子。那时父亲还没生病,母亲也非常疼我,那时我们家还养着好大一群鸡。每天早上,还没等我睁开眼睛,母亲就会悄悄将一个热滚滚的煮鸡蛋放进我的被窝,等我醒来,会惊讶地大叫,妈妈,不好了,我怎么睡一觉就下出了个鸡蛋来呢?

有时父亲从外面回来,母亲像迎接稀客那样烧水杀鸡。刚打鸣的公鸡宰了后和雨镇后山长的松蘑一起炖,等锅烧开蒸汽冒出来,浓浓的香气满屋钻。我守在锅台前,一边咽口水,一边伸长脖子朝锅里张望。尝咸淡是我的专项权利。等火候差不多了,母亲看着眼巴巴围着灶台打转的我,从锅里面挑出一块肉,对一旁烧火的姐姐说,让你弟弟先尝尝咸淡。我早就等不及,也顾不得烫,一口把鸡肉叨进嘴里,一边哈气,一边狼吞虎咽。母亲问我咸淡,我只能舔舔嘴皮,全然忘了。过后才知道舌头烫了一个泡。这时姐姐会幸灾乐祸地说,活该,一会儿你得少吃一块。我大叫着抗议,我是帮妈妈尝咸淡,我又不是偷吃,凭啥少吃一块?

姐姐自然不会和我计较,吃饭的时候,她和母亲一样,把肉多的鸡腿和最香的鸡翅往我碗里夹。父亲傻乎乎地说他不喜欢吃肉,他只喜欢吃鸡爪,说那是捞钱手。最后那满满一锅小鸡炖松蘑,基本上都是我的菜。母亲看我狼吞虎咽的样子,笑着说,没人跟你抢,慢慢吃,小心骨头卡着嗓子眼……

我的嗓子眼还真被卡住了,上不来气,简直就要憋死。我睁开眼睛,看见葛二狗的后妈不知啥时候站在我面前,正用她家拴狗的铁链子往我脖子上套。

我爬起来就跑。女人招呼了一声她家那只叫"来钱"的土狗——

来钱,给我咬!

话音刚落,一道黑影冲了上来。那条土狗对着我的屁股就是一口,一甩脑袋,我屁股上的一块肉和身上唯一穿着的裤头被狗牙撕掉了。接着那土狗又张开血盆大口,朝我的脖子咬来。我吓得缩成一团,嘴里发出惊恐的号叫。要不是葛二狗的后妈及时喊了一声"来钱",我的脖子就被那狗咬断了。

接着,葛二狗的后妈问我还跑不跑。我全身像筛糠一样颤抖。我想说不跑,张着嘴,却发不出声音。葛二狗的后妈又说,你要是听话,我就不放狗咬你。我还是发着抖。过后,葛二狗的后妈就将狗链子套在我的脖子上,拉着我朝雨镇的大街上走去。

一个全身赤裸、皮肤晒得黝黑的小孩儿,被一个母夜叉似的肥壮女人用狗链子牵着在雨镇的大街上游街,后面还跟着一只威风凛凛的土狗,这番景象很快在雨镇引起轰动。人们像看耍猴戏的一样围上来,很多人认出我,不时对葛二狗的后妈说,这不是马老师的儿子吗?你咋用狗链子牵着他呢?

葛二狗后妈的嗓门像锣声一样清脆,他是小偷,他偷我们家的西瓜,雨镇抓到小偷都要游街,我才不管他是谁的儿子呢!

还有一些小孩儿,都是以前我跟在葛二狗后面去威胁恐吓过的小孩儿,他们不知从哪里找来长长的竹竿,一路跟随,在葛二狗的后妈停下来跟人说话的时候,他们就用竹竿捅我的光屁股。还有一些可恶的家伙,他们像旋风一样冲上来,趁我双手护着屁股的时候,猛掏我的下体,他们的铁砂掌和金刚爪捣得我不断发出凄惨的喊叫。我不得不勾着身子,夹紧腿,一手护着屁股,一手护着前裆,那奇怪的造型就像雨镇得了小儿麻痹症的叫花子王五。葛二狗的后妈像故意给那些小孩儿机会一样,不时抖着手里的链子说,快走,不走我让狗咬你。我一迈腿,前后的空当就露出来了,那些小孩儿再次得手以后,人群就爆发出开心的笑声。葛二狗的后妈,笑得假牙都掉在了地上。

我们在雨镇的大街上走了一圈,走到圣灯小学时,刚好是放学时间。我看到母亲的时候,好像已经傻了,连张嘴喊一声都不会。母亲拿着一摞学生的作业本,心事重重的样子,连看也没看我们一眼,好像街上的热闹跟她没有关系。就在母亲准备走过去的时候,葛二狗的后妈高声叫了一声"马老师",然后说,你连你的儿子都认不出了吗?

母亲这才认真看着我们。她做梦都没想到,地上那个被狗链子套着的光屁股小孩儿是她的儿子。她愣住了,一时没有说话。

葛二狗的后妈得意地亮开大嗓门,既像对母亲说,又像在对围观的人发表演讲:你马老师的儿子偷我的西瓜,被我抓住了,我正拉着他游街呢！我要让全镇人都看看，你不是老师吗，你咋教出一个当小偷的儿子？

母亲手上的作业本哗啦一声掉在地上。她的脸瞬间变得苍白，踉跄几步，走到我跟前，蹲下身问，你真的偷她的西瓜了吗？

可我已经不会说话了。我本能地勾着身，夹紧腿，一手护着屁股，一手护着前裆。母亲接着重复了一句：你真的偷她的西瓜了吗？

我全身发抖，张嘴吼了一声，到底发出的是什么声音我自己也不知道。母亲看到我身上已经干了的西瓜汁，站起来对葛二狗的后妈说，他说他偷了。一个西瓜多少钱？我赔你。

葛二狗的后妈说，你说赔就赔吗？哪有这么便宜的事？

母亲说，你不就是想让我们一家丢脸臊皮吗？你已经拉着他游过街了，我们一家的脸也丢光臊尽了，除了给你赔西瓜，你还想咋样？

葛二狗的后妈说，按我们雨镇的规矩，抓到小偷，除游街示众外，还要人人喊打，让他长牢记性，以后再也不敢偷东西。

母亲知道，雨镇人历来恨小偷，以前有小偷被抓，游街时真的就像人人喊打的过街老鼠，不管大人小孩儿，都要上去踹两脚，即使不被打死，也会落下残疾，直到他赌咒发誓再也不偷了。这不光是雨镇的规矩，也是整个川东大巴山的规矩。

母亲说，那就让大家来打吧。

围观的人谁也没出来动手，不过谁也没准备散开，反而里三层外三层围得更紧，他们都伸长脖子，大概是想看看当老师的在看到自己的儿子当了小偷后如何收拾残局。母亲说,那好,你们不打,我自己来打。

母亲从学校门口的垃圾堆找到一把楠竹枝做的大笤帚,她抽出其中两枝,握在手里,然后朝我走来。人群发出嘘声,他们大概在猜,斯文的马老师是否会对她的亲生儿子下手。

我早就怀疑,她肯定不是我的亲妈,要不然那两根楠竹枝怎么像暴雨一样朝我落下来呢?我赤裸的身体毫无遮拦地迎接着这场暴雨的冲击,那些开花的雨点,随着我身体的扭曲和滚动,染湿了整个街道。

母亲打完一气儿,举着楠竹枝问,你还敢不敢偷了?

我趴在地上,抱头缩腿。我张大嘴巴,想说不敢了,以后我再也不当小偷了,可我的嘴发不出任何声音。

这时有人喊,小孩儿,你快点认错吧,认了错你妈就不打你了,不然,你妈得打死你。

果然,在没听到我的回答后,母亲的楠竹枝又落了下来。母亲疯了般一边打,一边重复着一句话,我就不信打不服你,我就不信打不服你……

我只知道翻滚,后来连翻滚的力气也没有了。朝我身上落下的根本不是楠竹枝,而是锋利的刀子。我的皮肉已经被打烂了,那锋利的刀子就一刀一刀地落在我的骨头上。

母亲打累了,停下来对我说,你以后还敢不敢偷了?

又有人说,小孩儿,你就快点认错吧,你咋这么犟呢?难道你非要你妈把你打死不可?

我开不了口啊,我张开的嘴发不出任何声音。母亲手里的楠竹枝又要落下来,这时她的几个同事将她拦住,其中一人抱起我,染了他一身的血。他将我的身体翻过来,看见我呆滞的眼神和嘴里吐出的白沫,惊慌地对我母亲说,马老师,你好像把他打坏了。

母亲看见我的样子,似乎一下从癫狂中清醒过来,她扔掉手里的楠竹枝,然后扑过来抱住我。她叫着我的名字,我没有答应她。我好像连眼睛也不愿再睁开。

母亲突然抬起头,声嘶力竭地朝葛二狗的后妈吼道,这下你满意了吧?我把我儿子打死了!

葛二狗的后妈一声没吭,身子一缩,像小偷一样溜进人群逃走了。接着母亲抱起我,发疯一样冲着围观的人群再次吼道,你们也满意了吧?我把我儿子打死了……

我被母亲紧紧抱在怀里,感觉回到了小时候。那时我就在她的怀里吃着奶,她生怕我呛着,生怕我摔倒,生怕我受到任何一点伤害……

妈妈,亲爱的妈妈,你的怀抱好温暖,你的怀抱好安全。我真想轻轻地对她说一声,妈妈啊,我以后再也不偷了。

我并没死。我身上的伤养好后,喜欢终日坐在家门口的小板凳上,呆呆地望着眼前的世界。我害怕听到一丝声响,我害怕人家说"偷"或者"小偷"之类的话,那样我会立即跑进房间,发疯一样钻到床下,身体缩成一团,恨不得钻进尿壶里。姐姐每次看到我这样子,都流着泪对母亲说,弟弟好像真傻了。

母亲的眼睛红红的,她流出的眼泪也是红色的,像血一样黏稠。不知为什么,她好像很怕我,放学回来连看也不敢看我一眼。有时我嘴里如傻子一样发出的单调的号叫会让她全身颤抖。妈妈,你为什么要怕我?

我傻了后,父亲终于找到不再吃蛤蟆皮的理由。那天母亲把我从街上背回去时,父亲看到我皮开肉绽的样子,当场就晕了过去,姐姐声嘶力竭的呼喊终于把他唤醒。他嘴里不停地吐着血,一边吐,一边破口大骂,骂母亲,骂姐姐,骂他自己,还骂那该死的癞蛤蟆。最后,他恶狠狠地说,从今天起,谁要再去抓癞蛤蟆,老子就要他的命!

过后,父亲经常陷入高烧和昏迷。母亲先后请了几个医生,每个医生把脉之后,对母亲说的都是一个意思:如果他醒了,就问他还有啥心愿,有啥想吃的,赶紧让他吃几口,尽点你们的心意吧。

不知父亲在昏迷中是否听见了医生的话,有一天他醒来后对母亲说,我唯一的心愿就是你要好好把两个孩子养大,儿子好像傻了,他还小,以后不要再打他!

母亲点着头,过后又问,你还想吃点啥?我去给你做。

父亲没有立即回答,似乎想了半天,最后才说,以前最爱吃你做的鸡肉炖松蘑,那时我们家养着好多鸡呢……可惜现在一只也没有了,都怪我这病,是我对不起你们……

母亲说,你想吃吗?你想吃啥我都给你做。

父亲说,这辈子吃过不少你做的鸡肉炖松蘑,不吃了,现在吃了也是浪费……

母亲终于哭出声,她走出房间对姐姐说,你爸爸想吃鸡肉炖松蘑。

姐姐也哭着说,我们家早就没有鸡了。

是啊,我们家早就没有鸡了,先前我们家养的那些鸡都卖掉给父亲治病了。倒是邻居葛二狗家养着一群鸡,每天都跑到我们的菜园里吃菜,母亲为此和葛二狗的后妈吵过不止一次,她们也因这些鸡毛蒜皮的事慢慢成了仇人。

母亲坐在屋里默默流泪。这时,葛二狗家的一只大公鸡跑了过来,好像知道我是傻子一样,旁若无人地在我坐的门口啄着地上的土,一边啄,一边趾高气扬地唱着歌,好像在嘲笑我们凄凉的光景。姐姐生气地拿起手头的东西朝大公鸡扔去。大公鸡一闪,跑开了,气人的是,它一会儿又跑回来了。赶了两次,它还是跑回来,示威一样偏偏要和她作对。

姐姐嘴里赌气地念叨着什么,接着她走进里屋,拿出家里仅有的一点米,在地上撒了几颗。那只讨厌的大公鸡看见地上的白米,飞扑过来,贪婪地啄了起来。

姐姐一定疯了。那米是母亲低声下气到亲戚家借来给父亲熬粥的,父亲都舍不得吃,这时她却大方地喂人家的鸡。

过后,房门被关上。我听见鸡飞狗跳的声音,吓得赶紧往屋里钻。门却从里边闩上了。我把门拍得轰轰响,嘴里发出嘶哑的叫声,隔了一会儿,姐姐打开门,鬼鬼祟祟地探出头,朝我身后看了看。我钻进去后,姐姐又立即关上门。我抬起头,眼前的一幕把我惊呆了——刚才还活蹦乱跳的大公鸡现在一动不动地躺在盆里,姐姐正拿开水往它身上浇去。

我仿佛被噩梦惊醒,张开嘴大号起来。我的声音因高度紧张和恐惧,听起来就像鬼哭狼嚎。我不知道自己当时为什么会发出那么大的声音,我只知道一个劲地高喊,你偷人家的鸡!你是小偷!

我突然开口说话把姐姐吓了一跳,我已经很多天没说过话了。这时母亲从里屋出来,看了看我,又看了看盆里被开水烫着的鸡,她瞪了姐姐一眼,回头压低声音对我说,你不是傻了吗?傻了还嚷嚷?

不能当小偷啊……当小偷要游街……要被他们打死的!

我再次大声嚷了起来。

母亲的眼神躲闪着我的目光,紧接着,我万万想不到,她突然用力给了我一个大嘴巴子。

我哇的一声哭了,野马一样冲出门。我一边跑,一边喊,你们偷鸡还打人,是你们说的不能当小偷……当小偷要游街……要被他们打死的……

房门不远,葛二狗的后妈正探头朝我们家观望。

……

后来的情况,是姐姐骂我时说出的。

葛二狗的后妈在我们家看到了她的鸡。虽然姐姐主动承认鸡是她偷的,可葛二狗的后妈却抓着母亲不放,要带她去游街。

后来父亲从房里爬出来,他看到眼前的事情后,给了母亲一巴掌,然后他的鼻子和嘴里就不停地流着血,接着就倒下了。

因为父亲死了,葛二狗的后妈也没拉母亲去游街,不过学校知道后,就把母亲开除了。他们说,学校绝不能有一个偷东西的老师。

后来,母亲就疯了。

姐姐说,要不是我瞎嚷嚷,葛二狗的后妈不可能知道谁偷了她的鸡。那样,父亲就不会当场被气得吐血而死,还能在走之前安心吃上一顿好饭。那样,母亲就不会被学校开除,也不会疯。都是我这个傻子害了他们,我是我们家的罪人!

姐姐骂完,有时还会打我。看到她的手举起来,我会立即跑进房间,发疯一样钻到床下,身体缩成一团,然后情不自禁地发出嘘声,一边嘘,一边喊,我错了,我有罪,我是一个罪人!

寻找玻璃做的女人

1

胡老爷懒洋洋地睁开眼睛,看见窗外花园里一枝摇摆的玫瑰。花匠丘老三提个大水壶,正在那儿浇水。胡老爷看见丘老三的背影,轻轻地咳了咳,叫了声:

"老三——"

丘老三听见屋里老爷的声音,赶紧跑了进来。

"老爷,你醒了?"

胡老爷舒展地躺在床上,对丘老三说:"你看,你看窗外那枝玫瑰怎么老是摇来摇去呢?"

丘老三朝老爷指的方向望过去,看了半天也没看见那枝摇摆的玫瑰。丘老三只看见太阳挂在院里的白玉兰树梢上,霞光映得眼里一片金黄。

胡老爷见丘老三东张西望的样子,对他说道:"你怎么还没看见呢?"

丘老三低了低身子,侧着头从朱红的窗格里望出去,看见的还是那棵白玉兰树。一对鸟儿在树丫上蹦蹦跳跳地欢叫,也不知道它们在嚷什么。

老爷最后把丘老三的头按在床沿上,丘老三立即叫道:"看见了,看见了!老爷,我知道它为什么摇来摇去,那是风在吹呢!"

老爷失望地嗯了一声,回过头继续看着窗外。怎么说是风在吹呢?难道花儿就不会跳舞吗?

丘老三默默地站在一旁,弓着腰,稍带委屈地叫了一声"老爷"。

老爷挥了挥手,丘老三无声地退了出去。

老爷有个习惯,每天早上醒来后,喜欢在床上躺那么一会儿,想想头天的一些趣事儿,听听院里白玉树上那些鸟儿的叫声。天气好的话,树荫里还会零零碎碎地洒下一些阳光,偶有一丝从窗棂的小孔射进来,眼睛里白晃晃金亮亮,一股痒酥酥的劲儿在骨头缝里懒洋洋地蔓延开。胡老爷通常在这个时候半侧着身子,一边闻着窗外传来的花香,一边打上两个哈欠伸个懒腰,有时心情好,说不定还会哼上一支小曲儿。

这天早上老爷没哼上一支小曲儿,老爷一直望着窗外那枝摇来摇去的玫瑰出神。

有个丫鬟端着一盆冒着热气的水走了进来,恭敬地问:"老爷要洗漱吗?"老爷没有说话,丫鬟把水盆放在桌上,便轻手轻脚地退了出去。

当丫鬟端着第二盆热水进来的时候,老爷还是一动不动地望着窗外。丫鬟踮起脚尖,朝窗外看了看。院里只有几棵树、一些花,还有几只翩翩起舞的蝴蝶。并没什么稀奇的事发生,平常得跟以往的任何一个早晨一样。丫鬟看了看胡老爷,摇了摇头,端起那盆凉了的水出去了。

老爷叫了声"老三",丘老三就走了进来。老爷说:"你去把那朵玫瑰给我摘进来!"

丘老三从老爷的方向往外看了看,又站在窗前定了定方位,出去把那朵玫瑰摘了进来。

老爷从床上坐起,看着丘老三手里的花。老爷让丘老三摇了摇,丘老三模仿着风吹的样子摇了摇,老爷叹了口气说:"这玫瑰怎么不一样了?从窗格里看的时候,它摇啊摇的,就像川剧里那个会跳舞的李巧儿,腰杆儿扭得人眼都花了,可一拿进来,它就变了,想不到这花也只能隔着一层窗子看!"

丘老三被老爷的话弄得云里雾里,看了看老爷,又看了看手中的花,说道:"老爷,这不是好端端的玫瑰花吗?怎么变了呢?"

老爷神情有点低落,摇摇头,叹了口气,说:"变了,真的变了,变成一朵花了。"

丘老三不明白老爷的话,琢磨了半天。老爷说:"要是你能明白的话,你也该做老爷了。"

丘老三看着老爷,莫测高深。花本来就是花嘛,怎么能说成又变成花了呢?丘老三心下直嘀咕。人们说老爷有点疯,老爷真有点不正常!

老爷在丫鬟红秀的侍候下,洗脸漱口之后,穿上了一身素白的长衫,然后喝了半碗莲子粥。老爷用手捂着嘴刚打出半个哈欠,一个丫鬟托着烟枪赶紧走过来,跪在跟前为老爷打着了火。老爷靠在太师椅上长长地吸了一口烟,半眯着眼,细细地打量着面前站着的一排丫鬟,就像欣赏院里那片争奇斗艳的玫瑰一样。老爷抬了抬手,叫排在第一的红秀把摘进来的玫瑰插在了头上。于是红秀就插上了那朵玫瑰,低着头,害羞地侧对着老爷。红秀的细腰扭了扭,样子很像一朵被风吹动的玫瑰。

老爷缓缓地吐着烟圈,喝了一口参茶,过了很久,轻轻地摇了摇头。老爷抬了抬手,红秀就把头上的玫瑰摘下来插在身边红玉的头上了。老爷身边的姑娘,个个都像花一样。老爷没事的时候,喜欢叫丫鬟们拿出屋里的绸缎披在身上。老爷要是觉得哪个丫鬟穿着红绸或是绿绸好看的话,就亲手裁剪一套衣裳,再挑个阳光好的日子,叫丫鬟们穿上那些衣裳在院里的花丛中走来走去。老爷经常做出一些别人猜不明白的事,谁知这一次老爷又有了什么主意?老爷只是一心一意地抽着烟,他抽完一锅烟,那朵玫瑰从红秀的头上移到红玉、红梅、红叶的头上,最后又回到了红秀手中,老爷最后还是摇了摇头。吸过烟后,老爷站起来伸了一个懒腰,从红秀手中接过花就出去了。

老爷走到佃户德顺家的时候,德顺正在门前的杨柳树下劈柴火。德顺赶紧把老爷迎进屋,又上隔壁教私塾的王老秀才家借了一把太师椅,让老爷舒服地坐着。德顺刚过门的女人为老爷沏了一杯茶,老爷并不去喝那茶,却不停地瞟德顺的女人。后来,在德顺女人为老爷添茶的时候,老爷不知不觉地抓住了那女人的手,把手中的玫瑰插在她头上了。

老爷对门外的德顺说:"德顺哪,你女人应该穿绸子。你去找大管家吧,挑点鲜艳的回来,为你女人做件裙子。你有这样的女人,怎么能让她穿土布呢?"

德顺能说什么呢?

德顺好半天才说:"谢谢老爷!"

德顺又跟老爷聊了几句地里收成的事,老爷说:"去找管家吧。"

老爷对这些事不感兴趣,老爷从来不过问这些事。

老爷站起身来抖了抖白衫子,对德顺说:"晚上让你的女人上我这儿来吧,得要她洗干净点,别带一身秽气来!"

说完,老爷就走了。

有谁敢不从呢?雨镇的地差不多都是老爷的,老爷只要看上了谁家的媳妇,谁就得带着媳妇上老爷那里去。雨镇的年轻媳妇差不多都跟老爷鬼混过,老爷跟她们有了一次之后就再也没找过她们。人们都说,老爷是个喜新厌旧的主儿。说不定在晚上,不知有多少人在为老爷流泪呢！老爷是个温柔的人,从来不会亏待这些人的。老爷从来没亏待过雨镇的任何一个人。雨镇的人都还记得,有年大旱,地里颗粒无收,那些租了老爷地的,不但未向老爷交租,老爷还放出自家的粮食给村里揭不开锅的人。有谁给老爷还了？有人还了老爷也没要。

吃了晚饭后,德顺带着老婆上了胡家大院。让德顺想不明白的是,老爷的夫人本来就是个千娇百媚的大美人,谁也不知老爷是怎样把她搞到手的,老爷那次从山外回来就把夫人带回来了。老爷夫人那个美呀,说句话都能让窗外的鸟儿从树上掉下来。老爷有这样一个夫人,还要这些庄稼女人干啥呢？

谁说得清？人们说老爷中过邪,心头的有些主意不由自主地就冒了出来。有人说从前几年开始,不知是在老爷第一次跟村里的女人鬼混的前面还是后面,老爷夫人就生病了,还咯血呢！有人还说老爷好几年都不跟夫人同房了。老爷成天要不是关在书房画一张永远也画不完的画,就会在村里转来转去。有时大晚上的还会看见老爷在村里的山坡上疯疯癫癫地跑来跑去,老爷说他在追,谁知老爷在追什么呢？

2

老爷中邪的事不知是不是真的,是后来大管家讲的。那时老爷还年轻,老太爷还活着。老太爷和胡家以前的老爷们不仅为胡家攒下了万贯家财,还为现在的老爷留下了整房子的诗书。要不是生在雨镇这种地方,胡家的老爷们完全可以做大官做大学问的。有啥办法？人说"蜀道之难，难于上青天"。雨镇就在大巴山旮旯里，谁生下也没想到会在这么一个地方生活。怪谁呢？只能怪天，要不只能怪自己的命。可大巴山还是大巴山，你日夜咒它骂它千百遍，它还是在那儿，就是啃它几口说不定还会硌掉两个门牙。大巴山高倒不算高，可大巴山长啊，在雨镇外绕了一圈又一圈。还没听说谁能从雨镇外的那条羊肠道走出大巴山的，老人们只说以前有个给东家放羊的，一个人在山里待久了，就常常望着那大山想，山外有些什么呢？于是，羊倌就赶着羊往山外走，走啊走，一直走到小羊羔都变成羊奶奶、羊爷爷，羊子羊孙一大群的时候，羊倌还没走完那条羊肠道的一半。

那山是走不出去的。那个吃饱了没事干的羊倌要是也能走出大巴山的话，胡家的老爷们早就去走了。好在雨镇还有条前河，每年的三四月份，前河里涨了水，就能通到蒲江，沿着蒲江下去，就能通到那些大江大河了。胡家的老爷们要出去，都是等前河里涨了水，坐船到蒲江，然后一个码头一个码头地换。可坐船那滋味，怎会是好受的呢？就像一片树叶，在水里漂啊漂，人坐在船上，晕晕乎乎，就害怕一下翻了船，掉进了水里，那条小命就便宜了王八。胡家的老爷们命背，每次行船出去都要遭点事，不是木船碰上了水里的礁石，就是遭了水上的劫匪，要不然再出点其他什么事，总也到不了要去的地方。

老爷那时只有十八岁。人们说老爷以前是个神童，八岁就会吟诗作对，到十八岁的时候，老爷已读完了阁楼里藏的诗书。老爷书读得越多，话就越少了，大院里的丫鬟老妈子很少看见老爷开过口。老爷有时只是跟村里的王秀才说上几句,可有时王秀才也听不懂老爷说什么。后来老爷就自己跟自己说。无事可做的时候,老爷就站在自家的吊脚楼上,看那山,看那山上的白云和即将下山的太阳。老爷有时一看就是一整天,每次看完后就叹气,老爷眼里映满的全是那大山的线条。有时老爷还自言自语:"怎么古时那个愚蠢的老头不把这大巴山也搬走呢?"

有一天,老爷突然对老太爷说要到山外去看看。老爷说这话时眼里像是燃烧着一丝灼热的火焰。老太爷在那一刻突然热泪长流,老太爷看着老爷,仿佛看到了自己年轻时的样子。老太爷拍拍老爷的肩说:"那你就去吧!"

老爷在当年春暖花开的三月,带上大管家,踏上了去山外的小木船。人们说,凭老爷读的那些书,一定能中个状元郎。老爷是不是想中个状元郎没人知道,大管家只说老爷从雨镇上船后第九个日子起,就中了风寒。老爷是年轻人啊,第一次出门,总有看不完的稀奇和新鲜。老爷天天都站在船头,看那两岸的白云和青山。有时一只水鸟从江面飞过,老爷也会兴奋地戳戳大管家的胳膊说:"你看!你看!"老爷的兴奋劲,直到晚上也不消减,老爷要看天幕上眨眼的星星,要听那月光下夜莺的吟唱。第九天早晨,老爷在船头站了一会儿便说自己头痛,结果一躺下就爬不起来了。船上有个跑江湖的郎中,老爷吃了郎中的几颗药丸子也没见好转。大管家对老爷说:"少爷,要不搭个过路船回去算了。"老爷说:"第一次出门,哪能这样就回去了呢?这点风寒慢慢就会好的!"可一直走出蒲江,老爷的病也没见好,身子飘得像一张纸了。大管家好几次都求着老爷："我们还是先回去吧,要是少爷有个三长两短,我回去怎好跟老太爷交差呢?"老爷说："要回去你自己回去吧,我就是死,也要走远一点!"

眼看着老爷的身体不行了,管家在到了一个码头之后,强行把老爷拖上了岸。管家在码头上找了一个小客栈,为老爷请来了医生。医生说老爷的病是由于夜间寒露所侵,得慢慢调理。老爷只好听管家的话,在码头上住了下来。

一天早上,管家醒来时发现老爷不见了。管家问客栈里的伙计,伙计也说没看见,谁知道老爷上哪里去了呢?

管家把小码头都找遍了,也没看见老爷的影子。

老爷失踪了。

在寻找老爷的那两天里,大管家差点失去了信心。大管家搜寻了码头上的每一个角落,包括茅坑、浅水滩、地窖等等,恨不得把小码头掘出三尺土来。

就在大管家手足无措的时候,他偶然听到仙女峰的故事。人们说,天上有个美丽的仙女,一心要找个如意的情郎,在天上找了很久也没找到,便来到人间。仙女不知碰到了多少年轻后生,结果都不满意。仙女便发誓走遍天涯海角也要找个十全十美的郎君,但始终没找到,后来仙女就变成了这座山峰。有时在早晨,还能看见仙女,穿着薄纱,在云雾中跳那天上的舞蹈……大管家无心去听那后边的故事,便赶紧去打量码头背后那一排排终年云雾缭绕的山峰,看久了,真觉得那就是飘飘欲仙的仙女。大管家想,老爷莫非爬仙女峰去了?

大管家一共爬了七座山，在最高的一座叫仙女峰的山顶上看见了老爷。老爷光着脚，坐在那个叫仙女庙的门前，如老僧入定般一动不动。大管家惊喜地叫了声"少爷"，老爷像没听见，手里拿着燃了半截露出黑芯的香烛，在他洁白的长衫上作着一幅画。大管家仔细一看，原来老爷画的是一个拖着长长云衫的女人，可那张脸呢，老爷像是涂了好多次，怎么也没画出来。

老爷看见大管家，只说，这张脸怎么画不出来呢？

大管家不知老爷说的啥，只是不断述说着老爷失踪后自己的急迫心情和种种努力。老爷安慰般地向大管家笑了笑，神秘地说："我看见仙女了！"老爷说他在那天早上醒来时，发现一个天仙般的女子站在窗外，老爷下床来想看个仔细，仙女却蒙着脸悄悄躲开了。老爷长这么大，哪见过这样的仙女呢？急忙追出去，一直追到这山上，仙女却倏地一下钻进庙里不见了。

如果真有仙女，谁知道她好端端地不住在天上，跑到这人间来做啥呢？

大管家背着老爷回到码头上的小客栈。老爷经这一折腾，风寒病倒好了。

老爷在客栈里住了下来，没有要走的意思。老爷整天不闻不语，目光呆呆的，端坐在一张白纸前描那个仙女。不知画了多少张，老爷每回画到那个仙女的脸时便下不了笔。有时老爷也非常沮丧，对大管家说："你知道那张脸为啥老是画不出来？因为那个仙女的脸总是变来变去的，每当想好了要下笔的时候，她就像川剧里的变脸一样，变成另外一张脸了！"

大管家帮不了老爷的忙,只好每天为老爷准备要用的笔墨纸砚。有时老爷画着画着,会突然发起狂来,也不管脚上穿没穿鞋子,身上披的是啥衣服,急急忙忙奔出门去,跑起来。老爷一边跑还一边大声嚷:"仙女!仙女!仙女就在前面啊!"

人们都说,老爷估计是中邪了。以前码头上有一个书生,就和老爷一样,成天嚷着看见了仙女,常常发起狂来四下奔跑,人们问他跑什么,他说在追前面的仙女。谁看见前面有仙女呢?后来那个书生掉到江里淹死了。

大管家也觉得老爷中了邪,一步不敢离开,害怕老爷掉进江里。于是,码头上的人经常可以看到一少一老在山坡、田野上跑来跑去。

后来有一天,老爷突然对大管家说:"我们走吧!"管家问:"上哪?"老爷说:"朝前走,仙女昨晚在梦里说,只要朝着一个方向一直走,就一定能找到想要找的人!"

于是老爷和大管家从码头上坐船又往前走了。

让大管家没想到的是,在老爷身上重演了老太爷当年的遭遇。老爷和大管家坐的船居然在一处江面很宽阔的地方撞上了礁石。当时是夜间,只听得一声巨响,一股水从一个窟窿里冒了上来。大管家见过不少世面,立即惊醒过来,抓起船上一个腌菜用的木盆,抱着老爷跳进了水里。那些还在睡梦中的人,迷迷糊糊就做了王八、虾子的早餐。

虽然天气已经暖和了,可还没入夏呢,江水寒冷刺骨。谁能想得出老爷和大管家当时那副模样呢?老爷和大管家扶着木盆缩成一团,冻得舌头都不听使唤了。大管家对老爷说:"少爷咬咬牙,说不定天亮了就会有人把我们救起的!"老爷说:"死倒不怕,可我还没见过真正的女人,要是这样就到阎王爷那里报到,还不得被那些小鬼笑话吗?"

老爷和大管家就一直在江里漂着,漂着,也不知漂到哪里了,只见两岸都是山,上哪去找一个人呢?要是岸边能有个平坦的地方,就可以上岸了。可那山都是绝壁,就是猴子也爬不上去。大管家看着两边的山,只想哭。大管家当年跟老太爷一块出去的时候还是个小伙子,那次也翻了船,可凭着一身好水性,硬是把老太爷从水里抱到江岸上去了。这次运气咋就这样背呢?

大管家只觉得整个身子都麻木了,哈了一口气,只哈出半截,胸口的地方如裹了布条一样越裹越紧。大管家望着天空,太阳温柔地照着,钩钩的月亮还留着一个稀薄的影子。一只叫声婉转的鸟儿在头顶好奇地飞来飞去,最后又扑的一声飞走了。大管家的双肘动了动,恨不得生出翅膀来。

老爷的头搭在木盆上,睡着了一样。大管家叫了几声"少爷",又用手拍了拍老爷的肩,老爷回过神来,牙根不停抖着,嘴唇都发青了。大管家说:"少爷啊,你一定要坚持住,过了这一段,咱们就可以爬上岸了。"

老爷叹了口气说:"谁晓得前面又是啥呢?如果这就是命,我只想再见上那个仙女一眼。——仙女呀,你就让我再看你最后一眼吧!"老爷突然对着天空大叫了一声。

当老爷抬起头来的时候,谁想到会有奇迹发生呢?老爷不由得兴奋地叫起来:"仙女!仙女呀!你看,前面那不是仙女吗?"

大管家抬起头,使劲揉了揉眼睛,也兴奋地叫了起来:"少爷啊,那是一条船!一条船!我们有救了!"

在下游的江面上,奇迹般地出现了一条船,老爷所说的仙女就站在船头。

老爷和大管家突然觉得体内充满了力气,大声呼喊着朝那条船游去。

船上一位成都府姓钱的大老爷把老爷救了起来。城里的大老爷们都是吃饱了没事干的人,一高兴就带着家眷去逛那些山山水水,好像总要找个机会把手里用不完的银子花出去。钱大老爷问老爷想不想到成都府去看看,老爷说:"成都府有什么好看的呢?"钱大老爷说:"别人都说成都府是天府之国呢!"老爷说:"那就去看看吧。"

于是老爷就跟着钱大老爷走了。

老爷所说的那个仙女原来是钱大老爷的千金,现在可以面对面地看着她了,可老爷从来没抬过头。老爷就像只胆小的猫一样,生怕被人踩上一脚。老爷只是等大小姐走过后才傻傻地看着她的背影。有时看得久了,有些痴。有时大小姐偶一回头,老爷竟不知躲闪,等明白过来的时候,便慌忙转身,结果老拿额头去撞身后的门楣或者是其他东西。

有一次无人的时候,大小姐问老爷:"你怎么不敢抬起头?

难道我是吃人的老虎吗?"大小姐说到老虎时老爷就无声地笑了,大小姐怎么会想到拿老虎做比喻呢?

老爷闻着从小姐身上传来的花香味,呼吸都觉得困难。老爷说:"小姐是仙女呀,学生怎敢当面直窥小姐仙容呢?学生能与仙女同船,远远地看上一眼,就心满意足了!"

有时钱大老爷来邀老爷下棋,老爷都借故推辞了。有人来说话,老爷也一副郁郁寡欢的样子。大管家还发现,老爷喜欢抱着一把二胡,独自坐在船头。每天早上,船上的人才睁开眼睛,就听得老爷在拉曲儿了。大管家只觉老爷拉的曲儿一点不好听,听着听着,就像心头装了一碗米醋,一只虫儿在里面慢慢地爬来爬去一样,连腮帮都是痒痒的、酸酸的,让人一点也不舒服。

后来,船的另一边响起了琵琶的声音,那是从大小姐的房间里传出来的。大小姐屋里的琵琶声要比老爷的二胡好听多了,可大小姐房里的声音刚停下来,老爷的二胡又响了起来。船上整日叮叮当当的,谁也不知他们在折腾什么。

船在江面平稳地行着,过了石塘峡大码头以后,去成都府的路就走了一半。船过码头的时候已是大半夜,一些人下船,一些人又陆陆续续地上船来。这个时候对有钱的老爷们来说是很烦的,吵吵嚷嚷,让人觉也睡不安稳。于是老爷们个个关紧了房门,把那些鸡飞狗跳的声音和贩夫走卒的喧闹关在门外,蒙起被子睡起觉来。

这天早上,人们没有听见老爷的二胡声,也没见大小姐房里的琵琶响,就连老爷身边的大管家也不见了踪影。

人们都在猜,那天夜里老爷到底使了什么手段,居然让那个仙女一样的钱家大小姐下了船跟着老爷来到了雨镇?

3

老爷好像越来越疯了,整夜整夜地不睡,一个人在山坡上跑来跑去。老爷说他的耳边总是有一个人的声音在呼唤,让他像一匹渴望奔跑的马一样焦躁不安。

老爷从森林里砍来一棵棵参天大树,从四山八岭请来了最好的木匠师傅,开始造一条大船。老爷整天忙得团团转,就连夫人病得那么重,也抽不出一点时间去看看。师傅们连夜赶工,按照老爷画出的模样,终于赶在第二年涨水之前造出了一艘大船。

雨镇人从来没见过这么大的船,泊在码头上有一幢楼那么高。

等水涨起来的时候,老爷就带着大管家登上了那条大船。当时的那个场面,说不出有多壮观,老爷站在船头,像个带兵打仗的大将军,好像只要双手一挥,云和雨就会跟着来一样。雨镇的一帮年轻后生都跟着老爷上了船,说是在船上做水手,其实也是为了去看那外面的世界,说不准也能像老爷当年一样,带个千娇百媚的媳妇回来。

老爷的船才行到蒲江口,从山上就下来了山洪。谁晓得那些水从哪里来的,把整个蒲江都灌满了,大浪直往江岸翻。老爷的船再大,可也经不住那浪啊!没多久,那大浪就把老爷的船抛上了江岸,大船散成了一堆木头。

老爷回来在床上躺了很久,老爷说他看见了龙王爷。龙王爷给老爷发请柬,要老爷去做客呢!老爷猜不出其中的意思,便去请教村里算命测字的李歪嘴。李歪嘴要了老爷祖宗三代的生辰八字,对老爷说:"老爷啊,你们胡家几代人都是火命,水火不容啊,火命的人怎见得了水呢?龙王爷给你发请柬,是不吉之兆,老爷从此要忌水才行!"

从此,老爷见了水就害怕了,再也不提那行船的事。

没过多久,老爷的夫人就不行了。夫人死的时候,老爷一滴眼泪也没流,人们都说老爷的心肠太硬了。

老爷把侍候夫人的丫鬟都遣散了,那几间屋子便紧紧地关着。一些杂草从窗前慢慢长开去,还夹杂着三三两两枯黄的树叶。丫鬟们走了后,留下的几个老家伙怎么忙得过来?

丘老三还是每天定时给那些花浇水,浇完水后,丘老三就拿把扫帚扫老爷门前的那些树叶,然后坐在门前的台阶上,等着老爷叫唤。可老爷从没叫过,老爷把自己关在书房里,一个冬天都没出来。无事做的丘老三就坐在院子里,望着院子里那些正在落叶的树。一片树叶掉下来,丘老三就走过去,把它捡起来扔到垃圾桶里,然后等着另一片树叶掉下来。

自从夫人死后,院子里安静得如一口深深的井。丘老三的那些花寂寞地开着,连脑袋也懒得摇一下,也许它们渴望一只蝴蝶或者是蜜蜂能够勇敢地闯进来。

人们再次看见老爷的身影是在第二年的春天。老爷不知又要折腾什么事,找来了很多的炸药,并把炸药放在雨镇周围的山包上。只听得轰隆轰隆的巨响,雨镇周围的地皮都在发抖,山上的土石便像雨点一样四下溅落开去。

老爷像玩鞭炮的孩子一样,欢呼雀跃地向那些刚炸开的山头跑去。老爷说,他非得把这些山给炸平不可!只要把这些山炸平,就可以骑上一匹高头大马,想去哪里就去哪里。老爷说这话时,就像已经骑上了一匹大马,正奔驰在一片一望无际的原野上。雨镇的人听老爷这样说,只觉血管里的血都沸腾了,盘算着以后也要养一匹马。

谁也想象不出老爷的开山工程有多么浩大,光是炼火药的师傅就有几十人,还有打炮眼的石匠、点火的炮手,加起来有百把人。老爷不知卖了多少田地,拿来投入这个工程。直到后来有一天,炼火药的师傅们炼不出火药了,那些能够炼火药的泥巴都被他们挖空了,而雨镇周围的山还是在那儿。老爷炸了一座山,远处还有一座山等着他呢!谁知道外面还有多少山呢?工程停了下来,那些等着火药开山的师傅等不住,便各自回家了,只剩下老爷一人在工地上。老爷每天都要在工地上转那么一圈,每转一次眉头就紧一次。后来老爷对着那些被他炸得千疮百孔的山头长长地叹了一口气,无可奈何地回到了他的大院里。

按理说,老爷折腾了这么多年,该安静下来了。老爷已不是从前的老爷,雨镇的地有好多都不是老爷的了。老爷仓里的粮食也被开山的师傅吃空了,老爷以前那些放在库房里发霉的银子也变成一包包火药在山头炸了,老爷院里都长满蒿草了,接下来老爷还能干什么呢?

人们说,老爷一定会想着再娶个老婆。以前的夫人并未为老爷留下一男半女,老爷得想着留个后了,要不然到时谁为他送终摔瓦盆呢?雨镇有的是黄花闺女,只要老爷愿意安安静静过日子的话。

可老爷又躲在屋里不出来了。听说老爷不知从哪里请来了一个道士,老爷在跟道士修炼什么法术。

修炼法术的人有几个有好下场的呢?有人修炼了法术向仇人复仇,有人想从石头里炼出黄金,有人还想炼出长生不老的仙药。有的甚至还修炼什么飞行术,自以为修炼成了,结果从山上掉下来就摔死了。

老爷修炼法术干啥呢?听大管家说,老爷要用法术炼出一个具有一切优点的女人,只要老爷心中想的那个女人是什么样子,那个造出的女人就会是什么样子。老爷说那是人世间绝对找不出的女子,她有仙女一般的身材、云霞一样的头发、月亮一样明亮的眼睛、豆腐一样柔嫩的肌肤。她的容貌凡人看不得,一看眼睛就会失去光明,再不能看见其他的事物。她的话凡人听不得,一听周身的血就会像煮开的水一样咕噜咕噜地从耳朵里冒出来。她的模样会让世间的女子感到羞愧,会让天上的仙女感到嫉妒。

老爷的房里生起了炉子,天天都冒出青烟,除了那个道士和老爷,谁也不准进那间屋。大管家又按老爷的盼咐,卖了好几块田地,然后去很远的地方买来了一些名贵的药材,还有什么天鹅毛、孔雀毛。村里磨豆腐的菊婶娘每天还背着一桶上好的豆浆去。听说老爷修炼的法术就是把豆浆倒进那炉火里,然后再怎么炼。村里的人每天都能闻到浓浓的豆浆味和硫黄味。

过了七七四十九天之后,那个道士走了。听说老爷要炼的那个女人已经炼出来了,可到底长什么样,连大管家也没见过。

大管家只听见老爷和那个女子在屋里嬉笑的声音,想必是那个妖精用什么法子把老爷逗乐了。大管家有一次忍不住好奇,从窗户的一条小缝偷偷地往里望,看见老爷在屋里追来追去,好像在玩猫捉老鼠的游戏。大管家看了半天,只看见有一团白影飘来飘去,一会儿在这,一会儿在那,一会儿又不见了,始终看不见她的真面孔。大管家看得心头直发麻,心想,真是个妖精,老爷却怎么一点也不怕呢?

雨镇都在传老爷搞上了一个妖精,连前河水以外的人都知道了。好多人都想看看妖精是啥样子,又害怕沾上邪气。老爷和那妖精在白天是不出来的,只有在夜晚,人们看见一团白影趴在老爷的马背上,和老爷一起打马跑过村庄。老爷和那妖精一起,在雨镇的河里洗澡打闹,在庄稼地里、树林里捉迷藏。那放荡的声音随着夜晚的风传得很远很远,听得雨镇的人心惊胆战。在下雪天,人们还发现雪地里留下一行行像鸭掌一样的脚板印,那肯定是夜晚里妖精的鹅毛掌留下的痕迹。

人们开始抱怨,老爷的妖精为雨镇招来了邪气。一大批蝗虫和蟑螂从四面八方拥来,钻进田间,咬断了玉米秆和红薯藤。有人甚至还跑到老爷家的后面,去扔石头和大粪。谁说不是老爷的过错呢?雨镇这块干干净净的地方被老爷搞了这些乱七八糟的事,弄得乌烟瘴气了。

这期间,从山外来了一批杂耍艺人,他们在码头的沙滩上,撑起一个巨大的蘑菇一样的篷伞。他们说着一口流利的官话,谁也不知他们是从哪里来的。最先是孩子们被那哐哐的锣声吸引了过去,后来大人们也跑去了。这些人个个都有绝活。会耍小狗的,狗儿虽像普通人家喂的一样,却会翻跟头、钻火圈。一只小鸡崽,蹲在主人的怀里,用尖嘴从签筒里啄出一支竹签,就能测出人的吉凶祸福。还有表演硬气功的,用明亮亮的大刀在肚皮上砍来砍去。还有变戏法的,能把一块石头变成一锭银子。还有耍猴戏的,那个小猴穿着花衣服,一边敲着锣,一边嬉皮笑脸地冲人扮鬼脸,比小孩还机灵。

孩子们都在看那些猫啊狗的把戏,雨镇的老少爷们则围在一个耍蛇的周围。那个耍蛇的是个十七八岁的妙龄女孩,穿着一件紫红色的小肚兜和一条紧身的短裤裙,露着光滑的后背和美丽的大腿。一条碗口粗的大蛇紧紧围在女孩的腰身,从肩膀上露出一个头。雨镇的爷们眼睛瞪得像牛眼一样,都说老爷以前的夫人够美了,可这般妖艳的女子,世上怕再也找不出第二个来。

杂耍艺人在雨镇大概待了半个月,眼看着前河里的水一点一点地退下去,害怕误了行期,收拾东西准备启程时,却找不到那个耍蛇的女人。艺人们在村里找了一天,眼看着不能再耽误工夫,只好离开了。人们都在猜,耍蛇的女人怎么会无缘无故失踪了呢?后来才知道,是老爷迷上了她的美貌,偷偷把那个女人藏了起来。

那个女人被老爷藏在库房里,那条蛇好像被老爷用硫黄给熏死了。人们在晚上能听到那个女人的哭声,人们都说老爷是在造孽,已经有了一个妖精,又弄来一个蛇精。一个窝里有了两只妖,那还不得打起来吗?

有一天,村里打更的丘十一慌慌张张地跑来说,老爷杀人了,老爷把那个耍蛇的女人杀死了,埋在村头的甘蔗林里。

村里一下炸开了锅,雨镇世世代代都平安无事,除生老病死外,从未发生过命案。看来老爷真的疯了。

衙门里来了人,从甘蔗地里挖出了尸体,脖子发乌,赤身裸体。老爷被戴上了铁镣,当差的问老爷怎么解释,老爷说,人不是他杀的,是那个女妖精暗中吃了醋,偷偷地把她掐死了。官差们从老爷的屋里搜出各种药草、符咒,还有一顶女人的假发,并未发现老爷说的妖精。

老爷被带到衙门里,官老爷问老爷还有啥话说,老爷连呼冤枉。官老爷说:"只要你拿得出证据,就马上放了你。"老爷说:"大管家可以做证,那炼妖精的药材还是大管家买的呢!"

大管家被带了上来,大管家说药材是他买的,老爷按一个道爷的法术炼出个妖精也有这回事。可官老爷断了一辈子案,怎么会相信这些话呢?

官老爷说:"那就把妖精找出来吧!"

谁能找得出那个妖精上公堂来做证呢?说不定她正躲在哪个角落里偷偷地笑呢。

老爷被判了死罪。后来大管家又回去卖了好多块地,拿了银子去见官府里的老爷。老爷就只被判了十年。

老爷在牢里的日子过得还算不错,隔三岔五还有大管家和丘老三拿些烟草去看他。老爷的大院里只剩下他们两个人了,几个老妈子见老爷出了事,便卷了细软偷偷跑了。老爷的地如今都是别人的了,只剩下空空的大院,长了一地的杂草。

毕竟是做过老爷的人,即使在牢中,上上下下都还把老爷叫作老爷,连典狱长见了老爷都客客气气的。他们也说,像老爷这样的读书人,怎会去做那杀人的勾当呢?

老爷在牢里住的是个单间,牢门先前还锁着,慢慢地差役们也懒得锁了。老爷可以随便在里面走动,找人聊天。人们问他那女妖精的事,老爷便说给他们听,末了摇摇头说:"谁想到那女妖精也会吃醋,反过来害了我呢?人心难测,连那妖精的心也是这样!"

老爷经常被典狱长请到家里去喝酒,典狱长也喜欢听老爷讲故事。有一次,老爷在典狱长家里看见一个美丽的瓶子。老爷问这是什么东西,怎么跟水做的一样透明。典狱长说:"那是西洋来的东西,洋人管它叫什么玻璃,洋人真聪明!能造出这玩意儿!"

老爷拿着那个玻璃瓶子像中了魔一样,在手里不停地来回摩挲着。多么好的东西啊,凉凉的、润润的,比女人的肌肤还要细腻。老爷把眼睛对着瓶子往窗外的阳光看出去,居然看见了七彩的霓霞,那是比天鹅毛、孔雀毛不知要漂亮多少倍的颜色!

老爷兴奋得大叫起来,要是用这东西做个透明的人出来,那该有多好!

典狱长不知听了多少遍老爷用法术做女人的事,可他根本不相信那回事。典狱长说,这东西稀罕着呢,别把它弄坏了!说完典狱长就把那个瓶子收了起来。后来老爷再去典狱长家,就再也没见过那只瓶子。

没隔几年,老爷就出狱了,可雨镇的人再没见过老爷。大管家和丘老三也离开了老爷的大院,自己在村里种起了地。老爷院里的房子塌了,长满了草,成了一些野猫野狗的住所。老爷不知去了哪里。有人说老爷去了成都府。有人说老爷去了西洋,去找那透明的玻璃了。

比蛇更忧伤

1

秦先生拿着学生的画稿从画室出来,缓缓往回走,在走进上新街那条幽深的小巷时,闻到一股幽香。现在是阴历四月天,很多草木都开花了。他抬起头,四下望了一眼,并没看见开花的植物。他用手中的画稿扇了扇面前的空气,花香袭人,逼得他有些心慌意乱。他捏了捏鼻子,摇摇头,不明白自己为什么对花香如此过敏。

突然有人叫了一声"秦先生",吓了他一跳。他抬起头,看见一个拉蜂窝煤的人满头大汗地把板车让在巷子一侧,微笑着,客气地向他打招呼。他点了点头,生怕那人要找他摆龙门阵,便匆匆忙忙走过。雨镇南头北里的人差不多都认识,碰上总要聊几句。秦先生从来不喜欢和人闲聊,有时碰上学生家长非要跟他聊聊孩子学习的情况,他总感到痛苦,只好说上几句,然后逃也似的离开。

缘于古老传统,雨镇人把医生和有学问的人称作先生。秦先生并不是本地人,多年前来到雨镇,人们尊敬地叫他先生。秦先生的学问众所周知,跟他学画的好多学生都考上了全国各地的美术学院,有的还成了著名画家,人们就像尊敬一个德高望重的老者那样尊敬他。

秦先生看起来很年轻,好像永远只有三四十岁,独自一人住在偏僻的上新街,没有结婚,谁也不知道他为什么不结婚。这些年他已搬过好几次家,一次比一次偏远。奇怪的是,人们都在拼命往雨镇最繁华的地方挤,而他却离群索居,仿佛不喜欢沾染人间烟火一样。

如今雨镇的发展重心在东边,省城来的石油公司在那里兴建了一个能容纳几万人就业的拓流厂。围着工厂新建了街区和住宅,有眼光的人蜂拥而至,留下原来的老房子。就连从乡里来卖菜的农民也不愿租那样的房子,因为那地方离繁华街区实在太远,一点也不方便。

秦先生好像从来没感觉到不方便,他每天早上九点半迈着小步从住处走出来,用十分钟走到圣灯中学。在学校旁边,有他的画室,有正在等他上课的学生。他泡好一杯茶,喝上一口,慢慢给孩子们讲线条和光的运用。上完两节课,一天的工作就结束了。然后他拿着学生的画稿,不声不响地走回家,静悄悄地关上门,把自己藏在屋里,直到第二天早上再出来。多年来,人们看到的情况大概就是这样。

秦先生住的那栋楼,是雨镇常见的筒子楼,是计划经济年代糖酒公司分给职工的二居室,带个小厨房,没有厕所。厕所在每层楼的一角,公用,不分男女。早些年,每天早上都能看到一道奇特的景观——每层楼的角落处排着一队上厕所的人,手里拿着一团报纸,或是小孩儿用过的作业本,在厕所前耐心地等待。一个人出来后,排在前面的那人赶紧进去。有时也会发生点口角,肯定是有人不冲厕所就跑出来了。如果平时有人上厕所,厕所门刚好是关上的,来到厕所前的人都要亮开嗓门,大声招呼一声:里头有没有人?如果有人正上厕所,通常都会慌忙吭一声。这形成了约定俗成的规矩,大人小孩儿都懂得遵守。所以一个楼层的人共用一个厕所并没觉得不方便,也没发生过什么不愉快的事。相反,在那时,住这种楼房的人都有一种自豪感,因为他们算是国家工作单位的人,他们的房子是国家给他们的。不过,现在没人有那种感觉了。以前这里住的几十户人,都搬到小镇东头去了。

秦先生看中的就是这里的清静。他以前住在圣灯中学自己的一幢楼内,离他的画室不远,也是筒子楼,共用一个厕所。那里住的都是学校的退休教师,都是知识分子,住在一起应该有共同语言。不过后来秦先生还是搬走了,其他老师不知他为什么要搬走,觉得很遗憾。

秦先生后来搬到河街住了好几个年头。河街后面是前河,推开窗户就能享受到河里吹来的风。河面上有时飞着几只野鸭,还有不慌不忙的打鱼船,很优美,很宁静。夏天有些老头在河边乘凉,有时也有几个谈恋爱的中学生偷偷摸摸出现在河边的草丛中。

秦先生的房东在那些年离开雨镇去成都做生意,亏了本,垂头丧气地回来,秦先生只好又去别处找房子。

谁也不知秦先生为什么不买一套房,前几年这里的房子还很便宜。按现在的房价,秦先生也应该买得起。自从他教出的学生出名后,找他学画的孩子就多了,学费也不低。不过,人们想起秦先生不是本地人,说不定他哪一天就会回到自己的家乡去。何况他又没结婚,买来给谁住呢?

前几年,雨镇上的人还热心地关注着秦先生的终身大事。他们都说秦先生应该找一个女人结婚,想来想去也没想到谁家的闺女配得上秦先生。虽然雨镇是盛产美人的地方,但以秦先生的人品和才气,在雨镇还真找不到一个配得上他的人。人们暗里替他着急,秦先生自己却一点也不急,他还是那样安安静静地从街上走过,到画室,上完两节课,又慢悠悠地回到他住的地方。

秦先生频繁地搬家,又总爱找僻静的地方住,这引起过人们的怀疑。男人哪能离得开女人呢?有好事者说秦先生肯定暗里有相好的,说不定就是哪家的风流怨妇。以秦先生的风雅模样,随便朝哪个女人看一眼也会让她耳热心跳。好事者们在秦先生的房前屋后守了很多个晚上,也没发现什么情况。流言不攻自破,秦先生越发让人们尊敬,而他的个人生活也愈来愈让人觉得神秘。

从上新街幽深的巷子走到头,就是秦先生的住处。他住在二楼,从楼梯口第一道门数,第五道门便是他的房间。除了楼上还住着一个老头外,整座楼就只他一个人,好在楼上的老头也从不串门,为他免去了俗事的打扰。

秦先生爬上楼,微微喘了口气,天气真暖和,有细汗冒出。他掏出钥匙,正要打开门,突然从身旁蹿出一只小黑猫,吓了他一跳。他跺了跺脚,那只小黑猫跑开了,藏在远处,不停地叫着,好像在思春,叫得人心烦。

秦先生打开门,从门边拿出一双拖鞋换上后,走进去,转身关上门。

整座楼里只有那只思春的小黑猫喵喵的叫声。

2

夜里,秦先生感到一阵燥热,醒来喝了一口凉水,再躺下,还是睡不着,被子里像生着一团火。秦先生醒着,突然想起白天闻到的花香,还有小黑猫思春的叫声,猛然感觉浓春已经来临,又是一年了,他默默地想着,思绪乱七八糟。重新睡着前他想起明天得找一床薄一点的被子出来,再盖这样厚的棉被会受不了的。

天快亮的时候,秦先生又醒了,感觉身上潮乎乎的,一摸,是汗。他感叹，这天，说暖就暖了，前几天下雨，还有人穿棉大衣呢。他感觉时间还早，干脆脱了内衣，继续躺在床上。不过，因为夜里出的汗多，身上反倒凉飕飕的，感觉很不舒服，心想得洗澡了。

家里没法洗澡，要是有厕所的话，就可以安装一台热水器。他考虑了很久，要不要在楼道的厕所里安装洗澡设施，反正那个厕所也只有他一人在用。他想了半天，身上的汗慢慢干了，决定还是等等再说。

雨镇有很多公共澡堂，票价也便宜，只要一块钱。秦先生从不去澡堂洗澡。人们从没在那些场合看见过他，好像他从来不洗澡一样。

九点半，秦先生准时从门里出来，照旧拿着学生的画稿下楼去。昨晚睡得不太好，神情有些萎靡。他走下楼，身上落满雨镇难得一见的阳光。想不到今天的天气真好，他觉得有点热，后悔穿了一件棉衣在里面。

巷子里还是飘着一股浓浓的花香，他用手中的画稿扇了扇迎面而来的空气。人要是像一棵树一样活着该多好啊，平平静静，一年又一年，直到有一天……

他的沉思突然被一阵吆喝声打断，磨——剪——刀——嘞！磨——剪——刀——

一个瘸腿的中年男人肩上扛着一把高脚板凳，上面镶着一块磨刀石，一把磨得明晃晃的大剪刀用一根绳子系在板凳上。他一瘸一拐地向前走，每走一步，屁股就朝天上撅一下。

就在秦先生快要经过那个瘸子时,瘸子扭头看了秦先生一眼,脸上堆着笑,朝秦先生点了一下头,轻轻说,你家里要磨剪刀吗?

秦先生看了那个瘸子一眼,瘸子的笑容在那张丑陋的脸上展开,显得很诡异。秦先生仿佛看到了凶猛的毒蛇,他的脸一下变得苍白,从额头上滚下冰冷的汗珠。许多年来,他第一次放弃了保持多年的优雅从容的步伐,几乎是飞奔一样,把那个磨剪刀的瘸子甩在了巷子里。

他出现在画室的时候,学生们感到特别奇怪,秦先生今天居然提前了五分钟到。他满头大汗,好像刚洗完澡出来。学生给他沏了一杯茶,端到跟前,他接茶杯的手不住地颤抖。

隔了一会儿,他喝下一杯茶,感觉好了一点,然后开始给学生上课。但他还是觉得口干舌燥,额头上一直冒着虚汗,只好不停地喝着茶。他讲完一个学生画稿中存在的毛病,端起茶杯正要喝水,突然外面又传来一阵吆喝,磨剪刀嘞——

他的茶杯掉在了地下,啪的一声,摔得粉碎。学生们抬起头,看见秦先生惊慌失措地站在那里。

画室外的街道上,瘸腿的中年男人摆开摊子,正在高一声低一声地吆喝。

秦先生走出去,站在画室门边,多年来,他第一次这样怒气冲冲,对磨剪刀的中年瘸腿男人喊了一声。那人回过头,看着秦先生,问道,你要磨剪刀吗?

秦先生脸色阴沉,对那个人说,你能不能走远点?我们这里在上课!

瘸子听了秦先生的话,昂着头说,你凭什么让我走远点?这街道又不是你家的!

秦先生面如土色。这人肯定不是雨镇的,雨镇人都认得秦先生,从不会这样和他讲话。秦先生退回教室,对学生摆摆手说,下课!然后逃一样离开了画室。

3

秦先生从画室回来后一直躺在床上。他好像病了,一会儿发冷,一会儿发热。他回来后从里面锁好门,又搬了一张沙发挡在门后,像生怕有人闯进来一样。他衣服也没脱,用被子蒙着头,说不清睡着没睡着,迷迷糊糊中不停地做着多年来一直重复的那个噩梦。

他听见敲门声,身体缩成一团。门外的敲门声越来越激烈,他惊慌地爬到床下,想找个地方躲起来。床下也并不安全,只要一猫腰就可以看见。这时门外的人开始用脚踢门,他慌得如热锅上的蚂蚁。如果从窗户跳出去,门外的人肯定会发现。屋里无处可藏,他突然看见自己的鞋放在床下,便一头朝鞋里钻进去。可衣服穿得太多,脑袋伸进去后,身体怎么也没法进去,要是把衣服脱了留在地上也会让外边来的人发现。他只好使劲往里边挤,刚钻进去,门就被撞开了,那个瘸子拿着一把大剪刀闯了进来。

瘸子拿着那把明晃晃的大剪刀,朝房间里的各个地方看了一眼，然后朝床边奔来。他得意地笑了笑，说，我就知道你藏在这里面！然后他拿起了鞋。

秦先生狼狈地爬出来，绝望地看着瘸子。

瘸子笑了笑说，你不认得我了吗？

你是谁？

秦先生缩成一团，身体像筛糠一样抖动，战战兢兢地问。

瘸子晃了晃手中的剪刀，说，你不认识我，也该认识这把剪刀吧！

你是……秦先生惊恐地向后退了几步。

瘸子又笑了笑，得意地说，我是王二，想不到你跑到这里来了。

你想……怎……怎么样？

秦先生面如死灰。

想不到你跑到这里来，他们还叫你先生，他们做梦都想不到一本正经的秦先生以前是什么人，都干过什么事！

我以前什么也没干，都是你们这些人诬陷的。

诬陷？你看这是什么！

王二得意扬扬地从口袋里掏出一张纸。

你以前的事都写在上边的呢，你要不要听听？

秦先生摇摇头，脸色惨白，急得大汗淋漓，拼命地喊出了一声"救命"，结果醒来，拉开灯，看了看门，门还是完好地锁着，沙发也在门后。他擦了擦身上的汗，再也不敢闭上眼睛。

4

第二天早上,秦先生一出门,就听街上传着一个骇人的消息:头天在街上吆喝磨剪刀的瘸腿中年男人在海天歌舞城后面不远处被人打死了。这是雨镇多年来的第一桩命案,很多人都跑到出事地点看热闹。秦先生也跟着人去看了看,瘸腿的中年男人死在街头的一个垃圾桶旁,身体仆倒在地,后脑勺上结着凝固的血迹。显然凶手是从后面用硬物将他击倒的,没想到一下就要了他的命。

派出所所长胡文革带着他的警员不停地忙碌着。雨镇多年来平安无事,派出所的干警从没为治安状况操过什么心,除了那身衣服外,他们其他地方和其他任何一个雨镇人都没有区别。突如其来的命案打乱了他们的生活秩序。他们板起面孔,忙着维护现场,忙着拍照。

秦先生看着胡文革臃肿的身体像皮球一样,在人群中滚来滚去,感到很滑稽。他不喜欢这个人,特别是他的名字。以前他碰上这位所长时还点点头,后来听说这位所长的名字原来叫胡大勇,"文革"中改了名字。他搞不懂,这位所长好端端的,为什么要改这样一个名字?总之,他每次见了胡文革都躲得远远的。

秦先生看了一会儿,觉得没多大意思。不就是死了一个人吗?他不明白小镇的人为什么有那么大的好奇心,整整围了一条街,有的甚至还端着吃早饭的碗,一边吃,一边伸长脖子张望。

秦先生转身回到画室,学生们来得不齐,估计也看热闹去了。他没说什么,也没叫人去找那几个没来的学生,泡好一杯茶后开始讲课。

学生们看见秦先生的眼睛红红的,布满血丝,大概一夜没睡。他又恢复了昨天以前的状态,沉稳、平静,昨天秦先生在课堂上的失态只不过是身体不适。

上完两节课,秦先生依旧不慌不忙地走在街上,准备回家。街上吵吵嚷嚷,人群仍然没有散去。死者的家人已经来了,人们才得知这个磨剪刀的瘸腿男人是离雨镇大约三十公里的东安乡的一个农民,在外打工摔断了腿,为糊口学了磨剪刀的手艺。这是这个男人第一次到雨镇来摆摊,想不到才来一天就莫名其妙丢了性命。

死者家人的哭声让小镇笼罩着一种悲伤的氛围,雨镇人虽然对死者表示同情,但他们更大的热情是讨论这件命案发生的原因。秦先生不明白死者家人的哭声为什么那么响亮,甚至有些夸张,好像高音喇叭,全镇人都能听见。其实不管他是怎么死的,反正早晚都会死去。就像一棵树,从种子到树苗,再到参天大树,从春天到冬天,一年又一年,直到有一天老死或是被人砍掉。他也不明白雨镇人为什么有那么大的热情讨论这件事,现在差不多全镇人——除他以外,都参与了这事。他摇了摇头,仿佛觉得很可笑。

他回到住处,看见沙发上有件衣服,上面沾着暗红色颜料一样的东西,想必是画画时不小心碰上的。他拿起那件衣服,扔进洗衣机里,正要灌水,却没打开水龙头,而是伸手把那件衣服拿起来。他仔细看了几眼,又放到鼻子前闻了闻,皱了皱眉,突然想起那个死了的瘸腿中年男人后脑勺上凝固的血迹,感觉有些恶心,于是把衣服扔进了灶膛,一把火烧了。

做完这些,他感觉心情很好,这里没人会讨论街上发生的那些无聊透顶的事。他站在阳台上,望着远处的山,做着扩胸运动,大口大口地呼吸着春日里的新鲜空气。这时,突然从楼上掉下一袋垃圾,落在了他的阳台上,一股恶臭传来。他皱了皱眉。楼上的老头总是扔垃圾下来,他每次去与老头交涉,老头都装聋作哑。秦先生的修养再好,也感觉无法忍受。

秦先生停止了扩胸运动,他用脚踢了踢垃圾袋,发现里面装的是动物粪便。他猜这东西是猫的粪便,他曾在外面的走廊上亲眼看见猫拉过这奇臭无比的东西。

秦先生捏住鼻子,强忍住巨大的恶心。这事要是碰上别人,肯定不依不饶。不过秦先生是个温文尔雅的人,他没发火,用两根指头拎着垃圾袋扔下阳台就算过去了。

傍晚,雨镇的天空飞起细雨,远近雾蒙蒙一片。这是雨镇独特的标志,一年四季,雨镇的天空时常飘着这样的细雨,空气中飘着暖暖的湿气,小镇的万物浸泡其中,慢慢发霉,慢慢腐烂。

秦先生慢慢吃完土豆炖腊肉,早早上了床,多年来的小镇生活已让他养成了这一习惯。雨镇人碰上这样的天,大都聚在一起打麻将,或泡杯清茶天南海北地摆龙门阵。秦先生不喜欢打麻将,也不喜欢和人吹牛。但他喜欢雨镇这腐烂潮湿的气息,这样的雨天,他选择躺在床上,听酥酥的细雨在天空中轻轻地飘洒,如泣如诉。

秦先生的雅兴被一只猫的叫声惊扰了,那只猫充满春情的叫声在夜晚四处回荡。他用棉花塞住耳朵也无济于事。那只猫越叫越响,奇怪的是,那猫每叫一声,他的心就像被一根鞭子抽打一下。他找来衣服,把头紧紧蒙着,可猫叫声无孔不入,一晚的时光,他被猫叫声折磨得筋疲力尽。

小雨仍然没有停,这样的小雨通常一下就是很多天,甚至到永远,雨镇人已经见怪不怪了。秦先生喜欢这样的天气,这也是他喜欢这个小镇的一个原因。这样的天气,躺在床上,盖着薄被,睡过去或者醒来,都非常惬意。可今天的惬意却提前消失了。

真是只该死的猫!

秦先生给学生们上完课后,没有直接回家。他打着一把陈旧的雨伞,去了菜市场,买了他最爱吃的豆干。旁边有一个鱼摊,老板正在杀一条鱼,一只猫守在旁边不停地叫唤。老板剖开鱼肚,把内脏扔在一边,那只猫哧溜扑过去,埋头狼吞虎咽。鱼摊老板抬头看见秦先生,打了声招呼,接着问,要不要来条鱼?我给秦先生优惠价。

秦先生看着吃得津津有味的猫,自言自语地说,想不到猫这么馋!

鱼摊老板说,猫就是闻不得腥,前两天我养在水缸里的鱼都被它抓走了两条。

秦先生笑了笑,没有说话,目光仍盯着那只贪吃的猫。

鱼摊老板说，来一条吧，这鱼是河里的，保证鲜嫩。

秦先生犹豫了一下，说，那你给我来一条小的吧，刚好够一个人吃就行了。

秦先生打着伞在街上又犹豫了片刻，最后去了一家五金杂货店。老板是一个秃顶的老头，他看见秦先生走进店内，客气地哈了哈腰，连忙说"稀客"。秦先生点了点头，眼睛朝货架上扫着，好像在找什么。老板问，秦先生需要什么东西？我帮你找！

秦先生说，家里的老鼠厉害……我是说有没有办法……

老板说，我知道你说的是老鼠药，有，我这里有好多种老鼠药，你稍等一下，我这就给你拿！

老板从货架下面拿出一堆老鼠药，秦先生看了看，不知买哪一种。他抬头对老板说，那东西很狡猾……我是说哪一种药最厉害？

老板笑了笑说，那东西再狡猾也比不过人狡猾，你买针剂的吧，无色无味，不怕它不上当。

秦先生拿了几支老鼠药，掏出钱，老板死活不收，急着摆手说，秦先生来店里那是看得起我这老头，这几毛钱的事算什么呢！

秦先生见他执意不收，只好谢过，转身出了门。

5

小雨歇了之后，住在楼上的老头挂着拐杖下楼来，到处找他的猫，最后在一堆垃圾中找到了，尸体已经发臭。老头拎着小猫的尾巴,眼泪汪汪,见到从外面回来的秦先生,说道,我的猫死了。

秦先生看见老头的可怜样,便说,你快扔了吧,改天再去买一只。

老头有些愤怒,我的猫好端端的怎么会死呢?

秦先生说,那可不一定,好端端的人说死还不是死了?

老头不舍地扔下死猫,嘴里喃喃着,不知说些什么。

秦先生上到二楼,正要打开自己的房门,突然闻到走廊里有一股香气。他抽了抽鼻子,闻出这不是花香,而是女人的胭脂味。他四下里看了看,发现隔壁房间的门口有拖把拖过的水印。

秦先生打开门,坐在沙发上,突然显得心神不宁。他一直坐在沙发上,懒得动一下。走廊里响起脚步声,非常清脆,像一只啄木鸟在啄一棵干枯的树。是女人,只有女人的高跟鞋才能发出那种声音。秦先生悄悄拉开窗帘的一角,朝门外的走廊望去。那人已经走过,只看到一闪而过的鞋,是一双红色的高跟鞋。

脚步声渐渐消失,女人已下楼去了。

秦先生坐在沙发上,脑子里胡思乱想。他侧耳听着门外的动静,直到夜深,门外却什么动静也没有。

日子好像每天都一样,过了白天,就是漫漫长夜,无所谓新旧。秦先生上完课后坐在画室外,沐浴着阳光。圣灯中学退休的何老师凑过来,对秦先生说,胡文革说找到了破案线索,有人看见磨剪刀的瘸子和一个卖豆腐的人为争摊位吵嚷过。

秦先生不愿聊天,但凑过来的何老师很热情,以前又在一个楼住过,不好驳了他的面子,秦先生便心不在焉地回答道,那个卖豆腐的不可能是凶手。

对头,这显然是谋杀,卖豆腐的已被抓了起来,但卖豆腐的为啥要杀他呢?那个磨剪刀的是第一次到镇上来,也没和人结过仇……何老师喋喋不休。秦先生无心讨论,他抬起头,望着街上,一个穿着红色风衣的女人正从远处袅袅娜娜地走过来。

她的头发披散着,波浪状,红色的风衣敞开着,一条轻柔的白色丝巾护着白嫩的脖子,淡黄色的上衣紧紧包裹着浑圆的胸脯,齐膝的黑色皮短裙下是白皙修长的腿。她款款而来,轻击地面的是一双令人惊艳的红色高跟鞋。

她肯定不是雨镇的,整个雨镇也找不出这样优雅华贵的女人。就在那个女人快走过来的时候,秦先生一边想一边收回目光。

何老师说,胡文革把那个卖豆腐的关了起来,审了一天一夜……

何老师的话突然被一个声音打断,你们这里可以裱画吗?

秦先生抬起头,那个女人就站在他面前,红色风衣挟着一股香风袭来。她果然不是雨镇口音,软软的,说话中也仿佛带着一股香水味。

秦先生感觉呼吸有些困难,女人期盼地望着他,眼神专注,带着一种居高临下的矜持和小女孩似的调皮。她目不转睛地望着秦先生,神色自若,带着一丝微笑。秦先生不得不低下头,屏住呼吸,生怕那恼人的香水味再钻进他的肺腑。

何老师摆摆手说,这里是学画的地方,不裱画。

女人没说话,袅袅娜娜地走开。秦先生盯着刚才女人站过的地方,慢慢地舒了一口气。

结果正像你说的那样,卖豆腐的肯定不是凶手,因为那家伙差点被打死了也没承认,你说胡文革到底能干什么?

秦先生抬起头,看了那个走远的女人一眼,回头问何老师,你刚才说什么?

我说胡文革那家伙只能吃干饭,都过去这么多天了,连凶手的屁也没闻着。

秦先生漫不经心地说,是吗?

何老师突然伸过脑袋,小声地说,我跟你说,胡文革那东西可不是好人,"文革"的时候,我们一个老师骂了他一句杂种,你知道他做了啥?他在冬天里让那个老师脱了裤子在河边站了一宿,那是数九寒天啊,下边啥也没穿,那个老师倒没死,可落下病根,一辈子都废了。

秦先生恐惧地望着何老师,何老师又开始饶舌般地说道,你认识那个老师吧?就是前几年刚死的黄老师,你说一个大老爷们一辈子废了,那是啥滋味?……

秦先生捂住耳朵,犹如一个受到惊吓的孩子,逃也似的离开了何老师。

6

秦先生终于见到了隔壁所住的人。他从外面回来正要打开门,一个三十来岁的男人手里拿着抹布从屋里出来,他看了秦先生一眼,礼貌地笑了一下,然后问,你是秦先生吧?

秦先生点了点头,他不喜欢跟陌生人说话。

那个男人笑了笑说,你不认识我,我可认识你,我是本地人,一直在雨镇读书,后来考上大学才离开这里。

秦先生仍只是点了点头,他想赶紧把钥匙插进锁孔里,打开门,躲避那个男人的纠缠。那个男人放下手里的抹布,从口袋里掏出一张纸片,递过来,说,这是我的名片。

秦先生不得不抬起手,接过那张纸片,瞄了一眼,上面写着什么石油开发有限公司副总经理,何胤博。

那个男人笑了笑,谦虚地说,秦先生叫我小何吧,以后我们就是邻居,还请秦先生多关照。

秦先生本不想搭理这个人,听了他后面的话,便问,你怎么住这么偏的房子?

何胤博回答道,我在东边石油公司上班,房子在装修,这是我们以前的老房子,我和内人先在这里住一段时间。

秦先生哦了一声,听说他们要在这里住一段时间,心里有些不安。何胤博接着说,我知道秦先生喜欢清静,我们只是晚上住这里,白天要上班。对了,丁香,出来见过秦先生!何胤博朝屋里喊了一声。

秦先生赶紧说,没事,你们忙吧!说完转动钥匙,可他的门还没有打开,隔壁屋里的女人已应声出来。红色的风衣,波浪一样的头发,淡黄色的紧身上衣,黑皮短裙,修长的腿和红色的高跟鞋,只是脖子上少了白色的丝巾。秦先生感到心脏开始加速跳动,他又闻到了那袭人的幽香。

女人微笑着,礼貌地朝秦先生点了点头,眼神中仍保持着仿佛与生俱来的矜持和高贵。秦先生不敢看她的眼睛,低下头,错开目光。她突然开口说道,你是画室的那个老师吧?

秦先生谦逊地点点头。何胤博指着秦先生对女人说,这就是我以前跟你讲过的我们镇最有名的画家秦先生!接着他又对秦先生说,这是内人丁香,以前我老提起你,她非常崇拜搞艺术的。

秦先生感觉有些头晕,女人身上的香气让他喘不过气。他心慌意乱,不知道说什么,也不敢抬头,慌乱地打开自己的门,进屋去了。

他倒在床上,心里狂跳,一股被岁月深深埋藏的激情在心底升腾起来。他不停地做着深呼吸,努力想恢复以前的那种平静状态。他在心里不停地对自己说,几十年都这样过来了,未来也会这样过去,一切都不会扰乱我的心。

他喝了一口冰冷的水,又用凉水洗了一把脸,感觉好多了。一切都重归平静,他笑了笑,仿佛在讥讽自己内心的愚蠢,讥笑那股莽撞的激情,只有十几岁的小伙子才有那种糟糕的表现。

不过,她真的很美!他在心里不得不这样承认。这种美是他从没见过的,多年来他在小镇没见过,在他充满无穷想象力的画作中也未出现过。怎么说呢?她浑身无不焕发着一种魔力,向外辐射着让人抗拒不了的魅力,只要看上她一眼,血管里的血就会像煮开的水一样沸腾起来。

这是一幅天作的美人图,多少画家穷尽一生的才华,也无法创作出这样充满蓬勃生命力的青春形象。

他终于放开心里的那些限制,不带一丝邪念,无边无际地幻想起来。

后来,他的心里涌上一丝悲哀。她就在隔壁,那个男人就在她身边。他为自己心里涌起的悲哀感到吃惊,却又不愿克制。他清醒着,从床上跳下来,靠在那面墙上,侧耳倾听,以为透过墙能听见她的呼吸,听见她的说话声。墙壁冰冷,什么也听不见。直到第二天早上,清脆的高跟鞋敲击地面的声音传来,他从床上跳起,赤着脚,跑到窗户边,悄悄拉开窗帘一角,只能看到她模糊的背影。不过,脚步声仍在,美妙极了,那双可爱的脚就像轻轻踩在钢琴上一样,流淌的是动听的乐声。

7

天气越来越暖和,一年中最好的时候大概就是这时了。秦先生脱下棉衣,只穿了一件薄薄的羊毛衫。镇上的中小学都在组织学生春游、野炊。他想,是不是也应该让画室的学生走进春天的田野里写生去?

最终他想应该去,这难得的好时候,不能老在室内窝着。他在画室把这一决定告诉学生们的时候,学生们都欢呼雀跃。他正在宣布有关写生的具体要求时,画室的门被推开了,一个留着长发的年轻男子站在门口。

秦先生有些气恼,他看了看来人,说道,你干什么?我们正上课呢!

那人笑了笑,不慌不忙地说,你还认识我吗?秦先生,我是尹艺夫。

秦先生仔细打量着门口的人,认了出来。

尹艺夫!你什么时候回来的?他上前握住尹艺夫伸出的手。

尹艺夫说,昨天刚回来,今天特地来看看先生!

秦先生脸上露出快乐的笑容,他为自己的学生还记着自己感到欣慰。这是他当年教出的最好的学生,现在是著名的青年画家。

学生们都知道镇上出了一个著名画家尹艺夫,也知道尹艺夫当年跟秦先生学过画,都用崇拜的眼神望着尹艺夫。秦先生望着学生们说,这是你们的师兄尹艺夫,现在可了不得,成名人了。

尹艺夫动情地说,这都是秦先生教的,没有秦先生就没有我今天的成就。

秦先生说,哪里,都是你悟性好,再加上勤奋。

学生们鼓起掌来。末了,尹艺夫小声说,有点小事要麻烦秦先生。

秦先生问,什么事?

尹艺夫说,这次回来,镇政府很重视我,准备搞一个欢迎酒会,镇里的头面人物都去了,县电视台还要录像,他们觉得这种场合少不了秦先生,又知道秦先生不爱应酬,所以让我来……

秦先生皱了皱眉,说,这……

尹艺夫说,我自己也不喜欢这样,兴师动众的,可他们都准备好了……

秦先生低头不语,见尹艺夫期盼地望着他,明白不好当场拒绝他,便说,你让我考虑一下吧!

尹艺夫说,明天中午,等你上完课我来接你。

秦先生没表态,他不喜欢那种场合,多少年来一直这样,谁请他也不去。

可这是他最喜欢的学生,成名了还记着他呢,这次亲自来请他,不去肯定会让学生面子上过不去。但他一想到那种场合,又摇了摇头。

他一直在犹豫,下课后,在走进上新街那条幽深的小巷时,他还没想好怎么办,正低着头琢磨时,突然听见后面传来摩托车的发动声,回过头一看,是住他隔壁的何胤博。

何胤博看见秦先生,一脚踩住刹车,问道,上完课啦,秦先生?

秦先生点点头。何胤博又问道,那个尹艺夫是你的学生吗?

秦先生抬起头,平淡地说道,跟我学过几年。

何胤博说,真不简单,秦先生教出那么大的画家。

秦先生谦虚地说,是他自己有悟性。

何胤博说,哪里,名师出高徒。对啦,明天中午镇政府要给尹艺夫举行接风酒会,还给我发了一张请柬呢!

秦先生说,是吗?抬起脚慢慢向前走。

何胤博没有下摩托车,一只脚踮着地,跟着向前走。

我哪有时间,这几天忙得不行,只能让内人丁香去了。对了,秦先生去吗?

秦先生说,我还没决定呢!说完,继续慢慢地向前走。不过,当他快走到楼下的时候,他终于做出了决定。

8

情况就像他猜想的那样,整个场面乌烟瘴气。秦先生坐在大厅的一角,厌恶地看着室内高谈阔论的人们,他穿着一套考究的西服,显得很庄重、很正规。但是,没隔多久,他就为这身衣服后悔起来。因为来的每个人都显得那样猥琐,油腔滑调,好像这对他的庄重是一种侮辱。不过,也许这种情况不久就会得到改观的,因为在场缺少一位真正优雅的人。

镇政府的领导还没有来,画家尹艺夫也没到,大厅里坐着的都是镇上的头面人物。派出所所长胡文革靠在门边的沙发上,不停地抽着烟。几天没见,他的脸变得又黑又黄。圣灯中学校长语带讥讽,和胡文革说着话。胡文革默默地抽着烟,末了,他的声音高起来,对校长说,那你认为这场谋杀到底该从哪个地方下手呢?

校长看着被激怒的胡文革,有些扬扬得意,他幸灾乐祸地说,我只教得了学生做算术题,可教不了一个派出所所长去破案,不过,可以逆向思维嘛!咱们为什么不反着想想呢!

大厅里的人见两人争得面红耳赤，都把头扭了过来。校长见大伙的注意力都集中过来，便更加夸夸其谈。

我们的思维都喜欢顺着想，比如我们看见那个瘸子后脑勺受到攻击，就猜想是有人从后面杀了他。其实有些事情本来很简单，可偏偏把它想得太复杂，咱们为什么不想想其他原因，比如他见钱眼开，为了杀别人，结果被别人杀了呢？……

不可能，你这完全是放屁！胡文革终于忍不住了，打断了校长滔滔不绝的演讲，你说的一点根据没有。

校长不甘示弱，马上抢白道，你以为你有根据？你把那个卖豆腐的关起来，结果呢？如果卖豆腐的和死者发生过口角就是证据，那当天还有人看见秦先生和瘸子说过话，那你怎么不怀疑秦先生也是杀人凶手呢？

突然有人提到他的名字，秦先生的身体一抖，望着争吵的两人。校长看了秦先生一眼，希望能获得秦先生的支持，同时为自己强有力的反驳感到得意。胡文革也看了一眼秦先生，说道，我们已经调查过，秦先生和死者当天是说过一句话，但那根本不是口角，我们的怀疑是讲证据的，不是编故事。

大伙见两人拿秦先生说事，立即插嘴说道，你们有完没完？怎么拿秦先生开玩笑？秦先生不计较，可也不能欺负善良的老实人啊！

秦先生笑了笑说，你们可得好好调查调查，没准我真是杀人凶手呢！

大伙一听，都笑了。

不久,镇政府的领导拥着尹艺夫来了。众人起立,互相打完招呼,开始落座。镇长坐在对面主持宴会,秦先生被按在了主座,他的左边坐着尹艺夫,安排右边的人时,才发现还有一个人没来。镇长说,石油公司的何总呢?

大家七嘴八舌地回应道,何总还没来呢!

镇长说,留着座,何总可是我们雨镇的财神爷,咱们等会儿。

秦先生知道他们说的何总就是何胤博,昨天他不是说很忙,来不了,让他的内人来吗?他望了望留着的座位,待会儿她来了将坐在自己的旁边,他感觉心中有一股莫名的激动。

席上的人又开始聊起那件命案,这会儿胡文革老实了,一言不发。众人发表着各自的意见,后来镇长也发了话,好像是对胡文革说的,一定要赶快破案,小镇的人为这事嘴皮都磨破了。胡文革更不敢吭一声,阴沉着脸坐在那里。

秦先生坐在那里听众人喧哗,觉得好笑,都是一群自以为是的家伙,特别是胡文革,蠢得像一头猪,估计这辈子他也破不了案。

秦先生望了望大厅入口,心里怀着一点期待,又有点紧张,他已经拿起手巾擦了好几次额头上的汗。最后,他看见何胤博急匆匆地走了进来。

对不起,我迟到了!何胤博朝空着的座位走过来,抱了抱拳,高声说道。他看见秦先生,笑着点了点头。

镇长说,我们知道,何总是大忙人,能来就是给我面子了。怎么不把嫂夫人也带来?听说嫂夫人是雨镇首屈一指的大美人,带来让我们开开眼也好!

何胤博哈哈笑了笑说,哪里,实话说,我真是忙不过来,本来准备让她代我来的,但这么大的场面,镇长大人都来了,说啥我也得亲自来。

镇长哈哈大笑了几声,说了声"开始",酒会就开始了。

没想到酒会的结果是这样的,镇长带头说了几句冠冕堂皇的话后,被欢迎的画家尹艺夫就成了局外人。大伙吵吵嚷嚷,相互划拳拼酒,尹艺夫和秦先生被冷落在了一边。

秦先生叹了一口气,情况并没如他预想的那样,他心头涌上一丝失望。席间烟气和酒味让他头晕胸闷,他看了一眼坐在旁边的何胤博,感到一丝气恼和遗憾,他不是说不来的吗?

镇长的脸喝得红红的,他开始敬酒。镇长走到秦先生面前,大声说,这杯酒先敬秦先生,感谢秦先生为我们雨镇培养出尹先生这样的大画家,无论如何,秦先生也要给小人这个面子,来,干!

秦先生从不喝酒,急红了脸,说,我不会喝酒!大伙儿起着哄,一定得喝,你不喝就是不给镇长面子,不给镇长面子就是不给全体雨镇人面子。

秦先生非常为难地说,我真的不会喝酒!

镇长说,男人哪有不会喝酒的?不就是一杯酒吗?你不喝白酒喝杯啤酒也行。

有人赶紧给秦先生倒了一大杯啤酒。这时尹艺夫站起来,说,秦先生不喝酒,我代他喝吧!

镇长说，好汉做事好汉当，男人不能说不行，哪能让别人代劳！

秦先生的脸通红，他一句话也没说，站起来，端起酒杯就喝了下去。大伙儿又起哄道，原来秦先生是海量，来，继续整！

秦先生感觉大脑一片眩晕，他打了个嗝，一股酒气从胃里蹿上来。

镇长又和尹艺夫碰了一下杯，又说了很多酒话，好像喝醉了。他一招手，对席上的人说，你们别看我演独角戏，你们也放开喝。过后，他来到何胤博身旁，小声说，现在石油贵得很，有啥好处到时别忘了兄弟！

何胤博说，不敢不敢，来，喝！

秦先生感觉桌子在晃动，屋顶也在晃动，他只听见镇长在说什么石油的事，接着又听见他们心照不宣地哈哈大笑。

后来，秦先生又喝了几杯啤酒，他喝第二杯酒时已感觉不到难受了。尹艺夫怕他喝多，他搞不明白秦先生为什么一下变得来者不拒，谁敬酒他都喝。

秦先生心里空落落的，他以为灌满一肚子酒会好一点，但越喝越觉得空落。后来他觉得小肚子很胀，实在忍不住了，便对旁边的尹艺夫说，我要上厕所！

尹艺夫说，我扶你去吧！

秦先生摇摇头说，我是说我要回去上厕所。

尹艺夫以为秦先生醉了，要回去休息，便说道，等一下我送你回去！

秦先生说,不用……我自己……我自己回去就行了。

秦先生说完就起身,身体有些飘。

镇长问,秦先生要干啥?

尹艺夫立即帮他回答,他上厕所。

镇长说,快点回来,我们继续喝。

秦先生没说话,轻一脚重一脚地出门去了。

尹艺夫追出来,对秦先生说,厕所在这边。

秦先生说,我回去上。

尹艺夫说,你坐摩的吧,我给你找个摩的。秦先生说不用,自己晃悠悠地走了。

秦先生觉得小腹沉重,每走一步都很困难。大街上多的是公共厕所,但他从不上公共厕所。有时他上课茶喝多了,不管有多急,他都忍着回去再方便。

秦先生走进上新街那条幽深的小巷,空无一人,有几次他都想对着墙壁方便一下,可最后还是忍住了。他爬上住的二楼,连房间也没进,直奔走廊尽头的厕所。

为了节省时间,还没到厕所他就解开了腰带,推开厕所的门后,一头就钻了进去。

人最惬意的时候莫过于在内急时得到了解决。秦先生闭着眼,尽情地享受排泄带来的幸福。他睁开眼,看了看正对着的地方,害怕溅起的尿液弄湿裤角。他吓了一跳,打了一个冷战,一往无前的尿液马上收住。因为他看见厕所并排的两个便位的一边正蹲着一个人,是那个让他无数次想起的女人。她正蹲着,睁着一双惊恐的眼睛,惊恐得好像连话也说不出来一样。

秦先生酒醒了一半,他的惊骇远远超过了那个女人。他尖叫一声,赶紧提起裤子,飞快地逃了出去。

9

一连两天,秦先生都没敢出门。他躲在屋里,焦躁不安。他做梦都没想到那时候那个叫丁香的女人会在厕所里,何胤博不是说他们只有晚上才在家吗?那天她为什么待在屋里没出去?

秦先生感到一丝恐惧,命运就像藏在黑夜里的一只猫,突然蹿出来,让他惊恐万状。他开始后悔,根本就不该去参加那个该死的酒会,更不该喝酒。几十年来他从不喝酒,偏偏那天喝了不少。事情即使到了最后一刻,也可以挽回。他明明知道这层楼再也不是只有他一人住,再也不能把那个厕所当成自家的使用,他进去前应该先敲敲厕所的门。

现在唯一能安慰自己的,是那天的月亮并不怎么明亮,厕所里的光线不太好,也许什么也看不见,何况他进去停留的时间很短,最多几秒钟。如果是这样,也就是一点难为情而已。

他在房间里来回踱步,不停地猜想各种情况,过了几秒,又把那种情况推翻。两天来,他反复地折磨自己,直到困意袭来,在梦中,他又看到那把明晃晃的大剪刀朝他剪过来……他被惊醒,却怎么也摆脱不了那个噩梦。

第三天,他的房门被敲响。

他从床上弹起,多少年了,他的房门从没被别人敲响过。汗珠从头发里渗出来,他猜想着各种可能。

最后他轻轻地走到门边的窗户前,拉开一角,向外面看了一眼。天啊,是那个女人,她只穿着一件睡衣,站在门前。

秦先生悄悄退回去,心想,让她敲吧,她敲一会儿就会认为屋里没有人。可敲门声一直在持续,一声紧似一声。秦先生最后实在忍不住了,他走过去,打开门。

女人叫了一声"秦先生",接着说,我就知道你肯定在屋里,是不是病了?我到画室去,学生们说你两天都没去了。

秦先生的样子很可怕,脸色苍白,深陷下去的眼睛熬得通红。女人说,你肯定生病了,病得还不轻,要不要紧?我送你去医院吧!

秦先生看见她的脸上全是真诚的焦虑和关怀,好像前两天什么也没发生一样,这么说,她真的什么也没看见。秦先生说,谢谢,我真的没事,只是酒喝多了。

我听说了,不能喝就别喝,酒喝多了会伤身体的!女人的话说得慢声慢气,听起来感觉就像一只温柔的手在抚摸耳朵。

秦先生突然很感动。女人好像对前几天的事没在意,他敢打赌,他在女人脸上看到的关怀和因担忧他身体而产生的焦虑确实是真心的。

女人说,你的头还疼吧?你等一下,我这里有药,吃了会好一点。女人说完,转身进了屋,飞快地拿出一盒药,塞进秦先生的手中。

秦先生的心里涌上一丝暖洋洋的潮气,他感觉生命中从来没这样被感动过。他像个孩子一样,对女人感激而又腼腆地笑了笑。他关上门后,手里拿着那盒药,按在胸口。这是她的手握过的,她的那双手多可爱啊!刚才她把药递过来时,我不是还碰到了她的手指吗?

不用吃药,他感觉自己已经好了。

隔了一会儿,门又轻轻地响起,秦先生打开门,门口站着的还是隔壁的女人。秦先生退了一步,女人穿着一件宽大的毛衣,手里拿着擦脸油,正往脸上抹。秦先生又闻到了那袭人的幽香。女人微笑着,像个欢快的小女孩,对秦先生说,我去你的画室,听学生们说要去野外写生,你们什么时候去?

秦先生说,原来定好的就是这两天,没想到我身体不舒服,只得看哪天天气好了再说。

女人说,你定好时间,告诉我一声吧,我想跟你们一块儿出去走走!

秦先生没想到女人会提出这样的请求,他的脑海中浮现出女人在春日阳光中的模样,嘴里说,我是带学生去写生的,不是野炊,你去怕有些……有些不合适吧!

女人说,你放心,我肯定不碍事儿,我只是想出去走走!

秦先生说,我是说……我是说……你去何总他会……

女人笑了笑。

你放心吧,没事!

野外写生终于在星期五成行了,学生们像风一样融进田野中。到处都是翠绿的,空气中弥漫着醉人的花香。秦先生坐在坡地上,看着那个叫丁香的女人像一只欢快的蜜蜂,在远处不知疲倦地采着野花。

他轻轻地念着她的名字——丁香,看着花丛中的身影,他心里想,多好的名字啊。

她今天的样子看起来比平时更加可爱,穿了一件无袖藕色紧身上衣,天鹅一样细长的脖子优美地挺立着,白色的短裙刚好遮住圆润的膝盖,低腰的白色小皮靴护住脚踝,露出一截嫩白的小腿。

秦先生深深地吸了一口气,望着她,尽量把心里那些罪恶的想法压下去,接着看见她手里拿着编好的花环蹦蹦跳跳地过来了。

她把花环戴在头上,欢快地笑着,走到跟前问秦先生好不好看。

秦先生微笑着点点头。

我给你也戴上!她说着就把头上的花环取下来戴在秦先生的头上。

秦先生没有动,顶着那个花环。她退了一步,看了看,哈哈大笑起来。秦先生也笑。她笑得弯下了腰,胸前的领口豁开。秦先生看了一眼,心跳加快,只好转眼看着别处。而丁香仍然笑着,一点也没有觉察到异样。

秦先生从头上取下花环,对丁香说,你坐下来歇会儿吧,别累着了。

丁香停住笑,说道,我怎么坐啊?我穿的白裙子。

秦先生脱下外衣铺在地上,说,坐我衣服上吧。

丁香看着秦先生,说道,你真好!

秦先生低下头,回避了她的目光。

丁香坐下来,把花环戴在头上,一只蝴蝶围着她翩翩起舞。突然,她尖叫一声,朝秦先生扑过来,紧紧抱住秦先生,嘴里喊道,蛇,蛇呀!

秦先生手足无措,扭过头,看见一条蛇从不远的地方爬过来。丁香嘴里不停地尖叫,把头埋进秦先生的怀中,双手紧紧抓着秦先生不放。秦先生只觉脚跟发麻,双臂紧紧地抱住丁香。

那条蛇从远处缓缓爬过来,根本没在意这两个吓得半死的人。一会儿丁香探出头,从秦先生的怀里离开,问道,蛇跑哪去了?

秦先生的脸有些红,手脚也显得不自然。他用手挠了挠脸,说,爬过去了。

丁香踮起脚,朝蛇爬过的地方望了望,回头说,你陪我去看看蛇跑哪去了。

秦先生问,你不怕了?

丁香缩了缩身体,说,怕,可我想看看它到底跑哪去了。

秦先生摇摇头,丁香的样子就像小女孩,明明胆小,但又充满无穷的好奇心。

丁香跟在秦先生的后面,轻手轻脚地朝蛇爬过的地方走去。他们在前边的草丛中发现一个洞口。秦先生说,这蛇肯定钻到洞里去了。

丁香问,蛇为什么住在洞里呢?

秦先生看了一眼丁香,说道,也许它很忧伤吧,书上说只有性格忧伤的动物才喜欢住在幽深的洞穴里。

蛇有什么忧伤呢?

秦先生没有回答。丁香突然伸出一只脚,使劲朝洞口踩了踩,洞口塌了下去。丁香拍了拍手,说道,这下它出不来了,非得闷死不可。她只顾着高兴,没想到脚下一滑,一屁股摔在地上。

秦先生跑过去,扶起她,问,没摔着吧?

丁香站起来伸了一下腿,还好没摔着,不过,白白的裙子上印上了一块黑泥印。丁香翘起嘴,撒娇一样对秦先生说,裙子脏了,我怎么回去见人?

秦先生无可奈何地耸了耸肩,说,那只能等天黑才能回去了。

丁香并没因为裙子弄脏而感到不快,没过多久,山坡上又响起她欢快明媚的笑声,她和学生们一起开始忙着野炊。秦先生望着无边的春色,感到春天真好,心里想,以前怎么没觉得春天是这样美妙呢!

10

一连几天,秦先生没看到丁香,不知她到哪里去了。秦先生每天上完课回来,守在屋里,总希望能听到她清脆的脚步声。他感到自己开始想念她了,比如她的笑容、她的笑声,还有她身体的每一个动作。有关她的任何东西都能让他的大脑变得像羽毛一样灵动、轻盈,他感觉自己一下变年轻了。他拒绝承认自己对她怀有更多的期待,他觉得自己渴望的只是与她的友谊,或者只要她能时刻出现在他眼前就行。

她到底干什么去了呢?她还说过要去画室听他上课,如果她真去的话,也许会有人说些闲话,但是,有这样一个学生坐在那里,无疑是一件很令人愉快的事。

这天晚上,秦先生突然听见高跟鞋的声音在走廊里响起,心想,难道是她回来了?他跑到窗户前,像往常一样拉开窗帘,外面连一丝星光也没有。他听见一声咳嗽,陪同她回来的还有何胤博。

何胤博打开房门,高跟鞋发出的清脆声音消失在屋内。他回到床上,感觉很幸福。明天,明天她要是不出去的话,自己得问问她这几天到哪里去了。

他平静地睡过去,深沉的夜晚里总有很多好梦等着每一个人。第二天醒来的时候,他又听见高跟鞋敲击地面发出的声音。他爬起来,想看看这些天她有没有什么变化。他从窗帘缝里望出去,可他看到的竟是个陌生的女人。

怎么不是丁香呢?他惊愕地张着嘴巴,这个女人真的不是丁香!

他的脑子里像装满了糨糊,怎么也琢磨不明白。一会儿,何胤博西装革履地从屋里出来,拿着一个皮包下楼了。紧接着,那个女人也下楼去了。

秦先生打开门,从走廊上看楼下那个女人,她也穿着一件红色的风衣,可她走路的姿势很难看,一点也不优雅。

当天晚上,秦先生又听到高跟鞋敲击地面的声音。第二天,何胤博又西装革履地出来,那个女人追出来,亲了何胤博一口,何胤博在她屁股上拍了拍,然后下楼去了。

隔了一会儿,女人关了门,下楼去。秦先生拎着一袋垃圾,跟着出去了,他想知道那个女人到底是从哪里来的。走出上新街,他看见她走进了海天歌舞城。

秦先生摇了摇头,上课的时间快到了,他便转身往画室走去。学生们感觉今天秦先生的课上得索然无味,他的嗓音嘶哑,好像得了重感冒一样。

秦先生也感觉很难受,每到春天,他的嗓子总要发炎。下课后,他没有急着回去,而是转身去了镇医院。他的嗓子只有刘医生配的药才有效。

他走到医院,刘医生的房间里没人。他等了一会儿,刘医生还没回来,有人告诉他,刘医生在三楼。秦先生闲着无事,便去了三楼。他刚踏上楼梯,就看见一个熟悉的身影。

秦先生问,你怎么在这里?

好久不见的丁香,她露出病容,说道,我生病了,住了好久的院。

秦先生说,我就说怎么看不见你了呢,原来是这样。好点了吗?

丁香说,好多了,谢谢你,秦先生,难道你也不舒服吗?

秦先生说,我嗓子发炎,老毛病了。你快进屋吧,别伤风了。

秦先生扶着丁香进了屋,屋里就住着丁香一个人,还有一台电视。秦先生问,何总没来陪你吗?

丁香说,他哪有时间啊,有时两三天来一次,我不想他经常来,男人总有他们要忙的事。

秦先生顿了顿,说,如果他忙的并不是什么正经的事呢!你也不想管管吗?

丁香摇了摇头,笑着说,他那种人,我管不住,也不想管。

秦先生叹了一口气,说道,你应该管管,男人天生就应该让女人管的。

丁香也叹了一口气,悠悠地说,我虽然是他的女人,但他又不愿和我结婚,我有什么办法?

你们没结婚?秦先生深感诧异地问。

丁香点点头。

秦先生心里感到很悲伤,他为这个美丽的女人感到心痛。看来,并不是所有美丽的女人都能得到幸福。他默默地看着她,过了好久才轻轻地说,没事,没人敢背叛你的。

就在这时,房间的门被推开了,一个人抱着一大堆东西进来。秦先生没想到那人居然是镇长,镇长也没想到秦先生会在这里,有些尴尬地说,刚好来看个住院的亲戚,没想到他提前出院了,听说何总的夫人在这里住院,就把现成的东西拿过来了,请不要见怪。

镇长放下手里的东西后,接着又对秦先生说,秦先生是也来看何夫人的?

秦先生有些不好意思,连忙说,我是来看病的,刚好碰上了。

丁香的脸有些红,她看了看秦先生,又看了看镇长,还没等她说话,镇长立即说,你们聊吧,我先走了。说完又意味深长地看了丁香一眼,转身出去了。

等镇长走后,秦先生问丁香,你们认识?

丁香问,你说谁?

秦先生朝门口镇长离去的方向指了指。丁香立即摇头说,你说他?他见到女人就那样,我不喜欢跟这样的人打交道。

秦先生满意地点头,然后和丁香告辞,去找刘医生拿了药回到家中。

晚上,高跟鞋的声音又在走廊里回荡,秦先生知道,那人肯定不是丁香。一会儿,何胤博拿着手机在楼道里大声讲话,紧接着就传来何胤博与那个女人的争吵声。秦先生听见何胤博说道,这不是没办法吗?那边催着我过去,我必须得过去。

女人说,你跟他们说明天再过去吧,你把我带来却又丢下我不管。

何胤博说,你声音小点,这样吧,你晚上睡这儿,明天早上回去,要不等我走了后,你也回去。

女人赌气地跺了跺脚。何胤博说,就这样!转身急匆匆下了楼。

隔了一会儿,那个女人狠狠地关上门,好像发着脾气,然后也下了楼。

秦先生望着外面星星点点的天空,夜色温柔,没想到春天的夜晚如此美丽，最后他决定出去走走。

11

让小镇居民感到震惊的是，磨剪刀的瘸子那件命案还没破，如今又出了一件命案。这次的命案远比上一次轰动，因为这次死的是一个漂亮女人。

人们接连不断地拥进案发现场。在圣灯中学的围墙外，那个女人的尸体歪歪斜斜地倒在地上。从现场的痕迹看，女人是被人从后面用绳子勒住脖子断气的。派出所所长胡文革脸色阴沉，他一边忙碌，一边喘着粗气。人们进行了猜测，各种版本都有，主要认为是情杀。他们都知道这个女人是海天歌舞城最漂亮的女人，很多人每天晚上都奔着她去海天歌舞城，但很难有机会和她一起唱歌跳舞。

秦先生也去看了一会儿热闹，最后摇头退出人群，上课去了。他的嗓子不太好，最近又好像伤风了，有些咳嗽，上完一节课就回去了。

他回到屋里，听见走廊外面有脚步声，透过窗帘缝望了望，却看见何胤博陪着镇长从外面进来。镇长看了看走廊里放满的油桶，问，就这些吗？

何胤博说，还有呢，底楼的房子都租下了，到时我要把这整座楼都变成油库。

镇长望了望秦先生的屋，问，这屋里住着谁？

何胤博说，住着秦先生。

镇长问,就是开画室的那个秦先生吗?

何胤博点点头。

镇长问,他知不知道这事?

何胤博说,没事,他知道了也没事。

镇长说,有些事少让别人知道最好,有些事你最好干得干干净净。

何胤博看着镇长,听出他的话若有所指。何胤博说,镇长有什么事就说吧,没事,秦先生还没回来。

镇长说,还能有什么事?那个女人死了你听说了吧,海天歌舞城的老板说那女的这些天一直跟你在一起。镇长说完瞪眼看着何胤博。

何胤博说,昨晚她是跟我在一起,但公司开紧急会议,我又走了,我有证人。

镇长说,我不管那些事,你跟胡文革说清楚就行了,另外,这件事一出,海天歌舞城得关门一段时间,你得想办法把歌舞城老板摆平。

何胤博觉得有些委屈,问道,怎么摆平?

镇长笑了笑说,要是我出面,他肯定不会说别的,不过这个油库的份额我得多占一成。

何胤博转身跺了跺脚,不过回头却笑了,对镇长说,这个好商量。

两人又咬着耳朵说了几句,最后一起嘿嘿地笑了。

秦先生听了感到好笑,这两个家伙,还以为神不知鬼不觉,哪里想到隔墙有耳呢。不过,他对他们所谈的内容一点也不感兴趣。

丁香从医院里回来了,秦先生从外面回来时听见她正在哼一首歌。秦先生的脚步声响起,丁香从屋里出来,秦先生说,你回来啦!

丁香笑着点点头,说,我听脚步声就知道是秦先生。

秦先生说,不会吧,听我的脚步声干啥?

丁香眨眨眼说,好听。

秦先生没敢看丁香的眼,他觉得丁香的眼神很危险。他打开门,进屋后赶紧关上门,心口不停地跳。接着门被敲响,丁香在外面说,你怎么又关门了?

秦先生打开门。丁香说,你开着门吧,陪我说说话,前两天镇上又死了人,我一个人在房里害怕。

秦先生说,死人有什么害怕的?

丁香说,我是害怕那个凶手,谁知道他藏在哪里呢?

秦先生笑着说,你放心吧,杀手怎么忍心杀你呢!恐怕他见了你连拿刀的力气都没有。

丁香歪着头像个天真的小姑娘那样问,你真的这样认为吗?秦先生说话声音真好听。

秦先生说,本来就是这样。

丁香见秦先生站在门口,说,还没进过你的屋呢,可以参观一下吗?

秦先生挡住门,急忙说,里边乱得很,还是不要看了。

丁香上前一步,她看着秦先生,难道你一点都不欢迎我吗?

秦先生闻到她的身体发出的幽香,心里一阵颤抖。他不由得退了退,无力地靠在门边,丁香从他的身旁钻了进去。

秦先生的房间很整洁,丁香一进去就发出了惊叹,她实在想不到秦先生竟然能做到让房间里的一切都一尘不染。

她走到客厅里的一张桌子前,那是秦先生工作的地方。秦先生的嘴动了动,话还没说出来,她已经把桌上的一张纸拿了起来,那是一幅尚未画好的裸女图。她看了秦先生一眼,又看了看画,眼里冒出惊喜的光芒。

你画的是我吗?她抬起头惊喜地问。

秦先生的脸变得通红,就像一个小偷被人当场捉住那样难堪。

我……我……秦先生说不出话来。

丁香笑了起来,温柔地微笑,惊叹地说道,想不到我在你的画中这么好看!如果有一天我死了,有这样一幅画留着也不错。

秦先生说,你瞎说什么,好端端的人怎么会死呢?

丁香说,那也不一定,那个女的也不会想到那天晚上她会死,我倒真的害怕被人杀了。

秦先生说,不会的,没人会伤害你!

丁香的脸红红的,她望着秦先生,又看了看手中的画,声音轻轻的,轻得仿佛只有秦先生一个人能听见——

如果你想画的话,我愿意当模特,我希望你能把它画完。

秦先生感觉一阵窒息,屋里全是她身上的香水味。十几年来,他的房间里第一次飘荡着女人的气息。他觉得必须透点儿清新空气进来,不然,他会崩溃的。

12

秦先生再次看到何胤博的时候,突然感觉他变得怪怪的,每次碰上,他都似笑非笑地看着自己。自从发现他把那个女人带回家后,秦先生心里有点讨厌这个人。何胤博倒显得很热情,有一天碰上秦先生,非要拉他一起去镇上新开的"浴乐中心"洗澡。他真诚地发出邀请,去吧,听说那里环境不错,就咱们俩去。

秦先生摇摇头,态度很坚决。何胤博不死心,凑过头来低声说,那里来的小姐都是说普通话的,每个都非常漂亮,我想你们搞艺术的应该非常喜欢。

秦先生抬起头,望着何胤博,有些生气,却没发火,何胤博的样子看起来是一番好意。最后,他轻轻地说,那是你们年轻人的事,你自己去玩吧。然后头也不回地走了。

秦先生不明白何胤博为什么对他那么热情,很明显,那种热情有时是装出来的,好像对他有什么企图。他隐约知道何胤博与镇长偷偷搞石油的事,他不是一个多嘴的人,他对那些事并不关心。

何胤博的热情一如既往,有时见了秦先生还问他需不需要什么东西。后来有一天,何胤博问秦先生,丁香是不是在跟你学画呀?

秦先生一听,心里抖了一下,以为他发现了什么,点点头说,她只是对画画有些兴趣。

何胤博说,她就是那样,对艺术总是充满好奇。如果有时间,秦先生就教教她吧,只怕她学不会。

秦先生说,要让她成为画家很难,不过培养一点艺术修养也不错。

何胤博呵呵地笑起来,说,我倒没指望她成为画家,只是让她有点事干就行,女人一闲着就会惹出麻烦。对了,秦先生,远亲不如近邻,隔几天我要出差,有件事还得麻烦秦先生!

秦先生抬起头,问,出差?要很久吗?有啥事?只怕我办不好。其实秦先生早已从丁香口中知道他要出差,只是装着很诧异。

何胤博说,最多十几天,也不是啥难办的事,就是……就是……

何胤博突然压低了声音,上前一步对秦先生说,把她一人放在家里我不放心,如果有什么人来,你帮我照看一下。

秦先生说,那你还是让丁香搬到新房子去住吧,那里人多,安全。

何胤博说,新房子还没装修完呢,我说的是男人,一些不三不四的男人。

放心吧,这里一直没什么人来。

何胤博还是有些不放心,接着又说,我说的是……有时女人也那啥,跟男人一样,管不住自己,秦先生你应该懂啊。

何胤博说完眨了眨眼睛,秦先生听明白了他最后这句话的意思,心想,你自己有拈花惹草的毛病,还以为别人也是这样的人,连自己的女人都信不过,那干吗还在一起?何况他说的是丁香,她怎么会是那样的女人呢?于是秦先生对何胤博说,你这样说,那我更不敢照看了。

没事,秦先生的人品我放心。何胤博说这话时,似笑非笑地望了望秦先生。秦先生不知他笑什么,也没去多想。但他想到接下来的十几天,楼道里将只有他和丁香一起生活,他的心微微地颤了一下。这几天她老是提画画的事,秦先生突然觉得没信心,甚至感到很恐惧,借口说缺这种颜料,缺那种颜料,没想到她一口气把各种绘画的颜料都买来了。接下来该怎么说呢?难道说笔坏了吗?

何胤博走后,丁香敲响秦先生的门,说,你准备哪一天教我画画呢?他十几天后就回来!

秦先生不敢看丁香,支支吾吾地说,可是……我还……没准备好!

丁香看着秦先生,一步也不让,缓缓地说,你是不是不想为我画画……还是根本看不起我!

秦先生急得出了一头汗,说,不是,你再给我两天时间……我想调整一下……

两天后,秦先生走进了隔壁的房间。当时是下午,秦先生想到要为丁香作画,心头发虚。他上完课没有急着回家,而是破天荒地在街上漫无目的地溜达。他只是想打发这大把的时间,没想到他一回去,就被丁香拉进了屋。

丁香穿着一件睡衣,显得很随意,脸上不知为什么还带着一丝兴奋的红潮。她说到我的房间吧,然后就拉着秦先生进了卧室。里面的摆设很简单,靠床的一侧立着一架老式的原木衣橱,上面的暗锁已坏,露着一个幽深的小孔,像一只鬼鬼祟祟的眼睛。床很宽大,很凌乱,上面明显有压过的痕迹,应该是她刚睡醒起来,还没来得及收拾。

丁香拢了拢头发,然后说,你准备一下吧,我去洗个澡,然后你画一张贵妃出浴吧。她笑了笑,还意味深长地眨了眨眼睛。

秦先生头昏脑涨,坐在那里,望着那张床,思想怎么也无法集中。过了一会儿,丁香湿漉漉地进来,齐着胸部以下,围着一条白色的浴巾。

她甩了甩头发,仰着脸问秦先生,你准备好了吗?

秦先生的眼神扫过去,又马上收了回来,他的脸变得滚烫,手中的画笔怎么也拿不稳,虚弱地点点头。

我该保持一个什么姿势呢?

她双臂护着胸部,一手压着浴巾的一角,眯着眼,流露出一种自然的羞涩,像纯洁的天使,抬头望着秦先生。

随便……都行……他看了她一眼,喉头像被堵住了一样。然后就见她轻轻松开手,乳白色的浴巾缓缓滑落在地。

他呆若木鸡,大脑里像开过一列奔驰的火车,一阵轰鸣,一股血汹涌地冲上脑门。他只觉双眼一黑,扶住桌子,站在那里。

你看着我。她轻轻地说道,你为什么不看着我?

他低下头,没有睁开眼睛。

我的身体不好看吗?她的声音既委屈又幽怨。

他摇了摇头。

那你就抬起头,看着我!

他睁开眼,大汗淋漓,手中的画笔啪地掉到了地上。她笑了一声,然后走上来,摸了摸他的额头,轻轻地说,你太紧张了,深呼吸,对,就这样深呼吸!

他吸了几口,可吸进的都是她的身体发出的暖烘烘的香味,这让他的气息更加紊乱了。她握住他的手,发觉他的手指冰凉,关切地问,你怎么这么紧张呢?你是不是没见过女人的身体?

他望着她,摇了摇头,又点了点头。她的脸上闪过一丝嘲讽的笑意,他却没看见。

这么说,你很少亲近女人了?她紧接着问。

他点点头,像个诚恳的孩子。她笑了笑,说,没事,你放松一点,来,喝点酒,放松一下。

床头柜上放着一个高脚杯,酒早就倒好了,像红酒。他仿佛全然失去了行动能力,她把酒举到他的嘴边,全部倒了进去。

那酒下肚以后,他非但没有平静下来,反而浑身瞬间像火一样燃烧,呼吸更加急促了。

她望了望他,像母亲一样拍拍他的肩,说道,瞧你,衣服都湿透了,你去洗洗澡吧,放松一点,真的没事!

他望着她,没有动。她说,去吧,你应该去参观一下我的浴室,前几天我刚把厨房改成浴室,全是我自己设计的。

他进了浴室,许久没出来。她在门外喊道,你干什么呢?还不出来。

他躲在里边说道,我的衣服全湿了。

她说,没关系,里边还有浴巾,就在里面。

他从浴室出来,浴巾围在身上,就像穿了一件裙子。她轻轻靠上来,直勾勾地看着他,眼里带着一丝渴望。他后退着,但终于被她抱着了。

她说,抱着我。

他把手搂在她的肩上。

她接着说,抱紧我!他只好把双手放下去,抱着她的腰。他的大脑一片空白,本来他以为洗完澡会好一点,可那杯酒喝下去后,那团火却越烧越旺,最后他神志不清了,只好无力地靠在她的身上。

她在他怀里动了动,轻轻地拉开了围在他腰上的浴巾。他感觉一股冷空气袭来,然后她猛地把他推倒在床上。

瞬间,她哈哈大笑起来,接着对着衣橱大声说道,看见了吧?

衣橱的门突然打开,一个人从里面钻了出来,是镇长。他同样哈哈大笑起来,对女人说道,差点闷死我了,不过我活这么大,还从来没见过男人那玩意儿长那么小,根本就算不上是个男人……

女人笑得弯下了腰,大声说,我跟何胤博说,他不相信,这回你也看到了吧,我真的没骗人……

秦先生不明白镇长怎么突然从衣橱里钻出来了,他听见女人的大笑,又听见镇长的笑声,看了一眼自己赤裸的身体,仿佛刚从梦中醒来,干号一声,奔了出去。

屋里的两人还在笑着,镇长说,我终于明白这些年他为什么不找女人结婚,他那玩意儿长得太小了,哪个女人见了也会笑话他,好像被人剪掉了半截。

女人贴了过来,笑了笑,说道,只要你那东西没被剪掉就行!

镇长笑了笑,说道,等我喝点大补酒,再来收拾你。他去床头端酒杯,却发现酒杯已空了。

女人说,快点……

镇长说,急什么,今晚我非让你讨饶不可!

……

13

夜晚就像所有春天的夜晚一样,暖暖的,还有星星点点的光,当然,暗夜里更少不了那些春情洋溢的猫叫声。人们听见一声轰天的巨响,像地震一样,上新街燃起冲天的火光。人们赶过去,看见秦先生原来住的楼已是一片废墟,还有未燃完的石油,冒着黑烟,黑黑的。

胡文革带着省城来的专家在这座废墟里找了很久,也没找到秦先生的尸骸。他到现在也不相信,秦先生会是小镇系列命案的凶手。省城来的专家不知从何处调来的档案让他目瞪口呆,那张发黄的纸片上记录着秦先生的一段不为人知的历史——

人民的敌人、资产阶级流氓、下乡知青秦郁，✕年✕月✕日在公社偷看女人洗澡，画出下流图画，被人当场抓获。受害者家属为雪羞耻，雇磨剪刀的王二割去了秦郁的生殖器；伤愈后，秦郁行凶杀死王二，一直负案在逃……

胡文革一直没找到秦先生，他好像风一样消失了。画室的学生等了很多天，也没见他去上课。后来从河里浮起一具尸体，已经面目全非，胡文革通过尸检鉴定出那人就是秦先生，最后以秦先生畏罪自杀结了案。但没过多久，又有人报告，在某个火车站，看见秦先生戴着一顶草帽，慌慌张张地坐上了一列远去的火车。

会飞的将军

1

我去给将军当秘书时,将军已年满九旬。

这一年,将军换了两个秘书。将军一生换了多少个秘书,估计他自己也说不清。而我的前任,那位长着一脸青春痘的少校秦秘书,仅仅干了三十九天。这个据说号称基层部队"一支笔"的秦秘书看到我,像被困多日的孤军终于盼来救兵那样,劫后余生般朝我感激地一笑,欲言又止。我将他送出将军住地时,他还用非常复杂的眼神回头望了我一眼,同时说出一句奇怪的话,你见过老虎吗?

接着他像撤离危险的前沿阵地一样,非常敏捷地消失在我的视线中。

我向将军报到时,他正坐在书房的落地窗前,戴着老花镜,一手举着放大镜,一手拿着一张相片,似乎正在缅怀那一去不还的岁月。夕阳从外面透进来,映照得他就像一枚被上帝遗忘的果实。我在敞开的门前立定,用军事教科书般规范的动作向将军敬了一个礼,中气十足地喊了一声"报告",接着听见啪的一声,将军的放大镜掉在了地上,摔得粉碎。

糟糕!你那么大声音干吗?

恍惚间,我听到了老虎惊心动魄的咆哮。将军抬起头,眉头皱在一起,分明就是一个"王"字。

我没敢吭声。我没想到,这一嗓门居然把指挥过千军万马身经百战的将军吓得一哆嗦,连放大镜都摔坏了。我的前任秦秘书干了三十九天,看来我比他还要短。

事先声明,虽然我并不乐意来为将军当秘书,虽然很多人都说"去侍候退休的老头简直是自毁前程",虽然我已打定"当不了秘书自然会被将军开掉"的主意,但刚才我并不是有意冒犯将军。

我在问你话呢,怎么装哑巴?

我有点蒙。我从没接触过将军这样的高级将领,也没想到他这把年纪脾气还如此火暴,正如了解将军的人所说,"他比老虎还厉害"。

看来装哑巴没法搪塞过去。我弓腰低头说,对不起,首长,你……你以前下部队时好像说过,军事干部尤其是基层指挥员就得有股子猛劲,要让你的兵看到你的腰杆、听到你的声音就觉得跟你打仗有信心,一副娘娘腔软绵绵的样子,那不是军人的形象!

将军听了这话,本来靠在椅子上伛偻的身体不由得直了起来,火气明显小了很多。

我讲那话的时候你在哪里当兵?

报告首长,那时我还没当兵!

那你咋知道我这话的?

因为……

我的脑子转着急弯,仅凭对将军零星的了解和道听途说很难圆场,那只能靠嘴巴了。我对将军说,首长,您以前讲的那些,部队一直在这样做,已经变成一种宝贵传统传下来了。

是吗?我讲的那些,这么多年部队还记得?

将军精神一振,肿胀的眼睛射出两道亮光,没等我回答,又点着头自言自语地说,记得也是应该的,我们的优良传统不能丢嘛!

首长你说得太对了,别的部队我不知道,反正我们团一直是这样要求的。

我说得这样笃定,是因为我的团长曾给将军当过几天警卫员,将军要核实这话的出处,推荐我来为将军当秘书的团长自然不会不给老爷子这个面子。

将军点点头,似乎对我的回答很满意,脸上浮现出一丝得意的笑容,然后说,你们单位的领导还有点水平。

哈哈……我差点笑出声来。

过后,将军把那只摔坏的放大镜送给我,并说,这是我留给你的纪念,也是工作的教训,让它提醒你,莽莽撞撞有多糟糕,你要学会用它去发现问题,找出原因,勇于改正,就这样!

2

一连好几天,我都在努力完成将军交给我的任务。这个任务就是抄报纸。

将军一共订了二十多种报纸。除了各种新闻类报纸外,更多的则是《健康报》《卫生报》等一些与养生保健有关的。

通过几天观察,我发现将军每天除了完成规定的"三个一小时"锻炼之外,几乎把其他时间都用在了读报纸上。这就是将军退休生活的全部,完全没我想象中的神秘。

读报纸对将军来说并不轻松,他需要同时借助老花镜和放大镜,就像在人来人往的公园里招呼一群不安分的孩子,在念出它们的名字的同时,还要用手按住它们的脑袋,生怕一不留神,那些调皮捣蛋的家伙转眼跑开就再也找不着。将军一边读,一边在他认为"有意思"的文章上做些批注。有时,他似乎受到启发,摘下老花镜,朝椅子后背上一靠,长时间进入一种冥想状态。就在工作人员以为他睡着了时,他会突然直起身,拿起笔,在那个向来秘不示人的笔记本上飞快地写着什么。这时将军最讨厌别人打扰他,即使已在他家生活多年、被将军称为孙女的保姆以为他睡着,进去为他披上衣服倒点水啥的,将军也会大发脾气,并且还会用报纸挡住他笔记本上所写的内容。

保姆说,大概从退休开始,将军就在记他那本笔记。笔记本上到底写了什么,多年来无人知晓,那是属于将军的秘密,甚至是军事机密。

将军完成读报后,大声咳嗽几声,这是秘书该出现的信号。我来到他身前,将军指了指他做过批注的报纸对我说,处理一下,打印两份,搞完给我,就这样!

我以为将军让我摘抄的是高深的理论或优美的语句,就像我们曾经做过的剪报那样。然而将军在报纸上画圈批注过的,除了将一篇关于"重庆小伙自制飞机飞上300多米天空"的报纸原文直接送他的孙子乐乐参阅外,其他要求打印出来的基本上都是养生保健类文章:

《老年性皮肤瘙痒的防治》。

《九种情绪行为直接影响健康状况》。

《天冷请护好前列腺》。

我对此类文章缺乏兴趣,干这事时毫无热情,结果在打印出的文章上出现好几个错别字。当然,我没想到将军会对打印稿还那么认真地重读一遍。将军从"做事、做人"上升到"人生成败""战争胜负"的高度,对我进行了深刻教育。然后,我按他的批示将这些文章修改后送去不同人手中。

《老年性皮肤瘙痒的防治》送耿××参阅。

《天冷请护好前列腺》送庞××参阅。

《九种情绪行为直接影响健康状况》送展××参阅。

耿将军是将军几十年的老搭档,从当年拉队伍打游击开始,将军主军事,他管政工。两人住地相距只有几十米,但据说他们离休后基本上没有直接来往,连彼此的工作人员也很少接触。因此,当我出现在耿将军家小院时,他那位姓萧的秘书深感诧异。而我呢,心头的感受大概只能用震惊来形容。

耿将军的小院完全一派田园风光。除了一条一米宽的直通住宅和大门的小道外,其他地方全被开垦成盆景式小块菜地,分别种着不同的蔬菜。更重要的是,整个小院里还弥漫着一股难闻的大粪味道。而萧秘书,要是没人介绍,谁也无法把他和一名高级将领的秘书画上等号——穿着一身破旧的老式军装,挽着裤腿,就像地道的乡下农民,正弓腰将一块塑料薄膜盖在一堆拌有大粪的泥土上。

你稍等,太阳好,我把这点粪沤上。

萧秘书很快走了过来,伸出一双粗糙的大手,又缩回去,对我憨憨一笑,说,还是不要握了,有味儿。

我说明来意。萧秘书面露难色,摇头说,首长现在不方便见客。

我把将军吩咐我的话照着说了一遍,首长让我送一篇非常重要的文章来,需要你们首长亲自过目。

萧秘书蹲在一旁的水龙头前,慢慢洗着手,好像在认真思考,最后起身对我说,我进去通报一下,看首长有什么指示。

我在耿将军小院门口的警卫室等了大概半个小时,中间,保健医生还来了一次,满头是汗,一看就是被临时急着叫来的。我以为耿将军的身体出了状况,便准备改日再来,还没动身,萧秘书陪着保健医生出来了。

我在他们身上闻到一股特别的味道,既像香味,又像药味。保健医生摘掉一次性医用手套,闷声不响地离开。萧秘书对我说,首长在客厅等你,我们进去吧。

奇怪,耿将军全身裹得严严实实,就像得了重感冒,口罩、围巾、白手套一样不少。我敬完礼,耿将军客气地让我落座,然后问,你们首长怎么样?

我说,挺好的,首长让我一定把这篇文章送到您手上。说完,我将那篇《老年性皮肤瘙痒的防治》递了过去。

耿将军粗略瞄了一眼,接着他的身体开始奇怪地扭动,就像身上爬满了无数小虫子那样痛苦难忍。接着他紧靠在椅背上,双手死死抓住扶手,好像暗中在和什么东西较劲。片刻之后,耿将军一字一句地问:

你们首长现在还学习吗?

我立即回答:

学呢,抓得非常紧。首长说,一天可以不吃饭,但不能不学习,每天除了锻炼身体,基本上都在学习。

这就对了。他都看些什么书?

主要是看报纸,订了二十多种报纸,每天都要看完。

耿将军微微皱了皱眉头,嗯了一声,接着说,看报纸很必要,不过,学习和吃饭一样,最终顶用的还是主食,对不对?

那时我还不明白,做首长的秘书不能轻易表达个人看法,甚至不能有个人看法。我礼貌性地点点头。耿将军见我点头,接着说,报纸上的东西,都是零碎的、不成系统的,就像吃饭时上的小菜和拼盘一样,是吃不饱的,也会导致营养不良,最终还得上两碗大米饭,你说是不是这个道理?

就在我再次准备点头附和时,脑子里突然灵光一闪——我这一点头,那就证明我认同他说的话,虽然我承认他说得有道理,但却否定了我背后的首长,要是让将军知道他的秘书在背后承认他"营养不良",那他还不得暴跳如雷?

我嘿嘿傻笑两声,没敢点头。耿将军看着我心照不宣地笑了,然后指着我送来的文章说,你们首长研究这个养生保健下了不少功夫,谢谢他与我分享。不过,我跟他不一样,我不怕死,面对这个问题,我在刚参加革命时就已经做好准备,所以我从不研究养生保健,对这个也不感兴趣,请你回去谢谢他的好意!

耿将军说完站起来,又把那篇文章递给我。

3

庞将军和展将军因职级比耿将军和我服务的将军低,退休以后并没有专职秘书,通过联系工作人员后得知两人都在医院,我只好去了医院。

我走进庞将军所住的高干病房,听见卫生间里正发起声势浩大的冲锋。一个年轻的声音高喊,首长,加油!

接着一个苍老的声音响起,冲啊!冲啊!……

冲锋的号令发出后，里面又恢复了平静。隔了片刻，苍老的声音再次响起，狗日的倒是冲啊，关键时候咋当了缩头乌龟？信不信老子现在就毙了你！

年轻的声音又说，首长，你别着急，咱们再来一次，你越着急，就越冲不起来了！

苍老的声音说，你当然不着急了，你换成老子试试！

我听得云里雾里，问引我前来的护士。护士掩口不语，走到洗手间前敲了敲门说，首长，实在不行你就听医生的，还是插管吧。

卫生间的门霍地被打开，人未出来，苍老的声音就响起，我一个大男人尿个尿还要插管，那我长着那玩意儿干吗？老子以前打过那么多胜仗，这一仗，老子就不信打不赢！

护士掩口笑了，我也深感意外。想不到庞将军身为高级将领，说话竟如此口无遮拦。接着一个白发老头在战士的搀扶下走出来，我立即向他敬礼。

庞将军摆了摆手说，你是老爷子派来的吧？啥指示？

我说，没有指示。然后把那篇《天冷请护好前列腺》递了过去。

庞将军瞄了一眼题目就哈哈笑着说，老爷子啥时候都不会忘记他的老部下，就像以前打仗一样，每到遇上难打的仗，他都会及时给我们出主意。

庞将军话刚说完，突然捂着小腹，嘴里哎哟一声说，他妈的，连笑都不让老子笑了，一笑，他就想炸碉堡了。

庞将军说完又向洗手间走去,在跨进门时回头对我说,回去告诉老爷子,这最后一仗,我一定会打好,还会打得精彩,打得漂亮,一定不会给他丢人的。哈哈哈……哎哟哟……

庞将军的幽默和爽朗的笑声给我留下了深刻印象。离开他的房间后,我又在另一楼层找到了展将军。

进房间前,护士悄悄对我说,你帮我们好好劝劝,首长一点不配合,他不穿病号服,不吃药,甚至连饭也不吃。

我问,那他到底有没有病呢?

除了身体很虚弱以外,确实没检查出什么病,他自己说是到医院来躲清静的。

这倒真是一个怪人。看到展将军时,他的清瘦让人触目惊心,就像一件衣服挂在竹竿上。

展将军见到我和护士,赶紧扔掉手里点燃的香烟。护士撒娇一样故意板着脸说,首长,你又不听话了,怎么又抽上了?

展将军笑了笑说,你不抽烟,体会不到抽烟的妙处啊!尤其是思考问题的时候抽根烟,简直妙不可言!

护士说,首长,你现在的任务是配合我们好好疗养,不是思考问题,要听话,好吗?

展将军说,我跟你们说过多少次了,我是来思考问题的,不是养病,你们不是检查了吗?我啥病都没有。

护士求救似的看着我说,首长老是这样欺负我们,你帮我们劝劝他。

展将军似乎这才注意到我,对护士发起了脾气?我跟你们说过多次,不管是谁我一律不见,你怎么又给我带人来了?

护士说,首长,你怎么忘了?早上给你汇报过,你同意这位秘书来看你。

是吗?展将军摸了摸脑门,好像完全想不起这回事。

我立即表达了来意。展将军半信半疑地看着我说,你真的是老爷子的秘书?我以前怎么没见过你?

我说我是新来的,但这个解释并没打消他的疑虑,他像审视间谍那样严肃地看着我。我把那篇文章递过去,他看到将军的亲笔批示后,点着头说,嗯,这是老爷子的笔迹。

然后他认真读了起来,嘴里发出轻微的声音,《九种情绪行为直接影响健康状况》……

读了几行,展将军就扔下那篇稿子,摇着头说,这都是什么乱七八糟的东西,比我写得最差的文章还要差几万倍,味同嚼蜡,味同嚼蜡!

护士的惊讶明显是装出来的,她夸张地抬高声音说,首长,你还会写文章啊?

展将军不高兴了,你这是什么话?我参加革命前就是国文系的高才生,我本来想当个鲁迅那样的作家,革命分工却让我管后勤,后来我就一直干啊干,直到离休,我干的都是并不喜欢的后勤工作。不过,谁也不知道,我一直是个作家,我写了很多谁也不知道是我写的文章。

护士忍着笑问,为什么别人不知道呢?

展将军眨了眨眼睛,声音突然变得很低,因为我写的都是骂人的文章，虽然我喜欢鲁迅，可我不是鲁迅啊，更重要的是，我还经常写文章连自己一块骂。你说自己写文章骂自己，要让别人知道，他们肯定会认为我的脑子有问题，可我的脑子清醒着呢，所以，我不能让人知道。

护士调皮地说，可你怎么又让我们知道了呢？

展将军猛地一惊，拍着脑袋沮丧地说，对呀，我怎么让你们知道了呢？

护士赶紧说，我们知道了也没事，我们绝不会说出去的。

展将军说，你们说出去也没事，以前我用的都是笔名，谁也不知道。现在我准备用自己的名字写一篇大文章，到时，谁都知道我了。

4

我向将军汇报我的任务的完成情况时，将军正在做养生操。据说将军八十岁的时候，从电视上看到民间一位一百多岁的老寿星介绍他的养生操。将军专程前去拜访，三顾茅庐，才从老寿星那里讨来这套可以让人延年益寿的养生法宝。这似乎让将军受益匪浅，基本上达到了他所说的"九十不老，雄心常在"的效果。

将军在听到耿将军对养生保健的看法时，禁不住停下来抬起头问，他原话就是这样讲的？

我以为，就像行军打仗时一样，下属了解到任何情况都得如实向首长汇报，以便他做出正确判断。此时将军这样问，我感到不妙,但只能实话实说。

将军突然暴跳如雷。

狗日的耿老三,你这不是说我怕死吗!我怕死过吗?打仗的时候,哪一回不是我冲在最前面?

将军一边骂,一边往大门走去。保姆冲出来,狠狠瞪我一眼,然后在门口拉住将军,大声对他说,爷爷,您干吗去呀?

我要去跟耿老三理论理论,这个问题不交代清楚,后果相当恶劣!

保姆说,爷爷,您不能生气,您一生气,血压不就上去了吗?您不是常说,老年人养生保健的首要任务就是控制血压吗?

将军如醍醐灌顶,拍着脑门说,对,你说得对,我差点上了他的当。

将军转身,对我说,你跟我来!

将军在书房坐下后,恢复了往日的气定神闲,像交代作战部署那样有条不紊地对我下达了命令:

我讲三点,你记好,一字不漏地向耿老三传达。

第一,养生的问题,是个文化问题,这个文化源远流长、博大精深,从大道自然、天人相应、生长发育、饮食起居,到心性修养、防病医疗,融会了哲学、医学、历史、宗教等等,这是中华民族的宝贵文化财富啊,这个道理他懂不懂?

第二,耿老三以为,我们革命军人搞养生保健,就是"活命哲学"、贪生怕死,这是极端愚蠢的想法!养生保健干什么的?它是尊重自然、尊重科学啊!它是积极进取、朝气蓬勃的人生态度啊！它是为了更好地学习、工作,更好地提高生命价值和生活质量啊！这和我们战争年代常讲的"保存自己,消灭敌人"的道理是一样的,只有有效地保存自己,才能更好地消灭敌人,也只有坚决地消灭敌人,才能更有效地保存自己。这个道理他懂不懂？

第三,身体是革命的本钱,是成就一切事业的基础和前提。爱护和保养身体,不仅可以达到自己少受罪,家人少受累,节省医疗资源,还能以健康的体魄和旺盛的精力,多为人民做事,多为党和国家、军队建设发挥余热。如果没有健康的身体,一切都无从谈起,这个道理他懂不懂？

将军说到最后,又抬高声音,我这三问,你都记下来了吗？

当我把工作手册上记录下来的内容向将军复述完毕之后,将军猛地一拍桌子,对我说,去,现在就去向耿老三传达,就用我这样的语气讲,原原本本,一字不能差,就这样！

我再次走向耿将军的小院时,才感到这个任务的艰巨。我在耿将军的小院门前转了很久,最后硬着头皮敲了门。

萧秘书就像院里的一棵庄稼,什么时候去他都站在地里。听明我的来意,萧秘书的脸瞬间僵住,随后挤出笑容说,首长真的不方便会客,先前为见你,保健医生都来了,你体谅体谅,也请你们首长包涵。

说完他开始低头忙碌,完全忽视我的存在。我只好走出门去,心里生出一股灰溜溜的感觉。

我向将军报告,耿将军因身体原因不方便见客。将军看着手里的报纸,连头也没抬就对我说,那就是没完成任务了?

我说,耿将军的身体确实不好,上午保健医生都去了。

将军把报纸往桌上一摔,抬头说,你是谁的秘书?用得着你帮他找理由吗?你跟他接触过几回?你有我了解耿老三吗?

将军的质问让我无言以对,接着将军给我下了死命令,再去,完不成任务你别回来!你就站他门口,直到见到他为止!

我只好再次前往。敲响耿将军的小院门,警卫战士并没开门,通过瞭望窗对我说,萧秘书不在,首长也不在。

我在门前不远的一棵树前坐下。看来萧秘书在躲我,我拨他的手机,始终处于无法接通状态。现在我才体会到这秘书不好当,我的前任秦秘书只坚持了三十九天,照这样下去,三天我都坚持不了。

夜色浓稠,离吃晚饭已过去两小时,我的肚皮饿得咕咕叫,猫在树荫下的草丛里,像潜伏在前沿阵地的侦察兵。我正考虑是走还是留时,耿将军小院的门响了一声,一个人走了出来。

萧秘书!

我的身体像弹簧一样蹿了出去。萧秘书跳了起来,原地腾空向外跳出一步,当他看清楚是我之后,那张憨厚的大脸瞬间由惊恐化为愤怒。

你干什么?吓死人了!

我笑了,当然是那种巴结、讨好的笑容。我说,老哥,终于等到你出来了。

萧秘书一改往日的友善,冷冰冰地对我说,我就没见过你这样的,有意思吗?

显然,他并没想到我会潜伏这么久。

我又是点头哈腰,又是敬礼,对不起啦老哥,小弟刚来,什么都不懂,这不是完不成任务了吗,求老哥指点。

萧秘书的脸绷得很紧。

咱俩都是秘书,我能指点你什么?

说完,他快步向前走去。

我跟了上去,决心跟萧秘书死缠烂打到底。

5

我跟着萧秘书去了他家。萧秘书拿钥匙开了半天门也没打开。萧秘书拍着门说,你把门反锁了干吗?快给我开门!

门哐当一声响,似乎有东西砸过来。接着听见屋里的女人骂道,你还知道回家呀?你不是只知道工作吗?

萧秘书又敲了一下门,屋里又有东西向房门砸来,孩子哭声响亮。左邻右舍纷纷把房门打开,各自探出头来,又很快将门关上。

我以为是自己堵在耿将军的门口,让萧秘书晚了几小时回家才生出这么大的麻烦,便赶紧向他道歉。萧秘书什么也没说,转身下楼。此时我要再跟上去,就明显太不识趣了。

好吧,将军,这个任务我完成不了,战争年代,大概会被枪毙,可现在是太平盛世呢,你早就卸甲归田,你那双手早就不摸枪了,所以,我就打好背包,等你发出"滚蛋"的命令吧。

想通之后,我倍觉轻松,同时感到饥肠辘辘。管他三七二十一,先填饱肚子再说。

我在营门外的老马拉面找了个角落坐下,像打了胜仗一样决心犒劳自己,整瓶冰镇啤酒,炸个黄花鱼,再来碗拉面。一瓶啤酒喝下去后,我听见邻桌的小青年撒着酒疯高喊,天空飘来五个字,那都不叫事!

我笑了,也真想跟着喊一声。

我正在喝第二瓶啤酒的时候,听见身后有人喊了一声,服务员,再来瓶啤酒。

声音很熟悉。我回头,与身后张望服务员的人四目相对。哈哈,亲爱的萧秘书,不是冤家不碰头,我俩居然背靠背各自对着啤酒瓶吹了好半天。

才一瓶啤酒,萧秘书就喝得满脸通红。萧秘书紧皱眉头对我说,你怎么又追到这里来了?这样搞有意思吗?

我笑着说,老哥,我真不是追你来的,我饿得不行填肚皮来了,你要看我不爽,我马上消失!

看我说得如此真诚,萧秘书稍作迟疑,然后说,算了。

要不我们一块喝点?

萧秘书并没拒绝,我就和他拼到一桌去了。

酒是个好东西,几杯下去,我们就一点都不觉得生分了。我说,老萧,都怪老弟不懂事,让嫂子生你气了,改天我去向嫂子赔罪。

萧秘书说,不关你的事,首长年纪大了,子女又不在身边,啥事都得依靠你,就连上厕所都得搭把手。别看是首长,人老了都一样,干啥都不利索……长期这样,顾了工作就顾不上家里,换了谁,家属都会有意见。

我感叹当秘书不容易。萧秘书端起酒杯,一口喝下去,然后说,你说对了,这个工作确实不是一般人干得了的,尤其像你这样,刚从基层上来,简直摸不着庙门。

我赶紧给他满上酒,说,对呀,要不我哪能搞成今天这样?还给你添了不少麻烦。

萧秘书板起脸说,今天这事你办得太糟糕,不管了解到什么情况,跟首长汇报时,什么当讲,什么不当讲,得心里有数才行,不然就是自找麻烦,你懂不懂?

我说,我要懂这个,还能给你添这么大的麻烦?

萧秘书晃了晃脑袋,接着说,秘书如何给首长汇报,有个"四奏真经",那就是先斩后奏、先奏后斩、斩而不奏、奏而不斩。

这是我第一次听到"四奏真经",就像得到武功秘籍一样兴奋异常。我问,这"奏"和"斩"都怎么使用呢?

萧秘书说,你问到点子上了。有句老话叫"伴君如伴虎",咱们一样,一句话说不好,工作就没法干了。所以,怎么"奏"和怎么"斩"要拿捏火候。什么叫先斩后奏? 来不及报告,这事又在你的能力范围内,或者首长是那个意思,但他不能明确表态,那就先斩后奏,你办了,他明里甚至会责备你几句,但内心是赞许的;先奏后斩呢,这事你做不了主,必须首长拿意见,不管他啥意见,你就按他的意思办就行;斩而不奏呢,首长的脾气、性格不一样,你奏了,反而办不成,但这事又必须办,办完了过后也不要向他汇报,就当从没发生过这事;奏而不斩呢,有些事,比如管闲事,比如要得罪人的事,就像今天首长让你传达"三问"的事,你可以跟他汇报,但不能按他的意思去办,他要追问,你就说办了。这都是无数秘书用他们的血泪总结出来的经验,跟练武一样,都是上乘武功,不传之秘,一旦你学会并融会贯通,那运用之妙就存乎一心了,到时就是你说了算。

这不是糊弄吗?说严重点这叫欺上瞒下呀!

有什么样的皇上,就有什么样的太监。遇明则明,遇暗则昏,大多数秘书都逃不过这个命……

萧秘书好像喝醉了,说完趴在桌上人事不省。

6

第二天一早,我向将军复命。将军在听到我完全按他的意图向耿将军当面传达了"三问"之后,非常急切地问,耿老三有什么反应?

我说,他对你的意见深表赞同,但又有个人看法。

将军点着头问,你都记下来了吗?

我说,记下来了,原原本本一字不差地记下来了。

我翻开工作手册。昨晚将萧秘书送到耿将军小院的警卫室后,我冥思苦想一夜,终于在天亮时找到灵感,赶紧写在本子上。

我说,耿将军这样讲的:第一,他对你讲的三条关于养生保健方面的思考深表赞同,他认为你从历史的、哲学的、现实的等诸多方面对养生保健进行了深入的研究和思考,是可供别人借鉴和参考的,这本身就是积极的、有意义的。第二,他认为从唯物论和方法论来说,生老病死是不以个人意志为转移的,是一种自然的客观规律,尤其是到了他这样的年纪,作为一个受党教育多年的革命军人,他已经能够坦然面对,所以他才说他"不怕死"。

将军见我的汇报没了下文,抬起头说,这是耿老三说的吗?他一贯不是喜欢讲三点吗?怎么只有两点?两点不成文嘛!

我知道要糟。多年来,部队一直流传着若干将军下部队时明察秋毫的故事,都说他火眼金睛,谁也别想糊弄他,更别想在他面前说假话。我头皮发麻,只好硬着头皮继续往下讲。

最后他还说,像首长你这样潜心研究养生保健,不但自己受益,还能惠及他人,他祝你健康万万成就多多,事实也必将是这样的结果。

将军的目光像 X 光一样从我身上扫过。俗话说,不做亏心事,不怕鬼敲门。谁让我睁眼说瞎话呢,我有一种心惊肉跳的感觉,尽量让呼吸变得平缓,平缓,再平缓。

将军突然笑了。他像小孩那样拍着手哈哈大笑起来。

这个耿老三,他一贯就是这样,有时自己明明没道理,还总喜欢讲大道理,不过他的理论水平是越来越差了。

我万万没想到,这毫不费力的瞎掰居然轻松过了关。这大概就是萧秘书所说的"奏而不斩",他的"四奏真经"在实践中果然有强大的威力。

将军的开怀大笑让我松了口气,同时我又感到不安和愧疚。毕竟我说的是假话,何况欺骗的是年老的将军。我稍感欣慰的是将军的心情突然变得好了起来,他脸上洋溢着自信和得意的笑容,这是平时很少见的。将军说,另外两人的情况呢?他们现在怎么样?

假话既然说出了口,它就得按自己的套路走了。我知道将军问的是庞将军和展将军,就说两人深表感谢,他们认为这是将军对他们的巨大鼓舞,是难得的精神食粮,甚至就像以前打仗时给他们派去的援军那样,能给人带来胜利的希望。

将军听到这里,抬起头问,谁说的精神食粮?谁说的打仗?

我一愣,心想,难道将军在试探我说的真假?于是我小心翼翼地说,精神食粮是展将军说的,打仗是庞将军说的。

将军点点头。看来我的回答很对他的胃口。在听到庞将军在洗手间发起"冲锋"时,他笑着说,这个疯子,以前就喜欢蛮干,现在也是,骂过他多少回,就是不思悔改!

接着我开始汇报展将军的情况。在得知展将军一直是个作家,并且正准备"写一篇大文章"的时候,将军说,作家也是人类灵魂的工程师啊,他脑子不大清醒,怎么当工程师?他最大的问题就是心思重,容易情绪化,处不好关系,你给他讲道理吧,他什么都懂,这就糟糕了,看来他病得不轻!

最后将军向我指示,你去给我找精神疾病方面的书籍,我要研究研究。

将军的研究才刚刚开始,就传来骇人听闻的消息:展将军准备死了,请将军等人去参加他的追悼会。因展将军退休以后没有专职秘书,负责来汇报的是老干部服务处的助理员小吉。

将军问,他到底死了没有?

小吉说,还没有。

将军说,没死开什么追悼会?

小吉说,这是展将军的原话,他希望在活着的时候举行他的追悼会,他要听听大家对他的真实评价。另外,这个档案袋是展将军让我一定亲手交给您的,他说,希望首长看了之后再决定明天去不去。

小吉说完,拿出一个牛皮纸信封,交给将军。

将军感觉受到愚弄,将牛皮纸信封往桌上一扔,接着说,这不是乱弹琴吗?哪有活人开追悼会的?

将军挥手,小吉知趣地离去。之后将军心神不宁,他在读报纸时总把报纸弄得哗哗直响,最后终于烦躁地将它们扔在桌子上,然后咳了两声。我进去后,将军指着那个牛皮纸信封说,打开。

打开之后,首先看到的是一封信。将军说,念。我就抑扬顿挫地念了起来:

> 司令,明天是个好日子,明天我准备去死了。这是一件值得高兴的事情。我现在才明白,我用了一辈子来完成这件事。感谢你的正确领导,让我在追随你和革命伟业的过程中有了波澜壮阔的人生。也感谢你在战争中几次救过我

的命。那时我怕打仗，其实是害怕被别人打死，也怕打死别人，所以你安排我去干了"粮草官"，如果那时死了，我会是个可怜的、胆怯的、稀里糊涂就死了的怕死鬼。如今，我用了一辈子，终于找到一种平静，平静地面对我以前恐惧的事。今天，我向你告别，并邀请你来参加我的追悼会，我希望在活着的时候，能再次听到你和其他战友同志式的评价。我希望我的告别仪式有别于官方追悼会千篇一律的"总结"，我自己写好了悼词，如果你们来参加，我就念给你们听。最后一件事情：我参加革命时就说过，我是个文人，我不喜欢拿枪，我希望自己能像鲁迅一样以笔作刃，刺向敌人心脏，虽然这被同志们讥笑为"怕死"和"可怜的书生似的软弱"，但这些年我一直在这样做，我写了很多文章（当然没有署真名），针对一些我认为不好的，尤其是领导干部滋生出的不该有的作风和表现骂过你们，现在将这些文章底稿送来，以展现我同志式的光明与磊落。期待明天与你见面。最后祝你健康、长寿！

展××，七月八日，绝笔

将军听我念完，急不可待地将牛皮纸信封打开，看到那些手写的底稿，气得拍起了桌子。

好你个展秀才，我真是小瞧你了……

7

第三天早上，将军正喝着南瓜红薯粥，老干部服务处助理员小吉再次前来汇报,说展将军去世了。

将军听完嘴里突然发出一声干呕,然后急切地问,怎么回事?

昨晚八点医院护士进去查房,看见展将军躺在床上,护士以为他在睡觉,没想到他已经停止呼吸,衣兜里有展将军的遗书。

他一个活人,怎么说死就死?

这一点,医院也奇怪,经检查,展将军无疾而终,属于自然死亡。

这一点都不自然嘛!他说昨天死就昨天死?他昨天不是要开追悼会吗?通知谁了?都有谁去了?

小吉回答,通知的人很多,包括他以前的领导和下属,不过昨天谁也没去,他们都说没有给活人开追悼会的……

之后,将军一直不停地呕吐,吐到最后就是墨绿色的胆汁。保健医生赶来后,准备叫救护车送将军去医院,将军固执地拒绝。

我不去医院,我讨厌那个味道。

我以为将军说的味道是医院的消毒水味儿,后来才知道另有所指。保健医生开了处方,将军详细问了何种药剂之后说,你们不能走,你们都走了,我要一觉睡过去就糟糕了,这要出大问题。

我们心里觉得好笑,身经百战、历经无数生死时刻的将军到头来胆子变得这么小。直到下午,将军开始进食,喝了一小碗粥后,似乎恢复了不少体力,然后指示保健医生"回去待命",也让我"填填肚皮后立即回来坚守岗位"。

走出住地,我问保健医生,首长怎么突然呕吐得这么厉害?

从医学的角度分析,导致呕吐有多种原因,但有时……

保健医生突然停住话头,环顾左右之后,低声说,人在紧张或恐惧的时候,胃部就会产生痉挛。

难道他和我们普通人一样,也害怕那什么?

保健医生笑而不语。

过后,将军问我展将军的后事是如何处理的。我报告,展将军遗书中说,他本想走前和朋友们告别,也就是他之前所说的,在活着的时候能再次听到战友们同志式的评价,官方正式的追悼会就免了,他想"安静地离开"。由于他的妻子已去世多年,唯一的女儿留学去了国外定居,展将军恳请组织将他火化之后,派工作人员将骨灰送回老家,撒在他出生的土地上。甚至连一切费用都已算好,从他留下的积蓄中支取就行。不过,组织上觉得真如他所说的"安静地离开",这不符合规定,也不成体统。

那就是说,他最后的愿望难以达成,还是要给他开追悼会了?

是的,治丧委员会让我请示你,看你能否出席。

这时再去纯属装模作样,他会笑话我们的,我不去。

将军说完落寞地坐在书房的窗户前,沉默很久,突然说,他把一切都考虑得那么仔细,果然是在做一篇大文章!

将军又取出他经常看的那张照片。整个下午,他都坐在那里看那张照片。保姆说,那是革命胜利时,将军的队伍在经历最后一仗后幸存人员的合影。

过后,我给将军整理书桌时发现,那张相片被将军密密麻麻画满了黑色的圆圈,而没有画上圈的头像,依稀可认出只剩下将军自己、耿将军和庞将军了。

一连几天,将军的心情都非常糟糕,他像一只狂躁不安的老虎,动不动就发怒。住地的工作人员,包括被他视为亲人的保姆也不敢在他跟前发出声响。所有人都屏着呼吸,凝神静听着将军的一举一动,生怕没听见他的呼喊而遭到狗血淋头的责骂。有时我们会出现幻听,等跑过去时才发现他已经睡着。即使这样,他发出的呼噜声也像老虎的低吟,让人心惊胆战。

然而将军就像个小孩,他的情绪突然间就转好了。这天保姆闷声不响地给他倒好茶,踮起脚尖准备离开,这时将军对着保姆的背影喊道,你回来。保姆转身,将军又说,你们怎么搞的呀?都躲着我干啥?

保姆看着将军,从他的表情中确信他的心情已经转好,证明他内心的暴风雨已经平息。保姆眨了一下眼睛,就像天才演员,轻松滚出几颗眼泪,接着说,爷爷,这几天你差点没把我们吃了,你像老虎一样可怕。

将军脸上露出一丝难得的温情,我本来就是属虎的嘛,以前大司令叫我小老虎,现在我是老老虎了!

将军说完笑了。保姆也破涕为笑,擦了擦眼泪说,这样才对嘛,你说过好心情胜过百剂良药,这两天你的血压又高了。

嗯,是该高兴起来,这两天有啥高兴的事情?

乐乐打电话让我告诉你,他研制的飞机已经试飞成功。

将军精神一振,是他自己飞的吗?拍了相片没有?

保姆说,有相片,乐乐说他过段时间回来时拿给你看。

将军说,你应该让他从网上发给我,难道他不知道我已学会上网,是"90后"的"老"网民吗?

看来将军的心情真变好了,话中有了幽默的成分。

过后将军向我交代,找一个国内顶尖的精神学专家,记住,是精神学,不是神经学,我要和他探讨一些精神方面的问题。

精神学专家到来后,将军问,从精神学方面分析,人是否惧怕死亡,又该如何面对?

专家说,人本能地对死亡有着根深蒂固的恐惧,但确实有人不怕死,比如战争中面对子弹毫不畏惧的战士。抛开那种特定环境,人在正常面对死亡时是否还有那种反应,这是几千年来人类的哲学和宗教,包括文学艺术都在探讨并试图解答的问题,答案很多,但人们的疑问同样不少。尤其是文学家描述了很多人在弥留之际的感受,那同样是文学的想象。也许只有正在经历死亡的人才知道,但人真正处于弥留之际的过程很短暂,他很难把那一刻的经验与别人分享,并且那一刻他的思维是否清晰,是不是他真实的体验,这一切都很难说清,所以这个问题不好回答。

将军举了展将军的例子。专家说,历史上有很多这样的事例,尤其是一些高僧圆寂的过程,出现这种结果,他肯定用了很长时间进入一种精神或情绪模式。人是受精神支配的,就像闹钟一样，预先上好发条，走到那里，自然就到了终点。当然，这只是我个人的理解。

谁也不知道将军到底想要什么答案。

8

几天之后，我向将军报告庞将军去世的消息时，将军毫无意外又开始呕吐。保健医生再次给他开了镇静类药品。但这次又有新情况，将军的前列腺似乎出现了问题。他在厕所里站了很久，怎么也没尿出来，直到双腿发抖，他提着裤子，像孩子那样惊慌失措地哀号起来，完了，我也像庞疯子那样，不会"唱歌"了。

保健医生提议带将军去医院进行全面检查，仍遭到将军拒绝。医院的专家上门为将军诊疗，结果出人意料。将军的前列腺有着年老者常见的肥大症状，但不影响排泄。因此，将军很可能是心理问题。心理问题需要患者进行自我调节，心情好了，问题自然解决。

怎么让将军的心情变好呢？医院的专家和保健医生研究了很久，最后决定给将军讲笑话。

如何让将军允许别人讲笑话给他听呢？将军对那些插科打诨的东西从不感兴趣，他思考的一向都是严肃正经的大事。保健医生说，他有办法，可以试一试。

保健医生在给将军做完例行检查后说，首长，现在国外流行一种最新的保健养生方法，我觉得很有意思，有必要向你汇报一下。

将军说,你讲。

就是每天听几个笑话,然后开怀笑一笑,那样可以强化免疫系统,增加血管中的氧气含量,使血液循环更好,减少心脏病发生的机会等。

将军说,我们的老话早就讲过,笑一笑,十年少,这一点都不新鲜嘛!

保健医生说,这个确实不新鲜,但它强调的是每天听几个笑话,让自己主动开怀一笑,这样就能使身体里的那些系统和机能始终在强化和巩固,这对身体健康是一个持续的加强。

将军说,去哪里找那些开心好笑又不庸俗的笑话呢?

保健医生说,首长要听的话,我这里有。

保健医生说完拿出一本笑话集。

看来你准备得很充分嘛!

保健医生毕恭毕敬地回答,为首长做好服务,是我们作为首保医生应尽的职责。

将军点了点头,你讲吧。

保健医生就照着本子讲起来。

有个熊孩子总爱干坏事,一次撒尿时刚好看见旁边有只鸡,就朝鸡一阵猛撒,那只鸡依旧淡定地吃着地上的东西,没有躲避。熊孩子很奇怪,就走到鸡跟前去看,结果……

保健医生说到这里打住话头。

将军望着保健医生,莫名其妙地问,结果到底怎样?

结果那孩子走到鸡跟前时,鸡一阵猛抖……哎呀,弄得他满脸都是尿,哈哈哈……

保健医生说完自己乐开了花。将军奇怪地看着他说,这个有什么好笑的?

保健医生立即尴尬地收声,接着说,首长,那我再讲一个。

保健医生翻了翻本子,接着讲。

幼儿园里,午休时,两个小朋友尿床了。小明解释道,老师,是他尿的,我没有。老师说,你没有?那为什么你的床也湿了?小明说,报告老师,我看他尿床了,就嘲笑他,于是就笑尿了。

保健医生说完又笑了。将军还是用奇怪的表情看着他,最后一拍桌子,骂道,你讲的什么狗屁笑话,有那么好笑吗?

保健医生擦了擦脑门上的汗说,要不,我再讲一个……

将军举起了拐杖。保健医生逃一样退出去,不小心在台阶上崴了脚。我扶他走出院门时纳闷地问,你怎么净给他讲几岁小孩的笑话?这太不严肃了!

讲笑话还要什么严肃?严肃就不是笑话了。保健医生痛苦地皱着眉,接着说,我给他讲小孩的笑话,是因为老来返小,他这个年纪和小孩差不多,就得把他当小孩。

我说,那你也不能光讲尿尿啊,这太庸俗。

保健医生说,他不是解手困难吗?讲尿尿就是为了引导他,这叫暗示疗法。

保健医生走后,将军对我说,保健医生不好好钻研业务,净搞歪门邪道的东西。你知道他讲的笑话为什么不好笑吗?

我摇头。

将军说,他讲完没等别人笑,自己先乐,这哪是讲笑话?你看那些说书的自己从来不乐,这才能把别人逗乐嘛……哈哈,他倒像个笑话!

将军突然笑起来,接着捂住小腹,对我说,快扶我去厕所,妈呀,我好像也笑尿了。

但将军并未从此开心起来,他为庞将军的离世忧心、烦恼。一会儿问我,庞疯子是怎么没的?我说,医院报告是癌细胞扩散,治疗无效死亡。一会儿又问我,他不是尿憋着放不出来吗?怎么又癌细胞扩散了?我说,庞将军得前列腺癌已经多年,整个晚年,他都在与癌症战斗。

将军哦了一声,接着说,以前打仗时,就数他最能憋,是不是那时就落下病根了?

然后将军又问我已经跟他汇报过无数次的问题,庞疯子最后到底插没插管呢?

我说,没插,他坚决不同意插管。

他太傻了,太愚蠢,这憋着多难受啊。

我说,他以前插过管,最后一次住院,再也不让插了,他说,最后一仗,插着管子去见那些老战友,实在太难看。

那他是被憋死的啊!憋了一辈子,最后活生生被憋死了。

我说,他临走前最后一句话就是,如果早知道会得这个病,他绝不多活这几十年,他要在战斗中去炸敌人的碉堡、去堵敌人的枪眼而死,这才是他庞疯子。

9

现在将军的那张相片上,没画上黑圈的,只剩下他自己和耿将军了。

这时我却因为拍照犯了严重错误。

将军喜欢拍照,他认为"照片最能直观地反映不可挽回的过往时光"。这天他登上住地后面的小山头,抒发"看万山红遍"的感慨,途中不停问我,你都拍下来没有?我说,拍下来了。

过后,将军在警卫员的搀扶下,转至山头另一侧,扶着栏杆,似乎在凝望远方。一旁拍照的我看见下面就是悬崖,决心不顾危险探出栏杆给将军拍一张"会当凌绝顶"式的相片。没想到我探出栏杆,刚摆好姿势,就听将军怒道,你浑蛋,老子在解手,你拍哪门子的相片?

我脑袋嗡地一响,哪想马屁拍到马背上了呢。将军说,糟糕,糟糕透了,你这是对我的个人形象严重不负责任!你拍下来了吗?赶快删掉!

我赶紧检查照相机,对将军说,没拍上。将军不放心,接过照相机,一把扔到地上摔个粉碎,然后就站在那里,对我进行了长时间的批评。

因为耽误了回去的时间,天空下起大雨,我们被浇成落汤鸡。过后将军发起高烧,伴随着剧烈的咳嗽,他在昏迷中不停地说着胡话。

敌人准备发起最后攻势了,庞疯子,你的部队在哪里?……

展秀才,把你的家底都拿出来,这是最后一仗啦,让他们吃饱,吃饱了痛痛快快地跟敌人干……

耿老三,你说什么?部队现在只剩咱俩了!这怎么可能?大司令说我是一只猛虎,我带出的部队个个都是老虎,怎么这么快就打没了!……

好吧,那我就亲自上了!耿老三,你不是一直都不服我当这个司令吗?咱俩现在就比比,看我是怎么把敌人打垮的!

……

将军的孙子乐乐专程赶回来,带回一架他自己研制的简易直升机。说它是直升机,却比我们常见的直升机小很多,也更简陋,就像一辆三轮摩托车,上面多了一个三角形的翅膀。

乐乐将直升机停在将军的小院里,发动机发动以后,乐乐附在将军的耳边,大声对他说,爷爷,你听见了吗?这是我研制的直升机,你不是答应我要去看我的飞行表演吗?你醒醒……

经过无数次这样的呼喊,将军终于醒来,高烧也逐渐退下去。他对乐乐带回来的直升机表现出浓厚兴趣,甚至还坐上去,饶有兴致地向乐乐学习如何驾驶。最后他说,原来开飞机并不复杂,以前组织要派我去当飞行员,我以为很高深就没去,我错过了当飞行员的机会啊!

过后,乐乐在家里暂时充当起保姆和工作人员的角色,陪将军聊天,陪他吃饭,扶他上厕所。没过多久,乐乐就体会到了陪一个老头子生活是多么无聊,哪怕是至亲至敬的人。而将军也似乎受到叨扰,他对乐乐说,你走吧,忙你的去吧!年轻人是要去飞的,我希望你展翅高飞。

乐乐说,那你答应我,好好保养身体,等我正式举行飞行表演,你去帮我加油好吗?

将军说,好的。你在日历上画上那一天,到时我一定去。

乐乐走后,将军的身体并没完全好转,这让我们苦不堪言,侍候生病的"老虎"真不是一件轻松的事。我们都希望将军的身体赶快好起来,那样我们至少会轻松些。保健医生却说,你见过树上那种熟透的果实吗?风轻轻一吹就掉了。现在将军就是那枚果实,有点风吹草动,随时都会掉下来。

这枚果实会在哪一场风雨中掉下来呢?

人们都说,一个人的离开,是有征兆的。就像展将军,他提前安排了离别的步骤,他的那篇"大文章"却被当成荒唐之举。庞将军呢,他宁死也不插管,就是想在"最后一仗"中走得体面。这些大概就是他们经过深思熟虑后显现出的征兆吧,只是没人想到那就是最后的离别。

将军会显现出什么征兆呢?将军说他闻到了一股味道,那种味道总让他呕吐。他苏醒过来后第一句话问的就是,你们是不是把我送去医院了?

我向将军保证,在他昏迷过程中并没送他去医院,而是请了医院的专家来家里诊治。将军又问保姆,保姆给出同样的回答后,他仍充满怀疑,不停地抱怨,那我怎么闻到一股特别难闻的味道?你们的鼻子都长到脚后跟上了吗?

我们谁也没闻到那种味道。

这时久未见到的萧秘书前来拜访,并带来一封耿将军的信,还带来一股奇怪的味道。我记得第一次去耿将军家小院的时候,除了那难闻的大粪味以外,就是这种味道给我留下了深刻印象。显然,将军也受不了这种味道,他当着萧秘书的面,用手在鼻子前扇风。萧秘书放下那封信,识趣地离开了。

将军说,耿老三在腐烂了。

我们听不懂将军这话的意思,也不知他先前说的味道和萧秘书带来的味道有何区别。不过,将军似乎很厌恶那封信,他先是让我把它扔掉,我正准备把它扔进垃圾桶时,将军说,不行,把它烧掉,去外面烧。我拿着那封信往外面走时,将军又说,回来,念一念,念完了再去外边烧。

我只好拿着那封信回到将军的书桌前,心里百思不得其解,这封信怎么让将军如此厌恶呢?

信封是牛皮纸的,封口处有手写的"机密"两字,封得严严实实。显然,信的内容,耿将军并不想让外人知道。

不过将军对我没有避嫌,他让我打开信封,然后说,念。

看来将军对我充满信任,这让我有些感动。我瞄了一眼信的内容,却不敢张嘴。将军说,你不识字吗?

我说,这个内容有点不敬啊,首长,还是别念了,你听了会生气。

将军说,耿老三一向如此,让你念你就念。

我念了起来:

老虎,听说你的身体不太好,是不是真的坚持不住了?以前打仗的时候,三次我们都以为你去见了马克思,给你开了三次追悼会,都是我念的悼词,结果你说你见到革命导师,导师说革命尚未成功,让你回来继续奋斗。我们已经完成了我们的使命,如果这一次你真的坚持不住,就不要硬撑,那样会给别人和自己增添更多痛苦。如果你在我前面去见马克思,我一定去参加你的追悼会,还给你念悼词。近期我准备沿着我们当年战斗的地方,再走一走、看一看,这可能是最后一次了,真理永远在探索的路上,回顾过往总会有新的感受。要是我不能参加你最后的告别,请原谅,反正我们早晚都会见面。

耿××,即日

我以为将军会大发雷霆,至少会露出锋利的牙齿,那才是老虎的性格。将军听我念完之后,猛地一拍桌子,我感觉要糟,却听将军在哈哈大笑。

耿老三,你幸灾乐祸啥?你以为我坚持不住了,你在等着看我的笑话吗?休想!

将军利索地从椅子上站起来,大手一挥,对我说,好久没做养生操啦,欠下不少账了,出去补补课。

我上前准备去扶将军,却被将军躲开,他指着我的手说,不要碰我,赶快去外面把信烧了,然后好好洗一洗你的爪子,消消毒。

我知道将军多年来有顽疾一样的洁癖,对他说,我先前洗过手了。

你看完信没有洗吧?你知不知道,耿老三有严重的皮肤病,你摸了他写的信,你的手上能没病毒吗?

噫……

10

不知是受耿将军那封信的刺激,还是将军坚持做养生操真有奇效,没过多久,将军的身体竟然慢慢好了起来,那枚熟透的果实似乎又焕发出新的生机。

现在将军除了能轻松完成养生操以外,还恢复了爬山,就像服用了灵丹妙药,腰不酸腿不疼,一口气爬上后山。甚至他在看到战士做单杠练习时,也忍不住来了兴致,踩在凳子上比画了一下。

这一切,将军都让我拍照留影,然后他亲自选出几张能反映"旺盛生命力和强健体魄"的相片,让我给耿将军送去供他"留念、参考"。

耿将军不在。警卫战士说,首长去旅游了。

我回来向将军汇报后,将军说,用手机发,发给他的秘书,让秘书给他看。

我给萧秘书发去那些相片,萧秘书同样给我发来相片,并用耿将军的口气在每张相片下面附言:

老虎,这是奔马峡,我想你是不会忘记的。

老虎,这是柳树川,旧地重游,我感触多多,你该来走走、想想。

老虎,这是大圆寺,我们当年写过绝命诗的地方。

……

将军看了那些相片大发雷霆,他说"这是耿老三故意为之的"。个中缘由,谁也不知。他气得甚至将我的手机扔进了垃圾桶。

后来萧秘书再没发过相片,过后突然传来耿将军受了风寒,正火速赶回来治疗的消息。将军的样子看起来有些不安,他让我"探探虚实,必要时去看看",结果却得到耿将军不治身亡的噩耗。

怎么一点风寒感冒就不治了呢?耿老三,你不是要和我比个高低吗?你小子熊了……

将军望着治丧委员会送来的请柬,不停地喃喃自语。是否参加耿将军的追悼会,将军没有明确表态。在追悼会当天早上,将军对我说,好吧,以前打仗的时候,耿老三给我主持过三次追悼会,这一次算我还他一个人情,不过我不主持,我只是去看看他。

这是人们印象中将军离休以后第一次出席同事或部下的追悼会。他似乎对别人的死有着天然的敏感禁忌和生理性的排斥。将军的这种行为,让很多对他充满感情的人颇有微词。他们甚至认为,将军之所以害怕听到别人的死讯并拒绝参加追悼会,是因为他自己怕死,怕沾了晦气,尤其从晚年他对养生保健走火入魔般的热爱可见一斑。

这个说法又被另外一些人否定,他们说将军一生经过无数生死,其中三次都进了鬼门关差点没回来,这样的人早就悟透了生死,还有什么可怕的呢?

最终只有一个解释,这老家伙越老越不近人情。何况,他一向不近人情。

将军的到来,出乎所有人意料,也打乱了追悼会的议程。当将军和逝者亲属握完手后,追悼会主持人按照程序开始念起来自组织的最终定位:我党我军杰出的共产党员,久经考验的……

将军突然摆手,用不容置疑的口气打断主持人:

你等一下!

所有人都扭头望着将军。将军挺着胸,向前挪了挪腿,最终拒绝了我的搀扶,缓缓朝耿将军的遗体走去。在逝者那张意气风发的遗像面前,将军停下脚步,仔细查看,然后走到遗体前,久别重逢般俯身仔细打量着他曾经的战友。

人们看见,将军在轻声和耿将军交流,只是声音很小,谁也听不见到底说了什么。耿将军那张平时戴着口罩的脸终于毫无遮挡,严肃端庄中又露着一丝笑意,似乎正对前来告别的老友致以亲切的微笑。

将军很快站直身体,用目光缓缓扫视一圈。人们以为他要讲几句,毕竟他们为了共同理想并肩战斗,又一起经历了半个多世纪的风雨。但将军只是朝主持人挥了挥手,说声,好了,你们继续吧!然后头也不回地朝门外走去。

回程中,将军保持了很久的沉默,然后对我说,你猜我跟他说了什么?

没等我回答,将军接着说,我跟他讲,耿老三,你又输了,你比我小,还是没活过我呀,哈哈哈……

将军笑得气喘吁吁。

可是……当着死者的面说出那番话来,未免有些不合时宜吧……

将军似乎猜透了我的心思,瞪了我一眼,接着说,你懂什么?耿老三发的相片里他去的那些地方,你知道是什么地方?

我摇头。

奔马峡、柳树川、大圆寺,那是我三次打败仗的地方,我差点死在那三个地方。这个耿老三,每次他觉得我骄傲了要翘尾巴的时候,都要管管我,每回都拿那几场仗说事。他到现在也不明白,有些仗明知惨败也非打不可。现在他先去见了马克思,肯定不会说我好话,我得刺激刺激他,到时见了面,他才不敢跟我翘尾巴……

真的是这个意思吗? 也许是,也许不全是。

若干天过去,萧秘书找到我,说他即将离开部队,临走前想跟我喝酒告别。

我问,你们首长怎么受了点风寒就出了大事呢?

萧秘书说,其实在你第一次去见首长时,他已经停止用药了。你知道,他患有恶性的皮肤病,那是当年在南方打游击时,长时间淋雨身体发霉得上的,这种病一旦停药,就会全身皮肤溃烂,用药也没用,这种病无法治愈。所以最后,他彻底放弃了。虽然他没说,但我想,他肯定在想最后怎么画那个句号。这时刚好你来拜访,看了你们首长那篇《老年性皮肤瘙痒的防治》,不知怎么想的又开始抹药了。那个药很难闻,就是你在我身上经常闻到的那个味道。这时展将军和庞将军去世,对他的触动很大。尤其是展将军死前做的那篇"大文章"让他很感叹,他说没想到展秀才原来不怕死,更没想到人还可以这样死。而庞将军的死呢,他说虽然被憋死算不上好看,但比一个人全身烂掉而死好看多了……所以,他最后一次出行,应该是早有计划。

什么计划?我问。

这是首长最后的心愿,就是不想待在家里等最后那一刻到来。他说,他一生的理想就是探索真理和追求光明,而这个理想是必须要行走在路上的。所以,他并不是回来后在医院走的,而是之前,在他重走当年行军路的途中……

11

现在,将军那张相片上,没有画上黑圈的,只剩下他自己。

那天将军郑重地在耿将军的头像上画上黑圈,又赌气一样自言自语,你们都去见了马克思,那我就成了名副其实的光杆司令,我手里再也无兵可用啦,这后边的仗,得我一人去打了。不过,咱们走着瞧,我打得肯定比你们精彩!

将军的精神状态似乎比以往任何时候都好。现在,再也没有任何不安和不幸的消息影响他内心的宁静。唯一让他牵挂的是正在研制飞机的孙子乐乐,在得知很快能去看乐乐的飞行表演之后,他笑着说,我期待那是一场与众不同的飞行。

将军心情愉悦,读报、做养生操、爬山等都难以消耗他旺盛的精力。在深夜,将军还开始写作。保姆告诉我,将军在写他那本笔记。将军到底写了什么,多年来无人知道,那是属于将军的秘密。

后来有一天,将军把我叫进他的书房,指着一摞厚厚的笔记本对我说,这个课题,我研究了一辈子,写了十几大本,你帮我把这些整理出来吧。

我激动地看着这些笔记,不知将军记录的是何等重要的"机密"。可笔记的内容却严重打击了我的好奇心,将军记录或直接从报纸上摘抄下来的,是各种死亡的类型和防范事项的大杂烩。

主要内容罗列如下。

第一大类:战争中的死亡

战争中的死亡不可预知,子弹不长眼睛,很难做有效防范。所有人(敌我双方参战人员)都想在战争中存活,活下来的人却不多。但最终竟有人活下来,这里面是否有经验可循?这个经验很难总结,战场充满太多不确定性。根据本人经历,现将战斗中有效保存自己、避免无谓牺牲的方法整理如下:

1. 指挥员观察敌情时如何避免被敌冷枪打死。(限于篇幅,将军论述的展开部分略,以下同。)

2. 在狭窄地域如何避免被敌施放毒气致死。

3. 近战肉搏时如何避免被敌抓住头发遭割头。

4. 发起冲锋时如何避开敌火力点的视线。

5. 后方炮火支援时先头部队如何避免被己方误炸。

6. 受伤后如何第一时间展开自救。

……

第二大类:疾病死亡

纵观人类历史,大部分人是在自然衰老的过程中,感染疾病最后也死于疾病。人类生存发展的过程,也是在同疾病不断抗争的过程。除了一些世界性绝症,大部分疾病都是可以治愈的。中医讲,上医治未病,讲的就是如何预先防范疾病发生,只要做好这个防范,也就减少了因疾致贫、致死的风险。

1. 我国每年总死亡病因的第一杀手——心脑血管病的预防和护理。

2. 恶性肿瘤(癌症)的类型和防治。

3. 呼吸系统疾病的类型和防治。

4. 消化系统疾病的类型和防治。

……

第三大类:非正常死亡

非正常死亡是指由外部作用导致的死亡,包括火灾、溺水等自然灾难,或工伤、医疗事故、交通事故、自杀、他杀、受伤害等人为事故致死。

……

　　这类死亡中,将军似乎很难总结出其内在的规律,只是从报纸上摘抄了若干非正常死亡的案例。比如公元前458年,古希腊剧作家埃斯库罗斯被天上掉下来的一只乌龟砸死,以及1884年,开办了美国第一家私人侦探所的阿兰·平克顿走在人行道上时无意间咬了一下自己的舌头,结果死于伤口感染等各种令人匪夷所思的死法。在应对和防范这类死亡方面,将军只是着重强调增强安全意识,并没有具体措施。

　　干完这件堪称浩大的整理笔记的工程,将军问我,你认为我这个研究成果如何?可以写成一本书吗?

　　我说,那简直是丹青妙笔写出的精彩绝伦、气势磅礴、让人拍案叫绝而必将流传千古的伟大著作。

　　你说得狗屁不通。将军瞪着我说。我用了一辈子时间,以为能非常好地研究这些问题,现在看,这个课题太庞大太复杂,我研究得还不透。

　　过后,将军又开始和我讨论书名。他琢磨了很久也没想出满意的名字,最后对我说,你们年轻人脑子活,你认为取什么名字好?

　　我说,书名一定要抓人,又要与众不同,让别人一看就过目不忘,接着就想看看里面到底写了什么。

　　将军点头表示赞同,让我接着说。

我说,就叫《永远不死的将军和他永远不死的 99 个秘密》,只要把里边的章节变成 99 个就行,这名字让人一听就想看。

将军听了拍着桌子对我骂道,永远不死,那不成老妖怪了吗?人能够永远不死吗?人早晚会死,这道理谁都懂,但我却用了一辈子才研究明白,跟这个对手较量,我们永远都打不赢!这好像很悲哀,不过,我们可以活得慢一点,也就是死得慢一点,对普通人来说,这就是胜利。而对我们呢,军人天生为胜利而战,打不赢,那还叫军人吗?军人的血性,总归要升华为智慧。面对这个对手,面对最后一仗,我们不当逃兵,不当俘虏,不投降,不去钻它给你设好的圈套,不去蹚它给你挖好的陷阱,不去走它给你规定的路,我们按自己的方式出牌,比如展秀才、庞疯子,还有可能是倒在行军路上的耿老三,他们都选择了自认为最好的方式离开这个世界,这就是胜利!不过我总觉得他们的方式算不上独特,一个身经百战见过无数生死的将军总该有些与众不同……

原来将军早就猜到耿将军最后的秘密。可什么方式才是与众不同的呢?我有种不祥的预感,将军所做的一切,就像在做最后的准备和告别。我们昼夜不敢离开将军,就连晚上睡觉也睁着眼睛,生怕将军有所闪失。

大概是日有所思,夜有所梦。那几天晚上,我反复做着一个奇怪的梦。在参加乐乐飞行表演的现场,我扶将军坐上直升机后,将军突然推开我,在所有人目瞪口呆的注视中,将军单独驾驶直升机飞了出去。人们以为这是整场活动的特殊安排,在经历短暂的惊愕之后,爆发出热烈的欢呼,不停地挥手向将军制造的传奇表演致敬。而将军呢,同样向地上的人挥着手,嘴里高呼,英雄的猛虎部队……万岁!最后将军就这样飞了出去,越飞越远,人们看见的好像是一只猛虎,挟着闪电和雷鸣般的啸吟,扑向了那遥远的蔚蓝天空。

12

乐乐飞行表演的时间终于到来。这天早上,将军穿了一件崭新的T恤,看上去非常精神和兴奋,就像身披铠甲重回战场一样,嘴里不停地哼着军歌,向前向前向前……

临行前,我扶着他在厕所排"炸弹",将军突然干呕一声,然后笑着说,看来又有人要离开这个世界!

见我一脸茫然,将军说,我的鼻子很灵,只要有人死,我就会呕吐。我说的那个味道,你知道是什么吗?

我摇头。将军哈哈大笑。

那是死亡的味道!那是战场留给我印象最深的一个味道!现在,我想好了那本书的名字,就叫《慢慢活着》,我们每个人,都应该慢慢活,不要急着奔向终点,你认为如何?

我说好。

将军用力拍了拍我的肩说,你不用陪我去了,在家好好整理那本书,这是我给你的最重要的任务,你必须把它完成好。

将军走出门,临上车前又回头看了一眼他居住的小院,目光最后落在跑出来给他递帽子的保姆身上。

保姆说,爷爷,你怎么不戴帽子呢?

将军却答非所问,笑着反问她,你见过会飞的老虎吗?

老虎怎么会飞呢?它又不是会飞的动物。

老虎是百兽之王,它的本领可不光是发脾气,真正的老虎最后都会长出翅膀飞走的。

将军说完呵呵一笑,钻进汽车。

我突然想起前些天做的那个奇怪的梦,望着将军乘坐的汽车渐渐离我远去,心如神启般陡然一惊,立即追了上去。

无边无际的呼喊

1

这天早晨,母亲只喝了半碗莲子粥便放下筷子,像往常一样,用慈爱的目光看着我。等我喝完粥拿毛巾抹嘴的时候,母亲一手扶着木桌,站起身,收拾碗筷,拿进厨房,在自来水龙头下洗起来。

母亲今年八十五岁,看起来一点不显老,每天早早起来,到楼下锻炼身体。她的身板很硬朗,眼神中流露出乐观的神采,好像生活中没有任何困难能打倒她。哪怕她遇上不开心的事,也能听见她爽朗的笑声,然后说:"那又能怎样?"

她说话时眉毛上扬,模样就像一个矜持的大小姐。

我和母亲一直相依为命,住在川东大巴山最深处一个叫雨镇的小地方。我们的居所紧靠河边,推开北边的窗户,一眼就能看见青绿的河水和河岸上茂盛的小草。我每天都趴在窗户下的写字台前看河面上欢快的水鸟、阳光中飞舞的蝴蝶和草丛中蹦蹦跳跳的蚱蜢,倾听它们的歌唱和低吟。我的脑子只对这些感兴趣。母亲说她在怀我的时候受过惊吓,我在她的肚子里只待了七个月。先天不足和那场致命的惊吓让我的大脑发育不全。除了智力的原因外,我脑袋的异常形状直接否定了她想找一个女人在日后照顾我生活的种种努力。

我能听懂水鸟们的歌唱,以及蚱蜢对蝴蝶的爱慕争相发出的轻吟。我把那些写下来,给镇上一个文学爱好者。母亲发现他用我写的故事把自己变成了一个非常有名、非常富有的童话大王后,就让我直接给杂志社写东西。后来母亲又把一楼的三间空房出租给外地来的石油公司职工。我们靠这些钱养活自己。

母亲把一切收拾得利利索索后,便心满意足地坐在她房间的一把藤条椅上,一边喝着刚泡好的清茶,一边看起报纸。多年来,她一直有读书看报的习惯,不管生活有多拮据,她都坚持订报纸。有时她看到觉得有意思的东西,就取下老花镜,用剪刀把那些东西剪下来,小心地贴在一个相册内,然后又戴上老花镜,看自己刚贴上去的东西,像在欣赏一件艺术品。

我听到她翻报纸的声音,就知道她一定又戴上了那副老花镜。她戴上那副老花镜的样子很可爱,像前些年电视上的动画片中那只调皮的大花猫。近些时候,她总是抱怨报纸越来越难看,一点意思也没有。她抱怨得很有理由,近几个月,她已没从报纸上剪下任何东西了。尽管如此,她每天还是像以前那样,迫不及待地等镇上的老邮递员骑着那辆破旧的自行车,满头大汗地把报纸送到她手中。她接过报纸,用一整天闲下来的时间,读完报纸上的每一个字。如果她哼起歌声,一定是有所收获。那时她肯定拿着剪刀,愉快地剪报。接连很多天,她的脸上都浮现着快乐的笑容,皱纹可怜巴巴地挤在一起。眼中偶然闪出的神采显示出她曾经是一个非常美丽的姑娘,而现在是一个非常可爱的老太太。

　　这天早上我像往常一样趴在窗前。河面上飘着淡淡的水雾,水鸟藏在看不见的地方,连最欢闹的蚱蜢也不知所终。河边一个老头收起钓鱼的家伙,把装鱼的小桶顶在头上,匆匆忙忙跑上河岸。我探出脑袋,感觉头皮发凉。我伸出手,一滴滴水珠落在手上。我缩回头,想告诉母亲,有水从天上落下来了。就在这时,我听见母亲的叫喊声。

　　我真真切切地听见她在叫我,那声音就像我在电闪雷鸣的天气所发出的叫声一样,感觉天空马上就要塌下来。我听见她喊了我几声,一声高过一声。我跑进去,看见她惊慌失措地坐在椅子上,全身不停地颤抖,老花镜已从脸上滑下来,手里的报纸像一颗快要爆炸的炸弹那样让她恐惧。

　　这样的情况我只遇过一次,好久好久以前,她也是在看完报纸后显得这样惊慌,嘴里念着:"怎么会这样?怎么会这样?"然后她把我托付给本地的一个熟人照料,离开我独自去了另一个地方。回来后她满脸疲惫,脸上一点笑容也没有。直到橘子红了又红,时钟上的长腿短腿不知跑了多少圈,有一天她看报纸时,突然笑出声,又哭起来,接着又开心地笑起来。

这一次我看见她从来没像现在这样恐慌,脸上全是惊骇的表情,好像天空真的塌下来了。她的嘴唇不停地抖动,举起手里的报纸对我说:"不可能的,这是不可能的……"

我接过报纸,她指着报纸右下角的地方,我看见上面印着一个不起眼的小黑框,写着:

本报讯:我党早期地下工作者、著名画家张雨石同志,因病于×年×月×日在北京逝世,享年91岁。

张雨石同志是河北固安县人,1938年9月入伍,1939年8月入党,历任上海沦陷区地下联络员,冀中军区地下联络处党支部书记、联络处处长等职,为我党早期地下工作的开展和抗日战争、解放战争的胜利做出了卓越的贡献。新中国成立后,张雨石同志因病没能参加工作,一心扑在书画艺术创作上,创作出了大批反映我军将士精神风貌的书画作品,为繁荣军旅艺术做了大量工作。

2

母亲一直流着眼泪,那些眼泪像天空落下的水滴一样晶亮。

坐上火车后,母亲一直拿着那张报纸,看了一遍又一遍。我一直用手帮母亲抹着眼泪。母亲的眼泪没有停,落在我手上,像冬天屋檐上滴下的水,透凉。我以为她很冷,给她裹上厚厚的衣服,可她流出的泪水还是那样冰凉。我不安地看着她。下车后,她的眼泪好像已经流尽了。她把报纸揣在怀中,拉着我的手,走进人群。

她没打算让我和她一起来,后来她显得很不自信,她觉得我可以"当个拐棍使"。自从在报纸上看见那个消息后,她一下变得衰老,糊里糊涂又弱不禁风。她在惊慌过后又表现出平时的坚强和镇定,嘴里喃喃自语,好像在和我商量:"一定要去看看,这辈子就看他最后一眼了。"于是我们从河边的居所出发,奔向遥远的北方。

我们费了很大劲才找到那个军队干休所。母亲让我在楼下等,她独自上楼。我看见一个年轻的士兵提着水壶在花园里走来走去,像一棵会走动的冬青树。他向我眨眨眼睛,我回报给他笑容。我的笑让他感到很快乐,也许是因为他从来没见过我这样的笑容,感觉很新奇,正准备和我说话,一个年纪大的军官喊着他的名字,他回过头看了那个军官一眼,不情愿地跑过去了。

母亲刚好下来,一个年轻的中校陪着她。中校说:"这已经是两个月前的事了,你只能到公墓去看看。"母亲又详细地问了公墓所在地,中校很有耐心,反复说着坐什么车能直接到那个地方。走出哨兵站岗的大门,中校看了老弱的母亲和我一眼,最后说:"你们还是打车去吧!"伸手拦住一辆出租车,并告诉司机我们要去的地方。母亲向他道完谢,拉着我的手坐上了出租车。

墓地很清幽,靠着山,无边的青柏像站岗的哨兵,又像千军万马,忠诚地守在墓碑周围,像在等待指挥。母亲对着那块并不显眼的墓碑沉默不语。她走上前去,用颤抖的手摸着那几个刻在墓碑上的大字:张雨石之墓。母亲小心地抚摸着墓碑,嘴里喃喃自语:

"老朋友,我看你来了,想不到你真走了,你现在原谅我了吗?……"

母亲像陷入了迷茫中。一根蜡烛静静地燃烧着,荧荧的火光颤颤起舞,正如母亲飘浮不定的思绪。母亲看着那火光,一句话也不说。直到蜡烛燃尽,母亲还是一动不动,身体像一根燃烧尽了的绳子。直到天色暗下来,母亲抽了抽鼻子,对我说:

"走吧,儿子。"

我们起身,又打车去干休所。在路上,母亲难得地笑了笑,对我说:

"他肯定留了什么东西,总不至于让我们白跑一趟吧……"

我们来到干休所,一个值班的保安拿着电话说:"上午来的那个老太婆又来了。"隔了没多久,那个年轻中校匆匆忙忙赶过来。母亲向他提出自己的想法,她的语气自信而坚定:"我是说,他肯定留下了什么东西要给我,比如一幅画什么的!"

中校摇摇头,比母亲更坚定地说:"没有,他来这个干休所时我就在这里当兵,他一直独身一人,没有老伴,也没孩子,逝世前把所有作品都捐给了博物馆,存款捐给了希望工程。"

母亲着急地摇摇头："不可能,他肯定给我留下什么东西了。我叫林巧音！他走的时候没跟你们提过吗？"

母亲重重地说着她的名字,但她还是看见中校摇了摇头。

"这事是我亲自为他办的,绝对没有错！"中校肯定地说。

母亲失望地擦了擦眼睛,抓住最后一丝希望不放："那他的画里有没有一幅小姑娘的肖像？就是十六岁左右的小姑娘！"

中校说："这个我倒没在意。"他不好意思地挠了挠头,"他捐出来的作品大概有一百多幅,这事就我一个人忙,真的没记住,不过那些作品如今正在博物馆展出,你们可以去看看。"

母亲问博物馆怎么走,中校就把地址写在纸上,递给母亲时,他有些好奇地问："你们是他什么人？怎么这时才来？"母亲叹了一口气,望了我一眼,然后说道："我们是他的朋友！"说完接过纸片转身离开。

走出门时,那个保安小声地嘀咕道："估计是远房亲戚,活着的时候不来,死了就来捞好处……"

我的耳朵很尖,什么都能听见。想不到母亲也听见了,她陡地转身,走进去,直视着那个保安。母亲看了他十秒钟,然后一个字一个字地说：

"要是在革命战争年代,我一定会抽你一个嘴巴！"

那个保安满脸通红,好像真的挨了一巴掌,坐在那里,动弹不得。一只扇着翅膀的蛾子呼呼地朝灯光扑过去,又掉下来,砸在面前的桌子上,他也全然未觉。母亲扬了扬眉毛,脖子微微向上抬了抬,矜持而高傲地转身离开。

在宾馆里,母亲一夜都没睡好,她兴奋地等着天色赶快明亮起来。第二天早上,我们赶到博物馆,又在外面等了一个多小时博物馆才开门。即将走进大厅时,她摸了摸有些发红的脸颊,用手理了理头发,深深吸了一口气,然后跨进大门。

大厅里飘着淡淡的香气,金色的阳光像透明的水,从明亮的窗户里流进来,落在人身上,很温暖。大厅里的人不多,几个上了年纪的老人在一些画前停下,仰起头,把老花镜举到眼前,看一眼,又退几步再看一眼。几个背着画板的学生边看边发出愉快的笑声,工作人员走过去,把手放在嘴前嘘了嘘,孩子们不好意思地跑开,又忍不住在别的地方撒起欢来。

母亲不慌不忙地从左边第一幅画看起,她的脸上带着微笑,从容不迫地细细观看,好像对它们很熟悉,有时还禁不住隔着玻璃抚摸一下。看完一幅,脚步向右边移,走到下一幅画前,还恋恋不舍地再看一眼前一幅画。

她的微笑一直保持到转完大厅一圈,看完所有的画,突然大吃一惊,她没看到期待的那幅少女肖像,以为自己刚才只顾欣赏,没留意这一点,急急忙忙重新看起来。这一次,她的动作很快,目光从一幅幅画上扫过,可是真的没有那幅画。

她像个失望的小女孩,在大厅里转了一圈又一圈,嘴里念道:"怎么可能没有呢?怎么可能没有呢?……"工作人员走过来,母亲焦急地向他打听,他的回答彻底毁灭了母亲的期待。

"他从来没画过少女肖像,他的作品大多表现的是浴血冲锋的战士。"

母亲在那一刻差点倒下，我紧紧扶着她。她的眼里一片灰暗，那些本来已经流尽的眼泪一下又涌了出来，像要榨干她体内最后一点汁液。她抬起头对我说：

"他到死也不相信我，他到死也没原谅我啊……"

母亲的孱弱让我感到惊慌，从博物馆出来，母亲的身体一下变得很轻，像纸片一样单薄。她凄凉地对我笑了笑："你别怕，我一定会把你带回去！"过后，我们又坐上火车，这时候，她仿佛已神志不清，老在嘀咕着一些陈年往事。坐在我们周围的乘客都不喜欢母亲的唠叨，他们用鄙夷的眼神看了一眼这个苍老、憔悴的女人，各自谈着一些有趣的事，时而发出大笑声。母亲的眼睛因为流泪过多，变得红肿，她仿佛闭着眼睛在对我说：

"儿子，你听得见吗？我想跟你说说那时的事，我实在忍不住了，我要把它们说出来！"母亲没等我点头或摇头就开始说起来。她的声音嘶哑，像博物馆角落里存放的古代化石那样苍凉。车窗外，灰蒙蒙的天空又开始下雨，雨点打在紧闭的窗户上。一些模糊的景物飞快地向后退，向后退，恨不得要退回到那陈旧的过往时光之中。

3

十五岁时的母亲安静而平和，生长在那个玉兰花飘香的大院里。大院里有蟋蟀，有云雀，有金黄的向日葵，还有嗡嗡飞舞的蜜蜂。她跟自己的母亲也就是我的外婆住在一起。那是一个美丽的成熟女人，来人总恭恭敬敬地称她一声林夫人或是林太太。外婆终日和厨娘坐在窗前,一边做着新布鞋,一边小声地嘀咕,谁也不知她们嘀咕什么。只有院里的门一响,那两只法国大狼狗一叫唤,她们才停下话头,伸长脖子向窗户里眺望。等一切都安静下来后,她们又开始嘀咕。有时母亲从她们身边走过,她们也不避话头,只是她听不懂那些话,她那时还只是一个不懂事的小姑娘。

外公是个大生意人,在遥远的上海开着洋铺子,偶尔和一些陌生的人回来一趟,用马车拉着整箱的银子和一些珍贵的药品。

外公每次回来都要给他的漂亮女儿买一些上海十里洋场时髦的东西,比如高跟鞋、露肩的洋裙子和蝴蝶发卡。外公回来总待不了几天,每次都在母亲进入香甜的睡梦中时悄然离去。过后,她们就开始忙碌。母亲掌着灯,帮助外婆和厨娘把那些银子搬进地道里,挖坑,把那些银子埋起来。

十五岁时的母亲总觉得自己很孤独,疼爱自己的父亲常年不在身边。她不太喜欢自己的母亲,就是那个经常坐在堂屋的窗户前和厨娘一起做布鞋的女人,厨娘叫母亲小姐,把她这个小丫头叫少小姐。不知为什么,她总觉得自己的母亲很严厉,坐在那里,不慌不忙地穿针引线,美丽脸颊像大理石上刻出的一样,光亮、冰冷。外婆有时也对母亲笑笑,远没厨娘那样亲切,她的一举一动都带着大家小姐的庄重和优雅,从来不会像厨娘那样把女儿抱在怀里,任她撒娇、淘气。用厨娘的话说,虽然女儿都已经十六岁了,但小姐还觉得自己是大小姐,还没习惯去做另一个小姐的母亲。

十五岁时的母亲还喜欢像往常一样,把自己关在屋子里,坐在窗前的椅子上,双手托腮,眼观内心,大脑里信马由缰,自由驰骋。她经常闭上眼睛,幻想自己是窗外白玉兰树上那自由飞翔的鸟儿。她这样想的时候,就感觉自己背上已经长出翅膀。她挥动双臂,空气在身后滑翔,白云从头顶飘过。她激动地看着眼前这个新奇的世界,打量着通向丛林的小路,想看看神秘的孙茂牙到底躲在哪片草丛里。他总在夜里回来,又在夜里离开,背着一包银子,向山林里钻去。听孙茂牙说,山林里还有好多人,他们围着火堆唱歌、跳舞和吃烤土豆,困了就睡在草丛中。他们过着无忧无虑的生活。

有时她还会想起比她大两岁的孙小猛。孙小猛是孙茂牙和厨娘所生的儿子,他们一块长大,一块偷偷跑出去在田野里捉过蝴蝶。被外婆发现后,她害怕得发抖。孙小猛总是把过错扛在自己身上。他的母亲,也就是厨娘,用荆条抽他屁股的时候,他还向她调皮地眨眼睛。她通常被罚关在阁楼的房间里不准出来。他便会拖着红肿的屁股,跑到丛林里采来野花、野果子,有时还会抓住一只可爱的松鼠。然后他爬上院内那棵高大的白玉兰树,把这些东西从窗户传进来。她在伤心的梦中或是发呆的时候被窗外的响声惊醒,看见那些东西像自己长着腿一样从窗外跑到了她的房间里。她感觉那是生活中出现的奇迹。

孙小猛三年前离开了大院,听厨娘说是打鬼子去了。那时他已壮实得像一头牛。他还是冒冒失失,做起事来不顾后果。厨娘再拿荆条抽他时,他会一把抢过来,瞪着眼睛望着他母亲。

后来他被父亲孙茂牙带走了,再也没回来过。

通常这么一走神,她就会完全沉浸在自己的幻想中,连厨娘走进来的声音也听不见。厨娘推推她的胳膊,她一下回到现实中,脸变得通红,羞愧得要死。厨娘的眼里带着一丝疼爱,笑着说:"又发呆呢!"这时母亲会站起身,想做点什么事掩饰过去,结果总是撞翻椅子,要不就会冒冒失失地打碎桌上的茶杯。每到这时,厨娘都会说:"傻丫头,快醒醒,小姐叫你呢!"

母亲深深吸一口气,调整好呼吸,步伐沉稳地下楼,向她的母亲走去。她从不敢在我外婆面前蹦蹦跳跳。在她长得像个小姑娘时,外婆就告诉她:"大户人家的小姐绝不会像头急躁的驴那样窜来窜去!"她记得外婆好像被自己这个比喻逗笑了,她从来没说过粗鲁的话。从此,在外婆的注视下,她学会了迈小步,学会了慢声细气地说话,学会了喝莲子粥时不发出呼噜呼噜的声音,学会了她母亲要求她做到的一切。

她走到外婆身边。每天这时候,外婆都要叫她。她胸有成竹地走过去,外婆说:"教给你的唐诗会背了吗?"她点点头,张嘴背了出来,表现得让她母亲很满意。厨娘从厨房里跑出来,端着一盘杨梅对她说:"哎哟,少小姐真聪明,快吃点杨梅醒醒脑子。"她看见外婆点点头,便拿了杨梅又安静地上楼,回到自己的小房间。她关上门之后总要莫名其妙地发发脾气。她不敢踢椅子,不敢碰那些家具,害怕弄出声响,只好使劲地攥手绢,或用拳头拍打枕头。一会儿,她的那股气烟消云散。她听见窗外白玉兰树在风中低语,画眉鸟在歌唱。她兴奋地趴在窗户前,静静地待上一上午,或一整天的时间。

4

这种日子随着十五岁的结束也结束了。十六岁生日前几天,她一直渴盼的父亲终于从上海回来了。她比她的母亲还要高兴,整个下午直到夜晚来临时,她都抓着她父亲的手,兴奋地说个没完,她母亲完全被冷落在一边,连插嘴的机会都没有。最后她母亲不得不板起脸,咳嗽几声。她猛然一惊,识趣地和父亲告别,恋恋不舍地朝楼上房间走去。

她过生日的那天晚上,院子里来了很多人,都是趁着夜色悄悄到来的。他们腰里别着枪,挤在堂屋里大声说着话。当这所房子的女主人,他们嘴里尊称的林夫人端着水果走过去时,他们慌忙站起身,拘谨而羞涩地点头道谢。

外公在书房里和几个人谈完事情后,走进堂屋,音乐已经响起来。这是外公刚从上海带回的留声机。几个女孩兴奋地随着音乐翩翩起舞。听孙茂牙说,她们是文艺宣传队的演员。这时候,她们成了宠儿,所有年轻小伙子都仰着发红的脸,围着她们转。外公走出来时,大伙停下来,拿眼睛望着他。外公摆摆手,微笑着说:"你们跳,尽情地跳!"然后他转过身,向他的夫人走过去。外婆站起身,用手牵了牵裙子,仪态万千地走上前,接着他们也随着音乐飞舞起来。

这时我的母亲正藏在她的房间里,满脸通红,浑身发烫。她是今晚的主角,却待在房间里迟迟不敢出来。她对着镜子,看着穿着露肩洋裙的自己,羞得不敢睁开眼睛。然后她又急急忙忙脱下裙子,穿上一件普通的衣服,对着镜子照了照,又忍不住看了那条裙子一眼,然后又把那条裙子穿上。如此折腾,已经好几遍了,她仍然拿不定主意。

厨娘上来催了好几次,每次她都用身体抵着已闩上的门,生怕厨娘闯进来,嘴里急急忙忙应道:"马上就好,马上就好。"最后她的母亲走了上来,用手敲门,并生气地说道:"赶快出来,不然你就吃不成生日蛋糕了。"

她从来不敢违抗自己的母亲。这时她已换上那件漂亮的洋裙子,想把它脱下,已经来不及了。她几乎绝望般地打开门,眼里含着泪水,走了出去。

她站在楼梯口,下了一级台阶,高跟鞋差点让她摔跤。她扶住楼梯,心慌意乱地站直身体。因为气恼,眼泪马上滚了出来。这时,大厅里的音乐仍在继续,所有人都回过头,望着她,呆呆地望着,一切仿佛都在这一刻停了下来。

她感到更加委屈,他们肯定是在看她的笑话。她恨不得立即死去,感觉那口气提不上来了。这时,所有人突然张开双手,使劲地鼓着掌。她睁开眼睛,首先找到她的父亲。她的父亲正站在她母亲身旁,脸上是欣喜和宽慰的笑容。就连她的母亲,这时也鼓着掌,目光中充满惊喜和赞叹。

她像个公主一样,美得惊世骇俗,脚穿高跟鞋,双腿修长,晶莹的眼睛像刚洗过一样发亮,白色的小露肩晚礼服无风自动。她像梦一样地出现在楼梯口。

她激动得有些发抖,走下楼梯,向她的父亲走去。这时音乐又响起来,一个人突然蹿到她身前,伸开双手,单腿向她跪下。她吓得尖叫起来,像踩到了一只死老鼠。她看见面前的人是多年不见的孙小猛,一条长长的刀疤留在他脸上,差点让她认不出来。他现在已经长成了大小伙儿。她感到惊喜,接着又感到羞涩。她不知所措,不明白孙小猛跪在她面前干什么。她羞红着脸向自己父亲跑去,大厅里传来一阵开心的哄笑。

外公也被逗乐了。她终于弄明白怎么回事。原来孙小猛跪在她面前,伸开双手,表示向一个最尊贵的公主发出邀请,邀请她一起跳舞。她不明白这是什么规矩,她母亲从来没告诉过她。她向大厅里扫了一眼,看见孙小猛羞红着脸,正沮丧地坐在一个角落。

然后,她和外公一起走进舞池。她笨拙得像根木头,不停地踩外公的脚,踩得外公一边微笑,一边痛苦地皱着眉。最后她不得不和外公一起,坐到边上去。

隔了一会儿,她看见一个戴着圆帽子的年轻人走过来,向她微微一笑,她本来已经平静下来的心又开始狂跳。她不好意思地扭过头,看见他走过来向她母亲鞠了一躬,伸出手。外婆礼貌地摇了摇头,他又向她走过来,重复着先前的动作。这时,她的心跳得更厉害。外公看着她的模样,哈哈笑了笑,牵着女儿的手说:"这是张先生,他是跳舞的高手,让他教教你。"她羞红着脸,看了母亲一眼,看见母亲点了点头。然后,她就让张先生牵着她的手,走到舞池中间。

这时她显得更笨了,闻着从他身上传来的气息,感觉头晕,心慌意乱。她低着头,不敢看他,像个小木偶一样,木讷地转动着。每次踩上他的脚,她都想抽身逃跑。可他把她的手抓得紧紧的,示意她放松,示意她闭上眼睛,专心地听音乐。没过多久,她的身体柔顺下来。音乐像海水一样,直接漫过内心,时而汹涌澎湃,时而迂回柔和。她从来没感受过音乐如此的魔力,仿佛把她变成了一只快乐的鱼。她不由自主地挥动双臂,在水中自由地、欢快地游来游去。

5

那一夜让人如此难以忘记,她的体内不知哪来的激情和力气,不知疲倦地和那个张先生旋转着,直到夜深人静,音乐结束。她不得不上楼去,感觉自己还在旋转,已经停不下来了。睡梦中,她把枕头当成了张先生的胳膊,还在翩翩起舞。醒来时,她为自己感到羞涩。她一骨碌翻下床,又把那件裙子穿在身上,对着镜子打量起来。她确信自己像人们所说的那样漂亮时,忍不住愉快地笑起来。

到吃早饭的时候,她发现昨晚来的人大部分已经离开。她看了左边的座位一眼,发现昨晚上闹得她满脸羞红的孙小猛坐在那里,她想起当时人们的哄笑和他的狼狈样,心里有些愧疚,便抬起头,朝他笑了笑。孙小猛像没看见一样,双眼只盯着莲子粥。她正准备坐过去,像小时候一样,用脚踢踢他,这时她的父亲和那个戴着圆帽的张先生从书房里走出来。他们表情严肃,边走边交流,好像在商量一件大事。她看见张先生坐在她的对面,便低下头,闷声不响地喝起莲子粥。

她听见父亲在坐到餐桌前时对张先生说了一句:"你最少得待几天,看看他们这边开展的情况。"他端起粥,又补了一句,"就这样定了吧。"接着大家埋头吃饭,谁也不说话。这是他们多年来养成的习惯。

她吃完饭后抹抹嘴,盯着自己的脚尖。她把目光稍稍向孙小猛的方向偏了一下,也只能看见他的脚。他现在确实已经长大了,那双鞋就像两只船一样。她还记得他小时候从来不穿鞋,赤着脚跑来跑去。为这他经常挨他母亲的打。尽管如此,他还是不喜欢穿鞋。他跑出门后,把鞋脱下来,用绳子系在腰间,跑进丛林中,为她逮蝴蝶,为她摘野果子。等玩耍够了,他们悄悄溜回来。他在走近大院时,藏在一棵树后,悄悄把腰上系的鞋取下来,脚板在裤腿上一擦,穿上鞋,拉着她的手,朝大院里跑去。进门的时候,他总要先把他的大脑袋伸进门缝,看看里面的动静。结果厨娘和她的母亲总藏在意想不到的地方,把这一切看得清清楚楚,等他们一进去,刚好被逮个正着。

她不明白孙小猛为什么突然不理她,至少该看她一眼啊。她想起昨晚的事,虽然让他很难堪,但她不是同样羞得像个大花脸吗?谁叫他当着那么多人的面,冒冒失失地跑过来,把她吓一跳呢?要知道,她可从来没遇到过这种情况。

她有些生气,不再理会孙小猛的脚。等男人们都吃完后,她就帮着母亲和厨娘把碗筷收进厨房。父亲叫了一声孙小猛,孙小猛急忙跑过去。一上午的时间,三个男人关在书房里,不知到底在商量什么。

吃午饭的时候,她没看到孙小猛。她听到厨娘在抱怨:"这孩子,连午饭也不吃就走了,像跟谁赌着气!"她听见自己的母亲说了一句:"孩子一长大,由不得当娘的管了。"说完还看了她一眼,她一惊,感觉那话仿佛是对她说的。她心里有些慌,不知哪里做得不好,让母亲看出了毛病,赶紧端着一盘菜向餐厅里走去,结果一头撞在进来洗手的张先生身上。她惊叫一声,傻傻地站在那里。张先生并没在意,接过厨娘递来的毛巾,自己擦了起来。她的脸通红,仿佛闯了大祸,母亲责怪的眼神更让她无地自容。父亲刚好从书房里出来,倒没责怪她,只对张先生说:"赶快换一件,穿我的吧,我俩身材差不多。"厨娘停下手里的活,赶紧找衣服去了。

她呜地哭了一声,跑上楼藏在自己的小房间里,委屈地哭了起来。她痛恨自己为什么这样笨,毛手毛脚,感觉自己是天下最没用的人。这一顿饭,她没去吃,等哭够了,开始想怎样弥补。她终于想出一个办法,并为自己的这个想法振奋不已。然后,她擦了擦眼泪,轻轻打开门,听了听楼下餐厅里的动静,他们的午饭还没结束。她鼓起勇气,踮起脚尖,像猫一样匆匆跑过楼道,找到张先生房间。谢天谢地,那件被她弄脏的衣服还放在那里。她抓起那件衣服,像个得手的小偷,兴奋地着急跑开。她从楼道的另一端下去,跑到房子后面,那里有一口井,她找来一个木盆,把那件衣服泡在水中。

她费了好大劲,终于用皂角把衣服洗得干干净净,晾在风中。这时她听见厨娘的声音,慌忙躲进一个角落里,只听厨娘仿佛自言自语地说:"奇了怪了,张先生的衣服怎么不见了呢?"厨娘走过来,抬起头,看了一眼,好像那件衣服是隐形的,就是放在她眼前她也不会看见。厨娘摇了摇头,转身走了。

吃晚饭的时候,虽然肚子饿得直叫,她还是不准备去,她觉得自己应该受到饿肚子的惩罚。厨娘上来叫了她好几次,她都说不饿。最后她的父亲走上来,就像小时候那样,把她抱出屋去。她羞红着脸,在楼梯口挣扎着跳下来,牵着父亲的手,跟在后面,走了下去。

6

谁也没提那件衣服的事,张先生好像不懂她们家规矩一样,一边吃菜,一边夸着饭菜好吃。厨娘脸上乐开了花,礼貌地笑着。大家好像把中午的事忘得一干二净。

她松了口气,那些可口的饭菜在调皮地向她招手。这时候,她才感到饿肚皮原来这样难受。

她把张先生的衣服收回来,想找熨斗把衣服烫得整整齐齐的。可熨斗平时都是厨娘管着的。她走出门,看见她需要的熨斗正放在门外边,好像谁不小心把它丢在那里一样。她拿起来,一摸还是热的,高兴得跳起来,这下倒省了烧熨斗的麻烦。她没顾得想是谁不小心把熨斗扔在她门外了,仿佛这一切都理所当然,她觉得生活中总是不小心就会出现奇迹的。

她拿着烫得齐整整的衣服,向张先生的房间走去。她觉得有必要向张先生当面道声对不起。张先生教会了她跳舞,教会她明白了音乐的魅力,甚至她笨手笨脚地多次踩了他的脚,他也没说什么,脸上始终充满微笑。这一点不是谁都能做到的,就连她的父亲也没做到。因此,她拿着衣服,在前往张先生房间时,心里不停地练习着要跟张先生说的话。

她敲门,一丝回应也没有。她再次敲了敲,确信里面没人,把脑袋伸进去看了看。接着她感到一丝失望,又感到如释重负。张先生大概又到父亲书房谈那些大事去了。她把衣服放在床上,随即准备出去。她的脑袋一扭,看见桌上有一张白纸,上面有一个没画完的女孩的肖像轮廓。她感到特别新奇,拿起那张纸,对着窗外的阳光看起来。她高兴得笑了起来,那个女孩的画像仿佛立刻活了一般,同样向她微笑。她感觉那微笑非常熟悉,想了想,却不知道在哪里见过。

这时张先生走了进来。他的脚步很轻,轻得她没听见。他在她身后几步远的地方站定,微笑着望着她。她突然发现身后有人时,转身差点尖叫起来。她总是这样,在独处或是发呆时被人惊扰,就会发出尖叫。

她像一只被猎人发现的小兔子,惊慌得恨不能从窗户跳下去跑掉。张先生摆摆手,其实是举起手,像投降一样,赶紧说:"对不起,对不起!"好像他不是进了自己的房间,而是不小心侵犯了她的领地一样。

她不知所措,随即平静下来,看见张先生诚恐诚惶的样子,马上羞红了脸。她握紧拳头，一股血冲上脑门，嘴里不停地重复着"我……我……"，好半天也无法把话接下去。

张先生微微一笑，是那种随和宽容的笑，没让她产生一丝反感。要知道，这时候，她是最害怕讥讽和嘲笑的。张先生走过去，拿着那张没完成的画对她晃了晃，亲切地说道："你知道这画上的人是谁吗？"

她摇摇头。到现在她还是说不出话来。

"是你。你看画得像吗？"他像一个虚心的学生等着老师的点评那样，诚恳地望着她。

天哪，她不敢相信自己的耳朵，一股无边无际的眩晕包围着她，让她无法呼吸，无法视听，无法开口说话。她只能握紧拳头，任脚心涌起的血流冲向大脑。

他又笑了笑，笑得还是那样真诚，眨了眨眼睛说："你是我见过的最漂亮的小姑娘。你不知道，那天晚上，你就像一个漂亮的骄傲的公主。"

她只能用眼神来表示心里的欣喜和激动，原来她真的那样漂亮。接着她听他说道："我要把你画下来，就当是补给你的生日礼物了。"

他又眨了眨眼睛，扮了一个鬼脸，显然是想让气氛活跃起来。自打他进来，除了看到她惊慌的表情外，她还没说一句话。没想到她突然夺门而去，一溜烟跑了，快得让他没想到。

她也不知道自己为什么会突然跑开，连要跟他道歉的事都忘了。她觉得不是自己想跑，而是腿带着她跑了起来。她跑进自己的房间,闩上门,钻进被窝中。大脑昏昏沉沉的,她一时还理不清到底发生了什么事。

她在睡着前终于想起他说的那句"小姑娘",他把她当小姑娘呢!可她不是已经十六岁了吗?不过,这样也好,她再也不用像大人那样严肃地跟他说话,她可以在他面前笑,在他面前蹦蹦跳跳,甚至撒个娇什么的,就像在她父亲面前那样。

她终于微笑着进入了梦乡,却做了一个可怕的梦。她梦见张先生铁青着脸望着她,目光冷酷,把那张画好的画像撕得粉碎。然后,在她声嘶力竭的呼喊声中,他头也不回地离开了她。

她在哭泣中醒来,天还没亮。好不容易熬到大伙起床的时候,她跑下楼,只见张先生正在洗脸,还对她微微一笑,友好地打着招呼。这一次,她的脸没有红,放心地跑开。等再见到他的时候,她再也不像以前那样害羞了。

后来,她总忍不住往张先生的房间里跑。除了想听张先生说话以外,她更关心的是张先生答应送给她的生日礼物画好了没有。她每次去都很失望。张先生好像把这事忘了,不是和她父亲谈什么鬼子的事,就是忙着写一些东西,连那张本来已画了一半的白纸也不见了。

7

厨娘发现了少小姐的变化,乐呵着对她的小姐说:"少小姐真的长大了!"女主人手里做着针线活,望了楼上一眼,没说话。厨娘接着说:"张先生只比少小姐大六岁,再过两年,少小姐和他倒也挺配。"女主人瞪了她一眼,缓缓说道:"你别瞎说,张先生是已经婚配过的人。"厨娘伸了伸舌头,好像不太相信,过后叹了一口气,好像很惋惜,然后说:"我去看看少小姐在干吗,别让她再乱跑了!"

这时我的母亲正站在张先生的房间里,她望着情绪低落的张先生,不知该说什么。今天早上他从父亲的书房出来后,情绪一直很低沉,有时还拿拳头砸桌子,好像遇上了让他异常愤怒的事。

母亲望了望窗外,一只调皮的小狗逗弄着一只小猪,小狗叫一声,小猪恐惧地向后一退,一屁股坐在水坑中。她愉快地笑起来,想告诉厨娘,那只小猪跑出来了,可又舍不得离开张先生的房间。她不明白他为什么这样难过,心里想着也让他高兴起来,就扭过头对张先生说:"你看那只小猪,它被小狗吓着了。"

张先生看了一眼,突然一拳击在桌子上,悲愤地说:"你知道他们杀了多少人吗?就像屠杀那些猪狗一样。"

母亲吓了一跳,瞪着一双天真的大眼睛,望着张先生,不明白他在说什么,隔了好久,才小心地问:"谁杀人了?在哪里……?"

张先生一拳砸在桌面上:"在南京,鬼子杀了我们三十多万人啊……"

"三十多万!"母亲倒吸一口凉气,她一下想不出三十多万到底是多少。她曾和孙小猛偷偷跑出去看过农民收割玉米,原野上成片的玉米秆被砍倒在地,三十万也许比整个原野里被砍倒的玉米秆还多，那数也数不过来。

她背上生出鸡皮疙瘩，感觉自己看过的那些被砍倒在地的玉米秆全变成了人，不禁觉得头皮发麻。隔了半晌，她怯生生地问："你说鬼子为什么要跑到我们这里来杀人呢？"

张先生看了她一眼，好像她的这个问题实在很幼稚。他长长地吸了一口气，耐着性子说："因为我们弱小，因为我们落后，因为我们中的一些人只会醉生梦死，宁愿苟且偷生也不去反抗，去流血，去做那指路的明灯，他们宁愿被鬼子屠杀也不愿和穷人一起去革命……"

厨娘走上楼，大声喊着少小姐。母亲的脑子里霍然一响，张先生的话像闪电一样划过苍穹，瞬间照亮她脑海中的混沌。她听见厨娘在喊她，可张先生的话把她迷住了，她还想接着听下去。厨娘的叫喊声越来越急，听声音，厨娘正朝张先生的房间走来。她无限惋惜，又有些恼怒，不得不抬腿跑了出去。

张先生走后，母亲一度变得沉默寡言。沉默的背后是焦灼，还有不安。她有些恼怒张先生，他根本没把她放在眼里，走的时候连句告别的话也没有。这让她有些伤心，她觉得张先生也在恼怒自己。她躺在床上，回忆张先生说过的每一句话。等她弄明白"苟且偷生"这句话的含义时，不禁感到脸红。张先生怒斥的正是她这样的人，她感到羞愧、耻辱，感觉自己不配活在这个世界。

革命！对，要去革命。这个词像火光一样闪耀，照得她热血沸腾，照得她内心一片敞亮。她听父亲说过，听孙茂牙说过，听孙茂牙带回的那些生活在丛林中的人说过,"革命就是拿自己的鲜血去为最大多数的穷人谋幸福"。原来父亲、张先生、孙茂牙、孙小猛,还有她的母亲和厨娘,都在革命,他们都在干着轰轰烈烈的事业,只把她一人蒙在鼓中。

可她能做什么呢?帮厨娘和母亲掌掌灯,在地道里埋银子,帮她们记记账,还是同母亲和厨娘一起做布鞋,好让孙茂牙带去给山里那些打着赤脚奔走的人?不行,这些事情太小了,要做就做最大的事,到时非得让张先生吓一跳,等他发现这一切都是她做的时,他一定会吃惊地张大嘴巴,不得不对她刮目相看。

她想到这里,笑了,想象张先生张大嘴巴的吃惊表情一定很好玩。可是,要做什么样的事情才会让张先生和其他所有人感到吃惊呢?

她冥思苦想,站在屋子中央,双手握紧拳头,闭上眼,咬着牙,让体内奔腾的热血直冲脑门。突然,她拍了一下腿,跳了起来。"打鬼子去!对,打鬼子去!"她高兴地叫了起来。

当她把这个想法告诉她母亲的时候,她母亲正坐在堂屋里窗前的椅子上,皱着眉,把针穿过鞋底时,不小心扎破了手。厨娘找来纱布,忙着包扎伤口,听了少小姐的话,禁不住笑了起来。

"打鬼子,她说她要打鬼子去!"厨娘对她的女主人哈哈大笑。

母亲的脸绯红,双手不停地扭着手绢。她在厨娘的笑声中低下了头,不敢看她们的眼睛。她眼圈一红,拼命忍住快要滚出的眼泪,可眼泪还是不争气地滚下来。她正准备转身跑到楼上伤心地哭一场,这时突然听见她母亲说:"一个动不动就抹眼泪的人能去打鬼子吗?难道用眼泪就能把鬼子吓跑?"

母亲终于呜呜哭着跑上楼了。她哭了整整一天,好像要把一生的眼泪在那一天流完。实在哭不出来后,她就坐在窗前呆想。厨娘叫她下楼去吃饭,她也不下去。她害怕再见到她母亲。她母亲说得一点没错,眼泪是吓不跑鬼子的。虽然有点不喜欢自己的母亲,但这时却有点嫉妒她。这么多年来,父亲不在身边,她安然地守护着这个家,从没为什么事愁眉不展,甚至在父亲受重伤生命垂危的时候,她也没流一滴眼泪。她总是安静地坐在窗前的椅子上,从容冷静地关注着一切。

8

三天之后,母亲的身影在那个大院里消失了。当孙茂牙带着她,确切地说,是押着她,绑住她像小野马一样乱踢乱蹦的双脚回到大院时,她的母亲一点也不吃惊,好像知道她会回来一样,安静地坐在那里,抬起头看了她逃跑的女儿一眼,一句责备的话也没说。她只是站起身,习惯性地牵了牵女儿的裙子,对厨娘说:"他们大概都饿了,弄点吃的去!"厨娘也没说话,抱了抱我的母亲,像搂着失而复得的宝贝,亲了亲,进厨房去了。

母亲局促不安地坐在那里,她在等着她母亲的责罚。孙茂牙吃面时发出的那可笑的呼噜声一点没让她愉悦起来。她望了自己的母亲一眼,什么征兆也没看出来。堂屋里只有孙茂牙在大口大口地吃面,一只大花猫在孙茂牙的脚下转来转去,发出令人讨厌的叫声。过后,她听见她的母亲说:"睡觉去吧!"她不敢相信自己的耳朵,这是第一次,她感觉自己做错了没受到惩罚。回到房间后,她摇摇头,感觉自己没有错,凭什么要受到惩罚呢?

没过多少天,母亲的身影再次消失了,结果还是像先前那样,忠诚的孙茂牙把她送了回来。这一次,外婆脸色铁青,站在那里,什么也不说,只是拿眼神平静地望着两次出逃的女儿,好像她的眼神能让人屈服一样。可是我的母亲再也不像从前那样了,她的皮肤被太阳晒得黝黑,眼睛熠熠发亮,她毫不示弱地抬起头,与那迎面逼压过来的目光直直地相碰。

厨娘手里拿着一壶茶,站在桌前,紧张地望着她们。孙茂牙不声不响地抽着烟,不小心呛住,咳了一声,厨娘朝他狠狠地瞪了瞪眼,孙茂牙赶紧跑门外去了。

母亲感觉那一刻无比漫长,一股强大的紧张空气紧紧包裹着她,让她喘不过气来。她的双腿禁不住轻微地发抖,她站直双腿,用脚趾紧紧地抓着鞋底,可是双腿还是禁不住要颤抖。后来她感觉自己实在坚持不下去了,那可怕的沉默,她母亲那看不出任何表情的脸,像坚固的堡垒一样,散发着冰冷的气息。她吐出一口气,一下坐在椅子上。她决定妥协,像往常一样,在她母亲面前乖乖投降。就在这时,她母亲深深地叹了一口气,扭头闭上眼睛,过了一会儿,又若无其事地转身,坐在椅子上,轻轻地对孙茂牙说:"既然她已经下了决心,你就把她交给游击队队长王海英,你就说是我叫她去的!"

母亲不敢相信自己的耳朵,她站在那里,望着自己的母亲。

不知是欢喜还是因为激动,她的眼泪又流了下来。她看见她的母亲坐在那里,连看也没看她一眼,不动声色地说道:"在你找到游击队前最好把眼泪擦干净。"她慌忙抬起手,像个小孩一样,不好意思地把手绢掏了出来。厨娘对一个劲抽烟的孙茂牙说:"要是少小姐少了一根头发,那你回来,我非得把你的头发拔光不可。"母亲破涕为笑,望了望孙茂牙,心想要是他头上一根头发也没有,模样一定非常可笑。

母亲随着孙茂牙走了,正式成了游击队的一员。她学会了骑马,学会了打枪,学会了在夜里赶路,还学会了像游击队的小伙子们一样大声说话。她再也不像以前那样,动不动就脸红,掉眼泪。她的枪法好得出奇,除了游击队队长王海英外,谁也不敢和她比。两年来,她赢得了游击队所有人的尊敬,也赢得了他们的爱慕。她说不清到底更喜欢谁,是爱吃醋的队长王海英,还是从小和她一起长大的孙小猛,还有其他小伙子。可是游击队里谁也不敢和王海英争,谁要是走了神直直地看着她,他就会对谁大发脾气。有时她故意和别人说话,她喜欢看到王海英因吃醋而生气的表情。有时她也想起张先生,想起时就感到心里咚咚直跳,可是自从那次离别后,就再也没见过他。现在她已经知道张先生明里是个出名的画家,其实和他们一样,都在干着最伟大、最崇高的事业。有时她也向孙茂牙打听张先生的事,每次孙茂牙都摇头说不知道。她知道干这些事情的危险性,也许张先生已经不在了。每每想到这里,她的心就会莫名一颤,从心底鼓出一口气,握紧拳头,又投入崇高的事业中去。

当有一天王海英向她表达爱意的时候,她爽朗地笑着说:"今年谁能杀三百个鬼子,我就嫁给谁。"游击队里还有谁能与队长王海英相比呢?孙小猛也很勇猛,但他总是冒冒失失,他每次战斗时都与王海英比杀多少鬼子,结果每次都要别人救他。队友们开玩笑说,他在与队长争媳妇。孙小猛也不解释,队友们也只是说说而已,他们知道,谁都争不过那个喜欢她的游击队队长。

母亲终于决定嫁给游击队队长王海英。他喜欢她,为她吃醋,为她发狂。他英勇善战,屡建奇功。她实在找不出拒绝他的理由,就把他带回了那个玉兰花飘香的大院,她决定让自己的母亲定夺。

婚礼定在中秋节举行,快要做新娘的母亲原想简单地举行一下仪式就算结婚了,可外婆坚决不让女儿就这样草率地嫁出去,虽然时局不是很乐观,但她坚持要请几个人见证一下。"如果照你那样做,将有辱我们的门风。"她说。

9

让母亲没想到的是,她的父亲从遥远的上海赶回来了,她兴奋得像小时候一样扑进父亲的怀里。父亲高兴地拍着她的肩,故意大声说道:"以后可再不能这样,你看看那边,有人睁大眼睛瞪着我呢!"她回过头,看了一眼即将成为她丈夫的新郎一眼,不好意思地笑了。

随外公回来的,还有她曾经在脑子里浮现过千百遍的张先生。他显得更成熟、更潇洒。他走过来,向她彬彬有礼地鞠了一躬,说道:"恭喜你!"然后他转过身,坐到一边去和别人说着话,再也不看她一眼。

她的眼泪一下涌了出来,才两年的时间,他就好像快认不出她了。她感到委屈,感到伤心,在众人莫名其妙的目光中,跑上楼,躲在她的房间里,伤心地哭起来。

这时她才明白,自己心里一直牵挂着他,一直记着他说过的话。她照着他的话去做了,她已经是一名战士,为最广大穷人的幸福在流汗,在流血,难道他一点也不知道吗?她在乎他获悉她全部事迹后那吃惊的表情,在乎他的表扬,在乎他的赞叹,在乎他的欣赏,就像他曾经说过的那样:"你是我见过的最漂亮的小姑娘……就像一个漂亮的骄傲的公主。"这时他应该说,"你是我见过的最优秀的战士,简直就是大英雄"。可他只说了三个字,"恭喜你",就像说"吃了吗""挺好吧"那样轻描淡写。

她把自己关在屋里,连马上就要成为她丈夫的王海英上来敲门也不开。他不知道即将成为自己妻子的她到底发生了什么事,他哀求,软磨硬泡,可她就是不开门。最后,她感到厌烦,他的声音像讨厌的苍蝇一样嗡嗡作响,让她头皮发麻。她打开门,第一次耍起大小姐脾气,对他喊道:"你滚开!"他惊慌地下楼去了。

现在终于安静了,可她的内心却风起云涌。她想尖叫,想骂人!骂那个可恶的张先生,指着他的鼻子骂,骂得他心惊肉跳,骂得他狗血淋头,骂得他魂飞魄散,骂得他跪地求饶。对,现在就去骂他,好让他知道她心里的愤怒,好让他知道他犯下了多么严重的错误。可是,这么多的人,怎么有机会呢?她握紧拳头,在房间里走来走去。突然,脑海里灵光一闪,她找来纸和笔。不能当面骂他,写在纸上也可以,反正就是要让他知道。她为自己的这个想法激动不已。

她不停地写啊写,写到最后,她的脸红了起来。这哪里是骂人的话,分明是她对他的崇拜、对他的思念、对他的幻想、对他的期待。她把一切都写出来了。

当她发现这些的时候,她不禁大吃一惊,恼火地扔下手里的笔,拿起那封厚厚的信,准备把它撕得粉碎。突然,她又为自己感到悲伤,一股巨大的悲伤彻底冲掉了她即将成为新娘的喜悦。她趴在桌前,不知所措,任眼泪流出来。

最后,她腾地站起身,像通常做重大决定时表现的那样,咬着牙,紧握拳头,仿佛在心里说:"就这样办好了。"

她找来一个信封,把那封信装进去,不用封口,她决定亲自把那封信交给他,在最短的时间内。

可她一直找不到机会。她打开门后,即将成为她丈夫的王海英寸步不离地跟着,眼里全是关切和询问。他不明白发生了什么,她没做任何解释。她的眼神不停地在楼下大厅里搜寻,她看到张先生正和几个人坐在那里交谈。她感到头晕,一颗心剧烈地抖,像定时炸弹。她深深吸了一口气,抬手摸了摸心口,那封信正安静地揣在怀中。

她不停地用脚趾抓着鞋底,希望张先生突然离开那些烦腻透顶的人,走到门外去,最好是走到院子后面去,那里有几棵高大的白玉兰树,她可以把那封信给他;或者是到走廊里去抽烟,她可以假装刚好经过那里,与他相撞。可急人的是,张先生一直坐在那里,和几个人谈得兴高采烈,一点要离开的迹象也没有。

她焦急万分,表面却装着很平静。一些人不停地向她打着招呼,她的脸上仿佛又恢复了幸福的神采,洋溢着一个新娘应有的喜悦。

她听见父亲在喊张先生,稍稍平静下来的心又剧烈地狂跳起来,她不得不掏出手绢擦汗来掩饰内心的慌乱。她看见张先生急忙走进父亲的书房,一会儿,又脸色凝重地走出来,在大厅里望了一圈,找到跟他一起来的随从,轻声说了句什么,然后一起走到她母亲身边,鞠了鞠躬,急匆匆地出了院门。

她预感到出了什么事,他又将像上次一样,和她不辞而别。这是最后的机会,她的心快要从胸口里跳出来了。这时,父亲走到她身边,她没听见父亲在说什么,急切问:"张先生干什么去了?"父亲说:"他有事得离开,让我告诉你他参加不了你的婚礼了……"

她感觉自己爆炸了,脑袋轰然一响,什么也听不见,什么也看不见了。她扔掉手里的什么东西,跑出门,看见院里系着一匹马,跳上去,冲出了院门。

10

她不停地抽打着马背。这是她最后的机会。在跑上平原上的大道时,她看见正匆匆往回赶的孙小猛拦在大路上,吃惊地、大声地喊着她。她什么也听不见,什么也看不见,心里想一定要追上张先生。管别人会说什么呢,那一切都在身后。

张先生吃惊地看着汗流浃背的母亲,他不知道她追上来到底为什么事。他停在路口,不解地望着满脸通红的母亲,笑着说道:"怎么,要结婚礼物来了?"

母亲红着脸说:"你答应给我画的画还没给我呢。"

张先生呵呵笑起来,拍了拍身上的尘土:"等我有空了一定画一幅送给你。还有什么事?没事我可要赶路了!"

母亲急着说:"不全是这件事……我……"她望着张先生,突然一句也说不出来,嘴里支支吾吾半天,那些想了千百遍的话怎么也说不出口。情急中,她对张先生说道:"我有东西要给你!"她慌忙伸手去怀里掏那封信,到这时候她才真正大吃一惊,那封本来好好躺在她怀里的信却不见了。

张先生的眼里闪出一丝焦灼,他总是显出忧心忡忡的样子。他看了母亲一眼,公事公办地说道:"我真的有要紧的事,没时间听你说话,等有空了,一定画幅画给你!"说完,他转过身,头也不回地走了。

母亲急出了眼泪,那封信怎么会不见了呢?她闭上眼,握紧拳头,任体内汹涌的血直冲脑门。她希望睁开眼睛的时候,有奇迹降临,世界阳光灿烂,百鸟齐鸣,那可恨又可气的张先生激动万分地读完了她的信,正站在她身前,小心地弯着腰,准备接受她的惩罚。

母亲睁开眼睛,眼前只有空旷的世界,张先生的身影渐行渐远,拉扯得她的心像一口干枯的井那样空旷,一个声音从最深处的裂缝中传来,大声地呼喊:"我要跟你走,让我跟你一起走吧……"可那声音不管有多猛烈,有多响亮,终究是在心底罢了。张先生的身影已慢慢消失在尘埃中。

母亲仍痴痴地望了一会儿。突然,她陡然惊醒般转过身,顾不得骑马,低着头朝来路跑去。天哪,她想起了丢失的那封信,它肯定丢在这条路上。她想起自己当着那么多人的面,冒冒失失地跑出门,看见这一切的人一定以为她疯了。这时,他们肯定沿着这条路朝她追来,要是让他们发现那封信,那对她、对她德高望重的父母,将是一场可怕的灾难,人们的奉承和赞美将变成刻毒的嘲笑和鄙视,他们会指着她父母的鼻子说:"瞧,就是他们养了这么一个女儿,在结婚的当天,跟另一个男人不清不白。"她的父母将会羞愧而死,她也将永远堕入无边无际的黑暗,任羞耻的良知受到煎熬……

这时她才真正像疯了一样,在那条林荫道上走来走去,可一无所获。她绝望地摸了摸腰间带枪的地方,可今天她穿的是一件白色的连衣裙,那只手枪放在房间里了。她真想掏出枪来把自己解决掉,因为她知道,再过一会儿,那封信就会被人,或者已经被人发现了,等待她的,将是比死更艰难的判决。与其那样,还不如早一点把事情解决,只要一声枪响后,她就再不会看到那些羞辱,即使有人发现她的秘密,也会闭嘴,表达对一个死者的尊敬。

她的身影很快被追来的人发现,人们围着她,那个爱吃醋的游击队队长满脸责备。她极力镇定地笑了笑:"张先生还没给我送结婚礼物呢,我可不能放过他……"好在没人继续追问,婚礼马上就要开始,那封信好像并没有被人发现。

婚礼上,她显得很快乐。但细心的人会发现,她的微笑是努力挤出来的,深藏在她心底的,是惊魂不定和焦灼不安。她不停地抹着汗,身体甚至不停地发抖。她一直在等待那最残酷时刻的到来。

但整个过程平安无事。婚礼过后,客人们匆忙离开,她的丈夫王海英站在楼下大门口,向到来的客人表示感谢,与离去的人告别。她推托身体不舒服,躺在自己的房间里。现在她拿着那把手枪,却失去了勇气。她的心里存着一丝侥幸,也许那封信落到草丛里了,任何人都不会发现。可是万一被人发现了怎么办?她在屋里走来走去,烦躁不安。

正在她胡思乱想的时候,房门被敲响。她一惊,忙问:"谁?"她听出是孙小猛的声音,便推托自己头疼,已经躺下了。可孙小猛的声音很严厉,冷冰冰,不由分说催促她快开门。她很不情愿,促使她开门的完全是小时候与他的那特殊的关系。孙小猛走进来,他的情绪很低沉,好像喝过很多酒。他站在那里,望着她,张了张嘴,好像要说什么,一时不知从哪里说起。

她实在没耐心,皱了皱眉:"有什么事你快说吧,我真的不舒服!"孙小猛望了望她,有些失望,转过身准备走出门去。走到门边,他抬起头,支支吾吾地说:"老爷说城市的斗争更激烈,我要离开游击队……去林南地下组织……"

她哦了一声,说:"知道了!"说完准备关门。他观察到她厌烦的表情,像面对一只苍蝇一样准备把他赶出去,眼神一下变得更黯淡。他抬起头,眼睛变得有些红,轻轻说道:"我是向你告别的,也许以后再也看不到你……这点东西留给你……希望你喜欢!"说完他从怀里掏出一个纸包,递给她,头也不回地走了。

她望着他的背影,眼睛也有些红,还有一丝落寞。自从长大了后,他们中间好像就隔了一层看不见的东西,他很少跟她说话,甚至害怕碰上她的眼神,有时发现他在背后默默地注视着她,她转过身对他一笑,他总是慌忙转过身,或急急忙忙走到一边去。

她重新关上门,心想这个孙小猛,在游击队待得好好的,为什么突然要离开?说什么城市斗争更激烈,放屁!在游击队才是真刀真枪跟鬼子干呢!肯定是当了缩头乌龟,自从上一次跟王海英打赌打日本小分队输了后,他就变得懒了,什么也提不起劲,真是个缩头乌龟。"缩头乌龟!"她在心里大骂道,扬手把那个用纸包着的东西赌气地扔在了地上。谁稀罕他送的东西,她恨不得冲上去踩上两脚。

她刚把那件东西扔在地上,就睁大了眼睛。纸里包着的是个信封,她赶快捡起来,天哪,正是她丢掉的那封信!

她浑身一抖,从信封里拿出那封信,一张也不少。她激动得不知所措,不停地叫着老天,庆幸这封信刚好被孙小猛捡到了,现在又回到她手中,这真的是一个奇迹,她担心的那一切再也不会发生了。

等好不容易平静下来,她开始为自己刚才对孙小猛的冷淡感到后悔,她知道干他们这项事业的危险性,每天都在经历生离死别,也许他这一走,以后将真的看不见他了。可她居然在他告别时连一句祝福的话也没说。她想起从小他对她的种种好,他是一个好人,是她的保护神,他总给她的生活带来奇迹。她现在恨不得跪在他面前,哀求他,为她犯下那不可饶恕的过错接受最严厉的惩罚。

11

数年后,母亲的工作也转到了离林南不远的一个县城。这时候,日本鬼子已投降,上级通知她,到县城与一个代号 218 的同志接头,并扮成他的妻子,负责城市与外围的联络工作,为大部队最终解放城市做准备。

这期间,母亲时刻被痛苦和欢乐折磨着。三年前,时局最艰难的时候,敌我双方的较量进入白热化,日本鬼子借伪军的力量,大肆"清剿"地下党和游击队。她最深爱的父亲被鬼子围捕,地下组织进行营救,结果惨遭失败,白白地赔上了一些同志的性命。鬼子尝到甜头,把她父亲这个重要人物悬挂在县城日军司令部大门口,以逸待劳,等着地下党和游击队上钩。游击队袭击鬼子司令部,遭到鬼子包围。营救再次失败后,她的父亲从牢里传出话来,要求所有同志放弃营救,把主要精力用在秋后的粮食保卫战中。只要阻止鬼子抢粮食,到冬天再用游击战切断鬼子的补给线,鬼子在城里就待不下去了。

她含泪遵从了父亲的指示,平原地下组织和山区的游击队好像彻底承认了失败,任她父亲悬挂在日军司令部城楼经受风吹雨打。她曾经化装进城去看过她父亲,他像一面旗帜一样高高飘扬在城楼上,虽然看不清他的表情,但她能感受到父亲身上那凛然的正气和铁骨般誓不低头的意志。她望着自己的父亲,内心百感交集,"他们一心只想着革命,一心只想着为最广大穷人谋幸福,不惜用血肉之躯来证明对那崇高信仰的忠诚"。

她握紧拳头,浑身充满力量。她不需要哭泣,不需要悲伤,她要把父亲未完成的事业进行下去。但她听见父亲被处决的消息后,仍然流下了眼泪。她回到白玉兰花飘香的大院,不知该怎样把这个消息告诉自己的母亲,她支支吾吾,闪烁其词,可外婆的表现大大出乎她的意料。她母亲坐在窗前的椅子上,看了一眼正流泪的胖厨娘,平静地说:"我已经知道了,孙茂牙昨晚已经回来了。"说完,她若无其事地纳着鞋底,望了大门一眼,好像对自己的丈夫从此将再不会出现在大门口这件事也不放在心上。

厨娘终于哭出声,母亲也忍不住哭出来。她想不到她的母亲那样冷漠,对她父亲的死毫不关心,好像从来没爱过他一样。她愤怒地瞪着眼睛,突然看见她母亲站起身,把手里的鞋底摔在桌上,怒气冲冲地说道:"哭有什么用?哭他就能回来吗?"说完,她踢翻身前的凳子,转身进了自己的房间。

母亲从家里出来后,发誓再也不会为任何事流一滴可耻的眼泪。她和游击队一起，成功地保住了庄稼地里的粮食，在冬天端掉了鬼子的司令部，并最终等到那个重要时刻的到来。

鬼子投降了。

这个胜利来之不易，她感到欢欣鼓舞，她感到父亲和那些数不清的战友的鲜血没有白流。她回到家，与自己的母亲一起庆祝这个胜利。她准备好好地洗一个澡，好好地睡一个懒觉，并像所有渴望安宁的女人那样，与自己的丈夫好好过几天日子。他们虽然经常在一起，可平时连说几句话的工夫都没有。虽然他爱吃醋，虽然他爱对别人发脾气，可他从来不敢得罪她，他很爱她。她想给他生一个孩子。

12

母亲还没与自己的丈夫待几天，就接到了上级让她去林南的命令。她收拾好行装，化装成一个到城里寻找丈夫的乡下少妇。她走到指定地点，没想到的是，前来接头的那个代号218的人竟是多年不见的张先生。张先生也没想到，当年那个瘦弱的小丫头如今已变成了一个成熟、干练的少妇。他们都感到意外，又有些惊喜。张先生说出接头的那句暗语，母亲接着说出下一句，然后他们像一对别后重逢的夫妻那样，亲热地手挽着手，向住处走去。

张先生的住处在城南。他经营着一间"雨石"画廊，画廊里的大部分画都是张先生画的，署名雨石，来买画的都是一些达官贵人，他们都尊敬地称张先生为雨石先生。

人们庆祝着鬼子的投降,国民党部队接防了县城,形势变得更加复杂。上级传来指示,代表团已经飞往重庆,在谈判结果出来之前,静观形势的变化。

事态没向母亲期待的那样发展,仗还要接着打下去。母亲的日常任务就是站在柜台前,像个真正的老板娘那样招呼进门的客人。遇上张先生的熟人,他们朝柜台前这个陌生女人张望的时候,张先生都会向他们介绍说:"这是我的内人,刚从乡下来。"顾客在喝了母亲泡的清茶后,都会夸夸母亲的贤惠和美丽。张先生微笑着点点头,殷勤地询问客人是要现成的画,还是准备让自己为他们画一幅新的。

没顾客上门的时候,母亲就默默地坐在柜台前,看张先生在画板前专心致志地画画。母亲有时轻轻走过去,往他的茶杯里添点水,然后又轻轻地走回去,继续望着他,眼睛里满是崇拜。

她欣赏他的才华,他的绘画作品细腻而传神,城里的商贾权贵都以有他的画自豪。他坐在那里,神态专注地画着画,就像一个真正的艺术家那样,虔诚地面对着自己倾心的事业。他又是一个崇高的艺术家,还在干着一件伟大的事业。有时她会想起她在结婚时那次任性的冲动,这么些年了,她始终没忘记那句曾在她心头翻滚的话,为什么当时对着他的背影没把那句话喊出来?他听见后,会是什么样的表情?吃惊?愤怒?还是责怪?就像现在对着他的背影一样,她把那句话说出来,他又会是什么样的表情?

她没来得及想结果,因为这时她已羞红了脸。她为自己感到羞耻。她已是一个有夫之妇,为什么还有这种荒唐的念头?她摇摇头,像面对一片飘零的花瓣那样涌起一阵感伤。这种感伤是可怜的,也很无聊,她想。

张先生有时也回过头来,伸伸懒腰,纳闷她为什么总是无缘无故就脸红。母亲这时赶快收回目光,顺手拿起抹布,漫不经心地擦着已经锃亮的柜台。他们之间显得彬彬有礼,母亲拿眼望望门外,对张先生说:"先生中午要吃什么?"张先生也看看门外,然后说:"少小姐想吃什么就做什么。"如果此时有人进来,他们就立即停止这样的谈话,忙着招呼顾客。

有时画廊里会来一些重要的客人,他们进门后一句话也不说,只闷头闷脑地四下看着墙壁上挂着的画,等里面只剩下他一个顾客时,就紧紧盯着一幅画,随口吟出两句诗,好像他从画里看出了诗意。这时张先生会走上前,同样吟出两句诗,好像遇上了知音。接着他们会对墙上的画闲扯几句,其实暗藏玄机。然后张先生伸头向门外看了看,高声喊道:"来大客户了,快好茶伺候!"说着张先生伸出手,客气地对来人说,"快里面请!"然后两人就钻进里边的小屋去了。

这时母亲站在柜台前一动不动,眼睛一直望着门外。如果这时有客人进来,母亲会细细打量来人,感觉异样的话,就会高声对伙计喊道:"快叫先生出来,来稀客了!"伙计在过道里高声喊:"先生,来稀客了!"那"稀客"二字被他的嗓音拖得长长的。紧接着,张先生急急忙忙出来。而跟随先生进去的那个客户就再也不会出来——他已经从后院出去了。后院放着一辆自行车,推开门出去就是一条通向嘈杂菜市的小道。

谁也不知这个画廊的秘密,母亲和张先生的"夫妻"生活过得平静而安稳。由于长年的奔波和忧虑,张先生的身体很差,他的胃不好,神经极度衰弱。每当看到张先生胃疼或是关节痛的时候,她的心里就涌上一丝怜悯和柔情。现在她已知道张先生结过婚,听说他的妻子好像是一个歌舞团的演员,长得很漂亮,可他却在新婚过后不久,扔下妻子,悄悄离开了家,毅然踏上了这条艰辛的征途。

母亲像真正照顾自己的丈夫那样照顾着张先生,这种"家庭生活"让她感到温馨,感到充实。原来女人想要的,只不过是这样的小日子罢了,她真想永远这样生活下去。她给张先生熬粥喝,给他洗衣服。在天气变冷,张先生腿上的风湿关节炎发作时,母亲还去河里找来细沙,在锅里炒热,包在布里贴在他腿上。

张先生有些受宠若惊,有些害怕接受这样的侍候,实在推辞不了母亲的盛情,便客气地向她道谢。每当那时,她就会像小姑娘一样不高兴地噘着嘴,还发发脾气。他只好乖乖地听话,任由她默默地侍候。他们的房间在顶楼,母亲睡在最里面的一间,张先生睡在外面。每当夜里听见张先生的嗽,母亲都要披衣起床,给他端来一杯热水,放在桌上。

重庆谈判失败后,气氛陡然变得紧张,一些地下党组织也惨遭毒手。母亲和张先生接到可靠消息,敌人将主动发起进攻。现在已快到月底,敌人的进攻马上要开始,城里已实行全面封锁,来画廊接头的人无法进来,他们也无法出去。迫切的形势要求他们必须把得到的情报尽快传出去,不然我方将遭受巨大损失。母亲心急如焚,张先生冥思苦想几日之后,不慌不忙地坐在画板前,画了一轮淡淡的月亮,月亮下面是一轮鲜红的太阳,阳光下是几只奔跑的刺猬,三只刺猬朝着一个结着青色莲子的池塘跑去,另外两只刺猬朝远处的一棵松树跑去,在两群刺猬奔去的路上,开着一些带刺的百合花。

张先生画完画后,如释负重,接着打电话给报馆的王主编,告诉他,画已经完成了,让他立即来取。母亲不解地看着张先生,她记起前两天报馆的王主编来过,只求张先生的墨宝,随便画什么都行。张先生当时以"有空再说"这句话搪塞过去,便委婉地对来人下了逐客令,他很讨厌那种虚伪的文人。这时候,他怎么还有闲心给那个虚伪的王主编画什么画呢?

王主编很快前来,张先生热情地招呼着他,并吩咐母亲赶快沏茶。王主编看着张先生为他画的那幅画,眼里冒出兴奋的光彩,画面上几只刺猬活灵活现,他当下便掏出一包银圆来。张先生摆手拒绝了王主编的酬谢,只说想扩大自己的名气,想请王主编帮忙把这幅画发表在报纸上。王主编收回银圆,当下表示绝无问题。王主编走的时候,张先生又给他送了一幅画,笑着说:"明天就见报,到时亲自送上门来。"

王主编走后,母亲的不悦从脸上表现出来。张先生小声地对母亲说:"成败在此一举了……"母亲还是有些不明白。张先生笑了笑,轻声说:"你想想,那棵松树,还有那几枝青色的莲子……"母亲拍了拍脑袋,终于明白过来。

那幅画果然在第二天见报了,张先生松了一口气。紧接着的几天,报纸上传来守城敌军在经过青莲镇和一棵松时,遭到伏击,死伤惨重,驻军司令被当场击毙。城里只剩下不多的驻军,基本上已成无人防守状态。

地下通信员又恢复了与画廊的联系。原先的通信员老石在上一次的封锁中牺牲了,新通信员是刚从林南过来的孙小猛。孙小猛来的时候张先生出去了,母亲看见孙小猛,分外高兴。因为一些特殊的原因,她对他怀着亲人般的信任。孙小猛不停地赞叹着张先生那幅画的精妙,外面的同志们看出了刺猬就是敌人:两只刺猬从百合花旁经过,代表有两百个敌人前往一棵松;三只刺猬向池塘里的青色莲子跑去,就代表着三百个敌人前往青莲镇。更绝的是那月亮下面的太阳,代表着下月一日是敌人的进攻时间。

张先生从外面回来时正下着雨,大雨把他的衣服打湿了,他见到孙小猛,顾不得擦被雨打湿的头发,热情地和孙小猛握着手。母亲拿着一条毛巾,殷勤地为张先生擦着头。孙小猛望了望两人亲密的动作,背过身,然后便推辞有事,匆匆离开了。

13

县城的驻军在前次攻打青莲镇和一棵松失败之后,又调来一个年轻的城防司令和六百人,司令名叫祝文超。内线传来的消息说,这个姓祝的司令是上海人,三十岁,毕业于名牌大学,对部下要求甚严。与上一个城防司令不同,这个祝司令不好赌,不好酒,也不好色,只喜欢听黄梅戏,但从不在外面听戏,他只听自己带来的一个千娇百媚的二姨太唱戏。要从他身上下手,基本上无计可施。不过这个二姨太有个癖好,就是喜欢字画,每走到一地,不管有名的没名的字画,全都收集了去。

得到这些情报后,母亲对张先生开玩笑说,要想赢得胜利,看来少不了要去领教这位二姨太。还没等到母亲和张先生商量出以后的计划,那位二姨太就自己找上门来了。

那天天空灰蒙蒙的,偶尔飘着几滴小雨。张先生带着一把雨伞,早早出去了,他要到二十公里外的双塔寺开一个重要的秘密会议。母亲本来也准备去的,因为她得知丈夫王海英也要来开会,便想着前去与他见上一面。但她那天不停地呕吐。张先生看着她凸起的肚皮,便笑着说:"还是我去吧,你的肚子里可怀着革命的下一代。"说完张先生就出了门。

母亲摸摸自己的肚皮,回想着与自己丈夫在一起的那几天,就留下了这颗种子,现在倒成了麻烦。她想起自己进城半年多了,与丈夫一面也没见过,心想着要是把这个消息告诉丈夫王海英,那他不知有多高兴。要是他看到自己与张先生这样生活在一起,本来就爱吃醋的他,不跳进醋坛子才怪呢。

她摇摇头,笑了笑,脸上涌起一丝做母亲的幸福表情,拖着沉重的步子走到门边,向外看了看,转身关上门。通常张先生要是出门去,她就关上门,让画廊里的伙计在后面打扫卫生。

下午的时候,母亲估摸着张先生该回来了,便动手为他准备吃的东西。莲子粥还没煮好,她就听见前面的门被拍得哗哗直响,猜想肯定不是张先生,张先生要是看见前面关了门,一般都走后面的小巷她便不想去开门。但门越来越响,她只好叫伙计赶快前去。一会儿伙计慌慌张张地跑来说道:"是白腿子,还有一个女人。"

母亲的眼里闪过一丝慌乱,马上镇定下来。她走到前屋,看见一个披着裘皮大衣的女人正在打量着墙壁上的画。一个士兵跑过来,对母亲说道:"这是祝司令的二姨太,慕名前来找雨石先生作画。"

母亲理了理额前的秀发,平静地说:"我们家先生不在,今天店里不营业。"

那个女人转过身,目光停在母亲的肚皮上,问道:"你是他什么人?"

母亲镇定地说:"我是他的妻子。"

那个女人直直地看着母亲,又回头看着墙上的画,头也没回地问:"这些画是你们家先生画的吗?"

母亲说:"当然!"

"那你肚里的孩子肯定也是他的了?"

母亲胸腔里微微升腾着一股怒气,那个女人回过头直直地望着她,带着一丝嘲讽,又仿佛是嫉妒。母亲深深地吸了一口气,微笑着说道:"当然。"

"那你们家先生什么时候回来?"

还没待母亲回答,这时候,张先生手里拿着伞,带着通信员孙小猛,一头闯了进来。他看见拿枪的大兵,吃了一惊,目光先找到母亲,然后才打量那个衣着华贵的女人。那个女人也转过身,刚好迎上张先生的目光,大家都愣住了。

孙小猛也愣在了那里,他没想到会在这里碰上白腿子,以为母亲已经被来人识破,情急中掏出了腰里的枪。站在屋里的国民党大兵一见孙小猛掏出枪,吓了一跳,紧接着围上去,把他制住了。

那个女人也吓了一跳,见孙小猛已被制服,扭头对张先生说:"你就是雨石先生!"张先生冲到母亲身旁,用身体护住她,抬头说:"是的!"

那个女人的眼里突然滚出一滴眼泪,大声说道:"我终于找到你了!"

张先生说:"也许我并不是你要找的人。"

那个女人掏出手绢,擦了擦眼泪说:"你化成灰我都认得,原来你藏到了这里。"然后她歇斯底里地对几个大兵喊道,"把他们都抓走。"

14

母亲得知城防司令祝文超的二姨太是张先生的原配妻子后,吃了一惊,她想不到世事如此之巧。张先生也没想到,在他那天踏进画廊见到她的时候,他浑身一抖,最开始还以为只是一个与自己的妻子长得很像的人,但她的声音却那么真切,一点没变。她不是在他走后投江自尽了吗?虽然自己并不喜欢她,也不愿接受那段家庭包办的婚姻,听到她投江自尽的消息后,他还是深深地自责。她并没有死,现在成了城防司令祝文超的二姨太。他做梦都不敢相信这是真的。

因为从孙小猛有枪,从张先生身上搜出了地下党组织的联络代号,他们被当成了特殊的政治犯。母亲知道等待他们的是什么,她想起了曾经吊在城楼上的父亲,变得很坦然。她摸着自己的肚皮,默默地向这个还没出生的孩子道歉。

城防司令祝文超到牢里来看过一次,他实在没想到,自己的二姨太去画廊转了一圈,居然挖出一个地下党的联络处。他高兴得连摆了几天宴席,感觉自己时来运转。

二姨太也悄悄来过一次,她站在张先生的牢门前,向张先生问道:"原来你抛下我,就是为了干这事业?我还以为你真拜名师学画去了……"

张先生沉默不语,双眼直直瞪睁着牢房顶上的天窗。二姨太说:"我只想问你一句,为什么那样狠心?"张先生终于把目光从牢顶的天窗上移开,看了牢门前的女人一眼,轻轻说道:"你没死,我感到很高兴。你走吧,祝你永远能像现在这样幸福!"

二姨太哼了一声,冷冷地说:"我要真死了,就成了冤死鬼。幸好碰上祝司令救了我,我跟着他走了很多地方,每到一处就打听你的名字,老天开眼,终于让我等到了今天……"

张先生笑了一下,说道:"你是想让我看看你报复的手段吗?我从走的那一天起,就抱定了必死的信念,虽然看不到革命最后的成功,但死而无憾。"

二姨太仰了仰头:"你可以求我,也许我可以放你一条生路!"

张先生笑了笑:"你相信我会求你吗?不过在死前,我还是要跟你说声对不起,真的对不起,欠你的,只能下辈子再还了!"

二姨太的眼里流出泪,她恨恨地说:"你欠我的下辈子也还不起,你以为女人真是那样软弱吗?我要让你这辈子就付出得罪一个女人的代价。"说完二姨太甩手离开了,过后进来的,是一些拿着各种刑具的士兵。

祝司令好像并不知道二姨太与张先生的事,祝司令审讯张先生的时候,二姨太就坐在他身边。祝司令说:"你们还有些什么人?如果招出五个人的名字和地点,就可以当我手下一个队长,我是读书人,说到做到!怎么样?"

张先生咬着牙,什么也没说,直到刑具加在他身上使他晕死过去后,他一直没开口。二姨太看着晕死的张先生,不停地用手帕擦着汗。她看见张先生连哼也没哼一声,便对祝司令说:"也许女人的嘴软一点,给她上点刑,不相信她不说。"

祝司令拍了拍二姨太的肩,说道:"好主意!"接着指挥下人把那些刑具用到母亲身上。母亲的指甲缝里被钉进了竹签子,她疼得两眼直冒金花,晕了过去。等凉水把她泼醒,她还是那句话:"我什么都不知道。"

关在一边的孙小猛扑在牢门上,发疯般地喊道:"她真的啥也不知道,你们别折磨她,尽管对着我来吧!"

祝司令哈哈笑了笑说:"别着急,等会儿侍候你。"这时二姨太又在祝司令耳边说了什么,说完她微笑着看了看母亲,眼里闪过一丝冷光。祝司令拍着大腿喊道:"好主意,还是女人了解女人。"说完他对手下喊道,"你们问问她肚里的孩子,没准他知道。"

母亲的肚皮重重地挨了一下,她感觉体内有个东西动了一下,马上就要沉到腹底里去了。她呻吟了一声,痛苦地弯下腰。

孙小猛看着母亲的模样,号了一声,不停地摇着牢门上的铁栏杆,大声喊道:"你们别打她,我知道,我说,只求你们别打她!"

祝司令哈哈大笑,转头望孙小猛:"那你快说吧!"

母亲抬起头,愤怒地看着孙小猛。孙小猛望了母亲一眼,咬了咬牙,抬头说:"你们先找医生,给她看看再说。"祝司令挥了挥手,说道:"好,就照你说的做,我就不相信你不说。"

几个人去抬母亲,母亲疯狂地喊着:"猛子,你要说,我死都不原谅你。"孙小猛艰难地朝母亲笑了笑,说道:"好好活着。"接着母亲被抬出去了。

几天之后,母亲被释放了,她走在街上,大脑里空空荡荡,不知自己为什么还活着。一个报童挥舞着一张小报,嘴里大声喊道:"重大消息,国军重创共军!共军县大队首领被当场击毙。"她接过一张报纸,看见白纸黑字印着一行触目惊心的大字:共军县大队首领王海英等被当场击毙。

她当场晕了过去,醒来时身着国民党军服装的孙小猛站在她面前。她全身一抖,扑过去,嘴里喊道:"怎么会这样?怎么会这样?"

孙小猛看了一眼楼下的两个跟班，关上门，轻声说："你赶快离开这里，马上就离开！这里有眼线！"

母亲跳起来，扑了上去，用指甲抓着孙小猛的脸，嘴里疯狂地喊道："你这个叛徒，你这个王八蛋。"

孙小猛突然转过身，瞪着血红的眼，用力抓着母亲的肩膀喊道："我也不想这样做，要怪只能怪他，要不是他那个做人家二姨太的老婆，咱们能被发现吗？"

母亲愣在那里，眼泪簌簌地往下流，然后问："张先生呢？他也死了吗？"

孙小猛叹了一口气，闭上眼睛说道："他身体太虚，一直在晕迷中，怕也不行了。"

母亲再次发作，疯狂地抓着孙小猛，用嘴不停地咬着他的手，一边咬一边狠狠地说道："你这个叛徒，你这个叛徒，我跟你拼了。"

孙小猛任母亲那尖利的牙齿把他的胳膊咬得血肉模糊，突然，他的眼里滚出一滴眼泪，悠悠地说道："其实我也不想这样，可他们会打死你，还有你肚里的孩子，那可是两条人命啊……"

母亲的眼神非常空洞，对孙小猛说道："可你为什么要告发王海英？就因为他比你强吗？"

"我没说出他，是他听见我们出事的消息后想救你，被前去的国军抓个正着。"

"肯定是你告的密，你现在不是当上人家的小队长了吗？叛徒！"

孙小猛的声音低下去:"随便你怎么说吧,我现在只想带着你赶快离开,我不想让你再受一点伤害!"

母亲凄凉地笑了笑:"敢情你做的一切都是为了我,那真得谢谢你,你现在不把张先生救出来,我马上死给你看!"

孙小猛深深地叹了一口气,摇着头说道:"不可能,祝文超不让他死,人家二姨太也会让他死的。"

母亲固执地摇摇头,像个小姑娘一样发着脾气:"我不管,明天早上我要是见不到张先生,你就永远见不到我。"

15

母亲六神无主,她的大脑昏昏沉沉,这一切发生得如此突然,让她理不清头绪。她傻傻地坐在房间里,好像只为拖时间,也不管时间是否拖着她,仿佛时间会来解决她无法应付的事情。

她在房间里坐了一夜,天还没明的时候,听见门外急促的敲门声,耳朵好像已经麻木,听不出那门被人敲了多久。隔了一阵子,轰的一声,一个人破门而入,是孙小猛。

母亲呆呆地坐在那里。孙小猛急急地冲过来,喊了一声:"快走!"母亲坐着没有动。孙小猛有些着急,说里说道:"你要的张先生我给你带来了,快走。"母亲一惊,孙小猛抱起母亲就朝门外跑去。

张先生躺在马车里,奄奄一息。母亲对正拼命赶着马车的孙小猛说道:"他快渴死了,快给他找点水。"

孙小猛在马屁股上狠狠地甩了一鞭子,头也不回地说:"不行,渴死也比被打死强。我是偷偷把他带出来的,被他们追上来我们都得死。"

车轮滚滚,飞快地驶过清冷的街面。母亲没说什么,怜惜地看着昏迷中的张先生。到城门口时,一小队士兵已在前边等待他们。孙小猛皱了皱眉,对身后的母亲说:"抓稳了。"说完抖了抖缰绳,跃马冲了过去。母亲听见枪声,看见孙小猛的身子一歪,接着又坐直了身体。

马听到枪声,受到惊吓,夺路而逃。孙小猛努力控制着马车,一路狂奔。天色微明之后,母亲看见孙小猛的衣服浸满鲜血,尖声喊道:"你受伤了!"孙小猛没有停,直到看见远处苍翠的青山,孙小猛身子一歪,一头栽了下去。

失去抽打的马停了下来,呼哧呼哧喘着粗气。母亲跳下车,向孙小猛跑去,只见他脸色苍白,气若游丝,瞳孔的光芒开始涣散。母亲用手绢捂住他胸口的枪眼,仍有丝丝鲜血冒出,整个衣服已被殷红的鲜血染透。

那匹马跑到河边,大口大口地喝着水,等气息平稳下来后,抬起头,茫然地朝这边望着。

母亲大声喊道:"你不能死!你睁开眼睛!"

孙小猛睁开眼,朝母亲惨然一笑,:"快走,进了山,张先生还有救。"

母亲的眼睛一红:"不行,你得跟我们一块回去!"

"回去接受一个叛徒应得的惩罚吗?"

"……"

孙小猛艰难地摇摇头:"对不起……让组织遭受了损失……王海英牺牲了……我承认……我有点嫉妒他……还有张先生……我看过你写给他的那封信……我知道我不配,但我喜欢你……小时候起我就喜欢你……我发誓要保护你一辈子……不让你受到一点伤害……也许我做错了……但至少你现在还活着……不管怎样,我都要你好好活着……"

母亲身体一抖,僵在空中,她抬起头,像打量陌生人一样望着孙小猛。孙小猛突然咳了一声,伤口里又冒出一股血。母亲的眼泪突然变得汹涌,哭着说道:"你这个傻瓜,你这个笨蛋……"

孙小猛艰难地笑了笑,声音变得沙哑:"求……你一件事……能答应我吗?"

"你说。"

"不要让我妈知道她儿子是个叛徒……她从小就希望我做个英雄……她知道了会很伤心……"

母亲点点头,孙小猛头一歪,沉沉地睡过去了。

16

张先生睁开眼睛的时候,母亲正在她的屋里接受上级调查人员的询问。厨娘的眼睛肿得老高,她已经知道了儿子的死讯。追上来的敌军把他的尸体与其他遇难者的尸体一起挂在了县城的城楼上。

上级调查人员也感觉这件事情很难处理,他们都是外公以前的老部下,为尊重外婆,让外婆拿意见。外婆显得很平静,对调查人员说:"公事公办,该怎么处理就怎么处理!"

调查人员也只好开始询问母亲。母亲说了被捕经过,却对是谁告密一事支支吾吾。调查人员问不出,又去问张先生。张先生一五一十说了被捕经过,他说在晕过去前敌人正在拷打林同志,然后他什么也不知道了。他在颠簸的马车上醒过来一次,那时孙小猛中枪后正带着他们逃出敌人的魔爪,但他不清楚中间发生的事。

人们开始怀疑我的母亲。他们坚信男人在面对拷打时意志会很坚强,他们不会怀疑张先生,母亲已经证实了张先生确实一个字也没说,是个真正经得住考验的共产党员。他们也没怀疑孙小猛,孙小猛虽然有些莽撞,有些冲动,却是一条不折不扣的汉子,这是大家有目共睹的,并且他已献出了宝贵的生命。那么唯一值得怀疑的就是我母亲了,虽然这几年她吃了不少苦,做了很多让人刮目相看的事,但她终究是大家小姐出身,从小娇养惯了,被捕时又怀着身孕,招架不住嘴头松软也是最自然不过的事。

外婆怒气冲冲。母亲越是不开口,人们就越怀疑。外婆的心不住地向下沉,现在她也开始相信人们的分析是有根据的。外婆把母亲关在自己的房间里,厉声对她说道:"现在好了,不管你到底做了什么,你都跟我说实话。"

母亲一五一十地说了,外婆睁大眼睛,仿佛在分辨母亲所说是否真实。母亲说完,变得很坦然,长长地出了一口气:"我知道你们不相信,但我答应过他,我愿意承担罪名。"

外婆的脸色稍为柔和下来："事情比我想象的还要复杂,别说你答应过他,就是不答应,人们也不会相信,因为该受惩罚的人已经死了,人们不可能去怀疑一个死人。"

母亲说："这件事与我有关,我愿意承担罪名,痛快地死去也好。"

外婆突然流下一滴眼泪,上前抱住母亲的头,把她搂在怀中。过了很久,外婆问："你真的想好了吗?"母亲点点头。外婆擦了擦眼睛,走到门边,回头看了母亲一眼,然后走了出去。

调查人员吃了一惊,他们早就认定事情的结果就像外婆出来对他们说的那样,但他们仍幻想有另外一种结果,这样他们才好对外婆和死去的外公有个交代。外婆说："她愿意承担罪名,你们公事公办吧!"外婆说完走了出去,留下调查人员傻坐在那里。

因为母亲肚里怀着革命烈士的后代,调查人员经请示上级和与外婆商量后,决定等她生下孩子后执行处决的命令。

张先生得知这个消息,走到母亲的房间,默默地看着她。母亲勉强挤出一点笑容,对张先生说道："你不来,我也会来向你告别。也许再过几天,我就会被处决了,先向你告个别,祝你身体健康,祝你在革命胜利后过上幸福的生活。"

张先生眼圈一红,背过身,叹口气,轻轻说："这件事因我而起,连累了大家,但想不到结果会是这样……"

母亲的回答带着一丝嘲讽的味道："你想不到我会成为叛徒是吗?"

张先生摇摇头,隔了半响才幽幽地说道:"我想起第一次见到你时,那个美得像公主一样的小姑娘,这么多年来我一直想画下来,但因为她长得太美,以至于怎么也画不出来……"

母亲苍白的脸上浮起一丝红晕,说道:"真的希望你能把她画下来,我想看看她在你心中到底有多美!"

张先生摇了摇头,叹了一口气说:"也许她只能永远保存在心中!"

母亲问:"你无法原谅她是吗?"

"任何背叛都是无法原谅的!因为那会让活着的人感到耻辱。"

母亲也叹了一口气。

张先生摇头说:"也许,时间能冲淡一切,那时已无所谓恨,无所谓埋怨,只有平淡,只有某种纯洁的怀念……"

母亲的眼泪滚下来。

"但愿真的有那一天!"

她对着张先生远去的背影轻轻说。

17

母亲所怀的孩子不到七个月便生了下来,脑袋上留着一个大坑,像只没成熟的果子,身体像小老鼠一样娇弱,有气无力地啼哭着。母亲抱着自己的孩子,又爱又怜。她一边欢喜地笑着,一边泪如雨下。她实在舍不得这块心头掉下来的肉而奔向那永远的黑暗。

当天晚上,孙茂牙正好回来。外婆一点没有新添外甥的喜悦,铁青着脸对孙茂牙说:"你把她带走吧,交给上级处理。"孙茂牙坐在那里没有动。厨娘冲了出来,对外婆大声喊道:"你真的那么狠心吗?"

外婆看着厨娘,足足有半分钟。几十年来,厨娘从没在她面前大声说过话。厨娘毫不示弱地看着她。外婆移开目光,冷冷地说:"她做下那些事,就得去偿还。"

厨娘的眼里流出泪水,她对外婆说:"老爷为事业搭进了万贯家产,搭上了性命,又搭上了猛子,这个家都快散了,难道还不够偿还吗?现在谁也别想把少小姐从我这里带走!"

外婆的眼里滚出泪,怆然坐在那里。厨娘对蹲在一旁的孙茂牙踢了一脚说:"你要是也像他们那样想,我现在就把你剁成饺子馅。快去弄点牛奶,少小姐的孩子都快饿死了。"

孙茂牙闷头离开。厨娘没理会坐在椅子上的外婆,任她孤零零地坐在那里,自己上楼到母亲的房间了。

外婆被孤立起来,虽然孙茂牙没表态,但他明显站在厨娘一边。外婆的态度已没有先前那样坚决,厨娘跟她汇报自己的计划时,外婆说:"如果大伙知道了,我们都没脸活下去,连她死去的父亲都会蒙羞。"厨娘的干练和果敢让外婆很吃惊。厨娘说:"放心吧,事情保证圆圆满满。"

当母亲抱着她的孩子与孙茂牙一起坐上马车朝遥远的川东方向开进时,外婆和厨娘正在菜地里挖一个深坑。外婆一边擦汗,一边不无担心地说:"如果他们不相信,要挖开这坟查看怎么办?"厨娘吐了一口唾沫,在手心里搓了搓,又挥动起铁锹,狠狠地挖了几锹土才说道:"没人会那样不近情理去动死人的坟,如果真是那样,我自己跳进去让他们埋了算了。"

外婆没说话,等厨娘挖好坑,赶紧帮着把母亲分娩时那些带血的衣服和被褥扔进土坑中。

孙茂牙把母亲送到汉口,母亲登上去川东的轮船时,孙茂牙把一包银子交给母亲后向她告别。孙茂牙说:"无论如何,你都不能承认自己是老爷的女儿,不能通信,更不能回来。你投靠的人是你的亲外婆,但也不要承认,你住在她家里就行,只说是逃避战祸的。"

母亲点点头。孙茂牙向她挥挥手,声音哽咽:"无论如何,少小姐,一定要活着,也许有一天我们都会来看你……"

母亲目送着孙茂牙远去。她记着孙茂牙的话,无论如何,要活着,活着。经历这一次的事情后,她真想一死了之,但她怀中有刚生下的儿子,那个崭新的生命正在生长,经不起半点风雨,无论如何,她要活下去,看到儿子长起来。

母亲在她外婆家住了下来,她什么也没说。他们像对一个外来人一样,发善心收留了她,见她的孩子还小,就让她当了下人,给他们缝缝补补。

川东解放后,她所在的外婆家是大地主,家产和土地被充了公。她心里虽然默默地为自己母亲的娘家人惋惜,但也庆幸自己没认亲,不然这场风波她也不会安然度过。

她分到了土地,还分到了她外婆家的一间房子,过起了自己的生活。最开始,有人见她年轻,便张罗着给她找一个男人,但后来人们发现,这个外来的女人有时疯疯癫癫,不管什么时候,只要看见图画类的东西,她就会尖叫一声冲过去,从墙上撕下或是从人们手中抢过那些图画,嘴里含糊不清地喊着什么,一边慌不择路地到处奔跑。每回她都会躲到一个远远的地方,对着抢来的画仔细看上半天,发上半天痴,然后又像正常人一样回家,做家务,招呼孩子吃饭。

　　谁也不会要一个疯子做老婆,何况母亲并不想再嫁人。她觉得只要守着她的儿子就行了。虽然后来发现他有些傻,智力不及正常人,但她爱他,胜过爱自己。她教会他写字,虽然他学起来很吃力,但他毕竟学会了写一些字,有时他实在写不出来,会用图画表示出来。那时她又感觉自己的儿子并不笨,虽然智力确实不如正常的孩子,但他不会像聪明的孩子那样学会从母亲身边逃跑,这一点又让她特别庆幸,他永远都是她最好的儿子。

　　后来有一天,她从广播里听见一个熟悉的名字,说某某人的画展在京举办,很多重要的人物都去观看了,给了很高评价。她听后欣喜若狂,疯疯癫癫的病竟不治而愈。从此,她迷上了广播,不管什么时候,只要广播一响,她就会停下手里的活,推开窗,伸出脑袋,把广播里的内容一个字不漏地听进去。

　　后来她在街上买油条时,无意中在包油条的报纸上看见一幅署名"雨石"的画,她如获至宝,把它剪下来,小心翼翼地贴在相册中。从此,她开始收集报纸,手头宽裕后,便开始坚持常年订阅报刊。

　　后来她在报纸上看见张先生被打倒的消息,如五雷轰顶,失魂落魄般在屋里走来走去。她经过深思熟虑之后,决定前去看他一下,她担心他的身体扛不住,他有胃病,有神经衰弱症。她更担心,害怕他过不了这一关。因为她在报纸上看见好多人因受不了打击,含冤自杀了。

　　她在他居住的那个城市并没找到他,她一无所获。后来要不是因为放心不下那个傻瓜儿子,她真的就想死在那个城市。她心里安慰自己,虽然无法找到他,但身在同一个城市,他们的距离不是很遥远。

　　好在噩梦并不太长久,她在报纸上读到了他得到平反的消息,她高兴得跳起来,好像获得了新生一样。

　　报纸上又陆续出现他的作品,她仿佛一直在期待他的下一幅作品。后来,她用读者来信的方式给报社写了一封信,表达一名普通读者对他作品的喜爱。没想到报社把那封信转给了他。她收到他的回信时,全身禁不住颤抖。虽然回信只有短短的几句话,但她经常拿出来念,没多久就背得烂熟。她经常对着她的儿子读那封信的内容:"……让我们一起为建设伟大的祖国而共同努力。"她的脸上洋溢着幸福的光芒,"你听听,多优美,他用的'我们',你知道'我们'是什么意思吗?"

　　……

18

　　母亲显得有些疲惫,她的唠叨充满了整个旅程。我看见周围的乘客不满地甚至厌恶地望着她,她沙哑的声音听起来让人很不舒服,听她的声音不是人们比方的那样,在听一卷陈年的录音带发出的声音,简直是让听的人在生吞那卷录音带。那感觉就像录音带卡在了咽喉中,想拔出来,录音带却长长的,没完没了。

我试图阻止她继续唠叨,这实在太长了,可她根本停不下来。她对我的阻止非常恼怒:"这是事实,这就是历史!"

我还是试图捂住她的嘴,她站起身,大发雷霆:"你这个浑蛋,你一直在装傻,你在坐享其成,你这个不折不扣的寄生虫!"她大声地训斥我。我只好傻傻地对着周围的人痴笑,他们看见我是一个傻子,便认为母亲也是一个不正常的人,他们宽容了我们。他们没必要去计较两个不正常的人给他们的旅途带来的不快。

母亲说到做到,她把我安全地带回川东小镇上那个河边的居所。我还是像往常一样,趴在靠河的窗户前,入神地看着河面上那些翻飞的水鸟。母亲再也没看过报纸,邮差送来的报纸堆在门口,落满尘埃。母亲变得非常懒散,说话颠三倒四。她还是像往常一样出去买菜,有时买回来放在那里,却不生火做饭,在屋里转一圈后,又出去买一堆菜回来,然后坐在那里发呆。直到肚子饿得咕咕直叫,她才走到我的房间问:"我们吃过饭了吗?"我摇摇头。母亲说:"不得了,你等着,我去买菜,回来就给你做饭吃。"

后来有一天母亲出去了,却没有回来。一个人把我领到街上，周围的人七嘴八舌地说："这个老太婆怎么回事？非抓着一个小姑娘不让走，吓得人家直哭，你说这不是有病吗？"

　　我看见母亲躺在大街上，双眼紧闭，头发蓬散，枯草一样灰败。我抱起她的头，她睁开眼睛，对我轻轻地笑了笑："我刚才看见一个姑娘……美得像一个公主……脚上穿着高跟鞋……双腿修长，眼睛像刚洗过一样发亮……身上套着白色的小露肩晚礼服……梦一样飘然出现……"

　　"儿子……你做过梦吗？"她艰难地抬起头，轻轻地问。

　　我感觉她的头不停地向下沉，她抬起手，在空中抓了抓，又无力地落下去。她的嘴唇动了动，我相信，我听见了她的呼喊，她喊的是"张先生"。从十六岁生日的那个夜晚开始，到如今，整整六十九年的时间，那些被岁月埋葬的热情，那些无法倾诉的声音，那些欢笑，那些屈辱，那些眼泪，那些悲伤……一直在她心头翻滚，直到今天，她终于可以大声地喊出来。

　　她的嘴巴大张着，凝固成 O 形。我听见她在一遍又一遍地呼喊……呼喊……呼喊……呼喊……全世界都是她无边无际的声音。

燃烧的铁

1

那个冬天,雾霾笼罩下的天空阴沉、厚黑。

秦凯从营部门口走出来时,天已经黑了,浓重的雾霾让他感到窒息。他嘴里骂了句脏话,像是故意要跟这雾霾较劲一样,挺着脖子,如一根刺向天空的长矛,直直地走进黑暗中。

连长张茂堂从营部门口跑出来,喊了一声指导员,视线前方的人并没理会。张茂堂紧追几步,从背后拉住秦凯的手。没想到那手早有防备,用力一挣,张茂堂脚下没站住,一个屁股蹲儿,摔坐在地。

张茂堂有些火了,冲秦凯的背影大声说道:"你是指导员,还要我来做你的思想工作吗?"

秦凯回头,鄙视地望着张茂堂:"那刚才在会上怎么没见你放个屁?"

张茂堂站起来,有些无奈地说:"我是连长,只是列席会议,没有表决权,说了也没用……"

"放屁!"秦凯挥了挥手,嘲讽地说,"你不吭声,是怕耽误你升官,过几天你就要去机关报到当股长了,恭喜你,茂大股长!熬了六年,终于升官了。"

张茂堂外号老茂,也有人喊他茂连。久而久之,大家就忘了他本姓张。

老茂脸色有些僵,还是努力笑了笑:"有话咱们回连队说,营里开完会要聚餐,就你跑了,他们怎么想?"

"爱怎么想怎么想,不伺候他们了还不行?"

老茂望着气头上的秦凯,软下语气接着说:"我比你在部队多待了几年,有些事不是我们能左右的,要有大局观……"

秦凯瞪着老茂:"啥叫大局观?这是大局观吗?这是公道不公道的问题!要这样搞,我们还怎么带兵?以后我们说话,还有哪个兵信我们?"

秦凯说完就走了,老茂望着老搭档的背影,一时竟也无语。

营门口跑出一个通信员,对老茂喊道:"茂连,你们指导员怎么走了?营长和教导员等着你们吃饭呢!"

老茂立即转身向营部走去,走了几步,回头看被夜色裹挟的秦凯,只剩一个模糊的黑影。要是一会儿领导问他们连指导员哪去了,他该怎么回答呢?

远处,连队已经亮起昏黄的灯,如迷雾中的孤岛,飘摇不定。

秦凯自己也说不清怎么回到连队的。从营部到连队,不长的一段路,他却摔了好几跤,连帽子摔到哪里去了也不知道。这兆头,看来不光要跌跟头,连乌纱帽也要丢。他轻蔑地笑了笑,丢了也罢!

他走到连队门口时,踩上一层冰,脚下再次一滑,又摔在地上。一个兵早就等在连部门口,赶紧跑过来,扶起秦凯的同时殷勤地问:"指导员,没事吧?"

秦凯见是贾明,毫不领情地缩回手,哼了一声,气呼呼地朝连队走去。贾明快走几步,跑在前头为他撩起门帘,然后客气地笑着说:"指导员是去营里开会了吧,这大雾霾天,辛苦了,指导员!"

秦凯走了两步,回头望着贾明:"你好像知道我去开……开什么会?是不是连会议内容你也知道了?"

贾明脸上本来挂着谦卑的笑容,见秦凯语气不善,尤其那眼神,刀子般刺过来,让他躲闪不及,立即低着头说:"不……不知道……指导员辛苦了,快进屋。"

贾明说完去拍秦凯身上的土,秦凯用手一挡,没好气地说:"能不能别搞溜须拍马这一套?你能耐那么大,用得着巴结我吗?"

这话比刚才的话还狠。贾明眼里闪过一丝委屈的泪光,不过很快,他脸上重新浮现出谦卑的笑容,对秦凯立正回答道:"是,指导员,我有不对的地方,以后一定好好改正。"

秦凯本为自己有些过火的话感到愧疚,但看到贾明脸上谄媚的表情,突然生出几分厌恶,便不再搭理他,转身向连部宿舍走去。此时,他最不愿看到的另一个人———班班长甄英俊从走廊一头的宿舍走出来,好像和他打了一声招呼。他心里有些慌,赶紧压低目光,迅速走进连部,将门一关,顺手按上锁门的按钮。

现在,他觉得最对不起的人就是甄英俊。

甄英俊是连队一期士官,作为团里的训练标兵和优秀士官标兵,每个连队都为有这样的兵自豪。尤其是在年底前的综合演习中,连队陷入绝境即将全军覆灭之际,甄英俊带领尖刀班杀出重围,成功端掉蓝军指挥所,使演习提前结束。甄英俊凭一己之力,拯救了整个连队。可是现在,连队给他报请的三等功黄了。连队报到营里,营里却把这个立功受奖的名额给了连队另一班长贾明,理由是贾明在军区报纸上发表过一个头版头条,按有关规定,应该给他报请三等功。

秦凯当场就不干了。贾明原是机关宣传股的新闻报道员,半年前来连队任班长,虽说他搞新闻报道搞得不错,可连队最需要的不是会写新闻报道的人,而是甄英俊这种军政素质优秀又踏实肯干的人。把这个三等功给了贾明,连队上下会怎么看?以后还有谁肯踏实干工作?

秦凯据理力争,最终还是没有争过。会后,秦凯气得摔门而去,连聚餐也没参加。

秦凯决定去找政委吴汉明谈谈。

秦凯军校毕业后在基层当了一年排长,因笔杆子不错,被时任政治处主任的吴汉明调到政治处当了一名宣传干事。秦凯努力工作,各项任务完成得都不错。吴汉明当上团政委后,有一次对秦凯说,不要老在机关待着,到基层去好好锻炼一下吧。秦凯说,一切听政委指示。就这样,秦凯从机关到了二连当指导员。后来秦凯才知道,政委也曾经任过二连指导员,他对二连充满感情,也正因为如此,二连指导员必须深得他的信任和欣赏。秦凯心里对政委充满了感激,同时,他感觉自己和政委的私交不错,遇到拿不准的事情,便开始向他勤汇报,一来可以保持密切关系,二来也能讨个主意。而此时,他却希望政委能帮自己主持公道。

从当政治处主任的时候起,吴汉明就经常告诫干事们,政工干部除了要时刻发挥政治表率和模范带头作用外,心里还要有杆秤,维护公平正义的良心秤。像甄英俊这样的兵都不给他报功,哪还有公平正义可言?

第二天一早,秦凯走进吴汉明办公室,正要向他汇报,这时桌上的电话响了,吴汉明接起电话,谁知这个电话很长。秦凯知趣地走到门边,从虚掩的门向外一看,外面排了好几个人,都是等着请示汇报的干事和参谋,自己这一出去,要再进来不知得排到什么时候了。秦凯走也不是,不走也不是,只好硬着头皮尴尬地站在那里。好一会儿过去,吴汉明的电话终于挂了。

秦凯回头,看到吴汉明脸上冒着虚汗,微皱着眉头,从桌上拿起一个药瓶,从里边倒出几粒,一把塞进了嘴里,接着端起茶杯。秦凯立即走过去说:"政委,用茶水吃药不好,我给你倒点白开水吧!"

吴汉明一仰头,将药吞了下去。

"没事,等不及了,这两天老毛病又犯了。"

吴汉明所说的老毛病,是他的胃病,他随身总是带着治疗胃疼的药。短暂的工夫,那药似乎见了效果,他扭头对秦凯说:

"你刚才说什么事?"

"就是连队评功评奖的事……"

门外响起一声报告,打断了秦凯刚要展开的话头。一个人进来向吴汉明报告,常委会议室其他领导都到了,团长请他过去开会。

吴汉明站了起来,一边收拾桌上的文件夹,一边对秦凯说:"这是最考验连队主官能力素质的时候,我需要你思考两个问题:一、做出的决定是否出于公道?二、是否掺杂了个人的好恶和私人情感?你记着我这两句话,现在不要回答,回去好好想想,想好了再来找我,去吧。"

秦凯当场就想回答吴汉明,见他急着去开会,只好把到嘴边的话又憋了回去。

2

秦凯回到连队,刚进连队就见贾明端着一盆衣服出来。秦凯发现那是自己昨晚换下来还没来得及洗的,立即问:"你拿我的衣服干啥?"

贾明说:"我去洗洗。"

秦凯突然就火了。

"你好歹也是个班长……给我拿过来!"

秦凯一把夺过贾明手里的洗脸盆,没好气地将那盆脏衣服扔到地上,接着又一脚踢进床下面。这一幕刚好被进来的连长老茂看见,老茂朝贾明挥挥手,贾明委屈地低头走了。

老茂说:"你跟一个兵发这么大火干啥?"

"我最讨厌这种溜须拍马的!他那么大的能耐,用得着拍我的马屁吗?"

老茂已经确定要去机关当管理股长,他的心情似乎不错,笑了笑说:"没眼力见儿的兵,你会说他懒;太有眼力见儿吧,你又嫌人家尖。你这样让人家咋干?"

"我就看不惯这种溜须拍马的,咋的?"

老茂笑了笑说:"好好好,你吃了枪药,我不惹你,不过我告诉你,自从文书生病住院以后,咱俩的衣服、床单、被罩都是他洗的。"

秦凯抬起头说:"连队不是有洗衣机吗?"

"洗衣机不会主动把衣服收进去洗吧,也不会自动给你晾干吧?唉,贾明这个兵最大的优点就是有眼力见儿,缺点就是太有眼力见儿了。"

老茂说完向外走去。秦凯躺在床上,心情慢慢平静下来,突然想起政委吴汉明让他思考的两个问题：做出的决定是否出于公道？是否掺杂了个人的好恶和私人情感？

给甄英俊报请三等功，当然是有理有据，严格按照程序执行的，是众望所归。而贾明呢，大家只知道他来连队前，在军区报纸上发表过一个头版头条，但这跟连队有啥关系？战士们心里有杆秤，是甄英俊在全团比武中拿了第一名，是甄英俊带着尖刀班在演习中端掉了蓝军指挥所，是他一次次为连队的尊严和荣誉而战，立功受奖的自然应该是他。而贾明呢，他刚来到连队没多久，还没为连队做出多大贡献呢。

关于个人好恶和私人情感，秦凯承认，他喜欢甄英俊这样的兵。作为连队主官，谁不喜欢军事素质过硬又能在关键时刻为连队流血出汗的战士呢？这是撑起连队的钢和铁，有了这样的筋骨，连队才有连队的样子。要说私人情感，秦凯承认，他与甄英俊之间有着非同寻常的关系。这种关系建立时间并不长，他来到连队不到一年，虽说对每个战士都已经非常熟悉，但真正与甄英俊建立所谓的私人关系，却是在年底前的演习中。当时连队已经被包围，连长老茂与连队班排骨干一起开会，最后决定由指导员秦凯带一支小分队突围出去，如果能找到蓝军指挥所并端掉它，这场演习就不算输。

秦凯带的就是甄英俊这个尖刀班。想起那次历尽艰难的突围，秦凯的心里至今无法平静。老茂带领连队其他人员发起自投罗网式的进攻，成功吸引蓝军注意力，在夜色掩护下，秦凯与甄英俊的尖刀班趁机顺利突围。在翻越一座大山后，结果又进入一座大山，走在前面的秦凯突然发现自己迷路了。在决定前进方向时，他与甄英俊发生了分歧，一个要往东，一个要往西。秦凯按指北针指示的方向，坚持往东。甄英俊却不走了，他让秦凯自己走，他要带尖刀班向西走，理由是指北针虽然指出了方向，但并没指出道路，根据山势及河流走势，只能往西。秦凯当时就火了，指着甄英俊说："你知道这是啥行为吗？这要是在战场，我现在就可以毙了你！"

战士们没说话。秦凯手里拿着指北针，一挥手，接着说："听我命令，向东，出发。"

一行人在秦凯的带领下向东行去。甄英俊跺了跺脚，还是跟了上来。不过他的牢骚大伙都听见了。

"主将无能，累死三军……"

秦凯肚子里憋着一股火，但他并没发出来。这时候和甄英俊闹僵，必会影响士气。他加快脚步，希望快速走过眼前的大山，用事实证明他的决断是正确的。两个小时后，他就为自己的独断专行感到羞愧——两个小时的强行军，他们翻过眼前的大山，结果又绕回到原来的起点。这简直就是传说中的鬼打墙。战士们坐在地上一边喘粗气，一边说些牢骚话，虽然没有指名道姓，但每一句都让秦凯无地自容。秦凯的自信心受到极大打击，脸皮发烫的同时，还有一种深深的挫败感，黑暗中虽然什么也看不见，但他却不敢朝甄英俊所在的方向看一眼。稍事休息后，他发出向西出发的命令。身旁的战士谁也没动，显然，他的指挥能力受到质疑，没人愿意再听他的话了。

秦凯感觉自己的脸皮发烫,嗓子发紧,他重复了一遍命令,还是没人动。这时不远处一人站起,用急促、略带威严的声音吼道:"一个个死狗一样,指导员的话没听见吗?麻溜的,出发!"

说话的正是甄英俊。战士们很快站起来,跟着甄英俊向西走去。紧跟在队伍后面的秦凯心里一时五味杂陈。可能是体力不济,也可能是心里有事走了神,脚下一滑,人就朝前栽了过去,要不是前面有战士挡着,跌落山崖也有可能。秦凯尖叫一声晕了过去。后来有人说,秦凯是故意崴了脚,目的是掩饰他的窘境。秦凯觉得自己有点冤枉,不过他自己成事不足败事有余倒是真的,那种巨大的沮丧让他有种生无可恋的悲凉。醒来时,他发现自己在甄英俊的背上。甄英俊粗重的呼吸和身上散发的汗气让他非常不安。

他挣扎了一下,对甄英俊说:"你放我下来。"

"指导员醒了!"

甄英俊的声音里有一种发自内心的惊喜和真诚,他将秦凯放下来,黑暗中有几人围上来,从背后接住他,将他轻轻放在地上。

头上的伤口已经包扎好,并不疼,整个脑袋有些昏昏沉沉,而来自脚上的疼痛却直钻心。他摸了一下受伤的脚,从脚面到脚踝处肿得很高,他试着起身动了动那只脚,一股钻心的疼痛传来。甄英俊说:"指导员你别动,现在还不知道骨头伤到没有。"

秦凯问:"我们现在处于什么地方?"

从甄英俊的回答得知,现在蓝军离他们最近,他们正在去蓝军指挥所的路上,因为不知秦凯的伤情如何,他们顾不上演习任务,准备先把秦凯交给蓝军再说,蓝军的指挥员正是团里的政委吴汉明。如果秦凯伤情严重,政委自然知道如何处置。

秦凯说不行。"这是演习,不是演戏,演习就是打仗,怎能自投罗网?"

甄英俊沉思了一会儿,突然说:"咱们不如好好演一场戏,指导员你当回道具行不行?"

甄英俊说了他的计划。秦凯想不到这时候甄英俊的思路如此清晰,第一次觉得自己太低估他的创造力。过后他心甘情愿充当了甄英俊所说的"道具",甄英俊等人扛着他,众人鬼哭狼嚎地闯进蓝军指挥所,称秦凯突围时跌落山涧壮烈牺牲。吴汉明听说演习死了人,还是他非常熟悉的秦凯,一时忘了自己蓝军指挥员的身份,出来奔向"挺尸"的秦凯,结果当场被甄英俊等人抓了俘虏。虽然秦凯等人的行动被斥为"胡闹",师里下来的导调组却宣布行动有效,并按规定终止了演习。

正是这次共同战斗的经历,让秦凯和甄英俊之间建立起超越一般战友的关系。演习结束后,秦凯因脚踝受伤住院时,与前来医院探视的甄英俊有过一次交流,得知甄英俊是大学生入伍,入伍的原因很简单,当时与报考的某所军校失之交臂,读大学时休学参军入伍,希望能在部队考上军校。连队连续两年参加重大演训任务,作为训练尖子的甄英俊因任务脱不了身,失去了报考军校的机会。现在他的年龄已经超过报考军校规定的年龄,唯一的机会就是保送入学。如今,作为全团最优秀的班长骨干,他已经拥有一个三等功,只需要再立一个三等功,就达到了保送入学条件。秦凯相信,凭甄英俊过硬的军政素质和文化水平,他完全有能力击败竞争对手,实现梦想。秦凯还相信,如果甄英俊真有一天成长为干部,他的能力肯定会超越自己,未来一定能带着他的兵或连队打胜仗。

秦凯过后向连长老茂了解情况,得知甄英俊所说不虚。这就是说,连队应该成全他。老茂却说:"甄英俊是个好兵,是个有本事的兵,只是可惜……"

秦凯问可惜啥。

老茂说:"他跟你我一样,都是普通老百姓的孩子,这种事你认为可能吗?"

秦凯问:"你的意思是……?"

老茂笑了笑,没再言语。

秦凯说:"咱们当连队领导的,得为他想办法,不能让老实人吃亏啊!"

老茂说:"这年头,老实人吃亏的事情多了,咱俩算啥?带头干活还行,别的啥都不是!"

"那也要试一试才知道。"

"试也可能白试。"

谁知这话真让老茂说着了,半路杀出一个贾明来。

3

说实话,秦凯有些讨厌贾明。

秦凯与贾明很熟悉。秦凯调去机关宣传股当教育干事时，贾明是宣传股的一名新闻报道员。两人共用一个办公室，两张办公桌紧挨着。贾明每天除了给隔壁宣传股长老谭的办公室打扫卫生外，还会将自己的办公桌擦得锃亮，而对近在咫尺的秦凯所用的办公桌却不闻不问。秦凯有时找他讨抹布擦自己的桌子，贾明也是爱理不理的样子。机关兵当久了，尤其与干事们一样各管一摊，时间一长，就会觉得自己也是干事，能和干部们平起平坐了。贾明给人的感觉就是这样，甚至比一般的干事要牛，这缘于他深受宣传股长老谭和时任政治处主任吴汉明喜欢。他每写一篇稿子，如果是豆腐块或者用来表扬团领导的，就在自己名字前面署上老谭的名字；如果是版面稍大一点或者他认为比较重要的用来宣传单位的稿子，就在前面署上吴汉明的名字。与秦凯经常加班写材料反而容易挨批不同，贾明经常得到吴汉明和老谭的表扬。受表扬次数多了，贾明就觉得他的能力要比经常挨训的秦凯强得多，自然不会把秦凯放在眼里。

从某方面来说，贾明具备很多优点。除了经常在报纸上发表文章外，他还有一对堪称具备特异功能的耳朵。每天从办公室门外经过的人很多，即使他背对着门，也能从细碎的脚步声中听出哪个是吴汉明的，在吴汉明还没走到办公室或站在走廊正准备叫谁的时候，及时出现在他面前，垂首询问主任有何指示。另外，他的勤快也是出了名的。比如每天上班时，吴汉明一进办公室刚坐下，贾明便会恰到好处地将一杯刚冲泡好的茶放到他桌上。每天下午体能训练时间，吴汉明换上运动鞋出去溜达一圈回来,总能看见自己的皮鞋已被擦得锃亮。最开始他还以为是公务班干的,后来有一次他提前回来,看到贾明蹲在那里擦鞋,不禁有些感动。这事没人交代他去干,他却主动干得那么投入,这哪是擦鞋?分明是在打磨一件艺术品。过后他甚至还与贾明探讨,怎样才能把鞋擦得干净发亮。贾明只说了两个字:用心。吴汉明感动之余,对贾明赞赏有加。在政治处的一次会议上,吴汉明还用贾明擦鞋的例子告诉干事们,干工作应该用什么样的态度,外在表现就是让领导和上级满意,而内在的东西呢,就是要用心,自己用了心,就问心无愧,就能把看似不起眼的工作干出艺术般的感觉来。

是的,贾明的优点还有很多。这些都是秦凯不具备的,也是他不感兴趣的。他对贾明有自己的看法,不过并没表现出来,因此与贾明在机关相处得倒也和谐。秦凯到二连任指导员后,有一天宣传股长老谭打电话说一块出去聚聚,秦凯借口连队有事推辞了。老谭过后到了连队,对秦凯说:"已经向营里给你请过假了,走走走!"然后就拉着秦凯出去了。

到了饭店才知道是贾明做东。即使有老谭在场,秦凯仍然被当成主角,贾明一会儿为他倒茶,一会为他夹菜,这种低眉顺眼的殷勤表现,让秦凯暗自纳闷。这种待遇,只有老谭以上的领导才能享受到,贾明到底在整哪一出呢?

饭吃到差不多时,老谭开始向饭局的主题上引。没有主题的饭局,就像桌上没主菜一样,吃起来总觉缺了点什么。老谭说:"我们宣传股最出人才,秦干事提前调职当了二连指导员,现在，小贾又在军区报纸上发了个头条，这可了不得呀，咱们宣传股好事不断，我为你们高兴，来，喝一个。"

贾明望着秦凯，突然插话说："股长更有好事，马上就到你们一营当教导员了，恭喜股长高升！"

秦凯吃了一惊，老谭要来他们营当教导员，团里一点风声也没露过。他望了望老谭，老谭笑着瞪了贾明一眼，装出责备的样子，却又掩盖不住心里的喜悦，笑着说："还没宣布，不能乱说。在座都是自己人，开玩笑可以，出去可不能再说了。"

贾明连连说是。老谭望了望贾明，又扭头对秦凯说："小贾准备下连队锻炼，我首先就想到你这儿，怎么样？你费点心好好培养培养，都是咱们宣传股的人，以后你不要跟他客气。"

贾明立即端着杯子凑了过来，对秦凯说："以后指导员说往东，我绝不往西，指导员指哪我打哪。"

贾明说完就把一大杯酒干了。

众人叫了一声好，都盯着秦凯。秦凯端起一杯啤酒，他酒量有限，真的不想喝，可这种时候不喝，显然驳的不光是贾明的面子。他痛苦万分地端起酒杯，表现得越痛苦，众人起哄越来劲，最后他终于像喝毒药那样将酒喝了下去。众人又叫了一声好，气氛变得皆大欢喜。

饭局结束后，秦凯扶着老谭往回走。秦凯问："股长，真要让他到我们营来？"老谭不知是没听见还是不想回答这个问题，突然压低声音对秦凯说："把小贾安排到你连里我放心，他是个人才，你好好培养培养，把他培养出来，你小子……你小子以后……以后的事你就别愁了……"

见秦凯好像没听懂,老谭猛地拍了拍他的肩膀,低声说:"小贾这个兵……太低调了,明明可以凭关系,偏偏要凭本事。像他这种有关系有才华又低调踏实肯干的兵,我在部队这么多年,见得不多,我把他给你,你好好培养……"

后来老谭还说了什么,秦凯记不住了。就这样,过后贾明被调到连队,并被任命为五班班长。自然,老谭也来营里当了教导员。

贾明倒真像他说的那样,秦凯指哪儿,他就打哪儿。他继续发扬着以往在吴汉明和老谭面前表现出的那些优点,他对秦凯和老茂的殷勤表现,明眼人一看,就知道他是在刻意逢迎。即使遭到别人讥讽,他也完全不在乎,相反,他觉得这是别人对他的嫉妒,领导满意就好了,别人爱说什么就说什么。

贾明越是这样表现,越让秦凯感到不自在。他不相信贾明有什么后台。即使真的有,那又如何呢?条令条例和若干规定都在那摆着呢,连队就该有连队的样子,只要他按规定办事,别人能拿他怎样呢?

秦凯始终无法改变自己对贾明的看法,那些看法随着最初的印象积累到现在,已经根深蒂固。不管贾明如何与他套近乎,他始终与贾明保持着一定距离。政委吴汉明当政治处主任的时候不是跟他说过吗?政工干部心里要有杆秤,维护公平正义的良心秤。有些事,拿那杆秤一衡量,自然就有了轻重。

在连队进行年终总结时,有一天贾明走进连部,对正在电脑前写材料的秦凯说:"指导员,这是我们老家的高山富硒茶,这个茶能抗辐射,我回家探亲时想到你经常用电脑,给你带了点,尝尝!"

贾明说完很自然地把茶放在桌上。一些兵探亲回连队后,会带一些土特产给连队领导和战友。收吧,有受贿嫌疑;不收吧,显得太不近人情,人家几百几千公里地带回来,一番好心遭生硬拒绝,自然会伤感情。秦凯一贯的做法是尝一下,点到为止。贾明带的茶叶是礼盒包装,看起来很高档,这就没法像往常一样抓点泡一杯了事。他突然想到贾明探亲已是两个月前的事,这时候才送两盒茶叶,什么意思呢?

贾明的样子,果然不像单纯来让他尝尝家乡特产的表情。他望了望门外,眼神躲躲闪闪,一副欲言又止的样子。秦凯说:"有啥事?说吧。"

贾明说:"连队马上要搞年终总结了,我是想……年初的时候,我在军区报上发过一个头版头条,按规定可以立三等功,指导员你帮帮忙……向上推荐一下……"

秦凯心里突然涌出一丝厌恶,他尽量用平缓的语气说:"这不是我一个人说了算的,咱们要按程序来,你这个情况,我们会充分考虑的,好吧?"

贾明连忙道谢,然后向门外走去。秦凯叫住他,指着茶叶说:"这个你拿回去。"刚才还一脸兴奋的贾明脸色瞬间有些僵。秦凯将茶叶递过去,拍了拍他的肩膀说:"我这段时间胃疼,喝不了茶,你拿去送别人吧,好好干。"

能明显感觉出贾明有些失落和不安,秦凯面带微笑地送他走出连部。他知道自己脸上的微笑是装出来的,但他不能让手下的兵看出他心里的厌恶。是的,从个人情感上来说,贾明的表现让他感到厌恶,这是否就是政委吴汉明所说的"掺杂了个人好恶和私人情感"呢?

4

秦凯已经想好政委吴汉明让他思考的那两个问题。他去找吴汉明汇报,去了几次,办公室里都有来访的人,不是汇报工作,就是正在等吴汉明签阅文件。每次他都等了很久,始终没找到可以进去插话的空当。连队还有很多事情,他不能一直在政委的办公室旁等着,只好决定再找机会。

有一天下班的时候,秦凯在连部门口看见吴汉明独自一人从机关办公楼出来,向家属院走去。秦凯赶紧追上去。吴汉明似乎把这件事忘了。秦凯说:"就是上一次你让我好好思考的那两个问题。"吴汉明皱着眉头说:"到底啥问题?你快说,我要回家换衣服,马上赶到军里开会。"

秦凯心里有一丝不安,现在不说,大概就没有机会说了。他咬了咬牙:"就是上次我给你汇报的连队评功评奖的事……"

吴汉明点了点头:"那个事团党委已经开会研究过了,通报马上就下!"

吴汉明说完,没等秦凯有所反应就急匆匆走了。秦凯的心里生出一股沮丧,低头朝连队走去时,迎面遇上正回家属院的营教导员老谭。自从在营里开完会摔门而去后,秦凯就没见过他,此时遇上有些尴尬,但想躲已经来不及了。秦凯硬着头皮叫了声教导员。老谭仍像往常一样笑眯眯地说:"吃饭了没有?走,到我家吃饭,让你嫂子包饺子。"

老谭显得自然而真诚,这让秦凯更加不好意思,他赶紧推辞,然后逃也似的回到连队。

团里的通报很快下来了,连里荣立三等功的是贾明。让秦凯感到吃惊的是,贾明立了三等功,并没表现出喜形于色的样子。有一天,他和连长老茂正在连部,贾明进来,又是敬礼又是鞠躬,感谢连队两位领导的栽培和帮助。这一幕刚好被进来汇报工作的甄英俊看见,甄英俊赶紧退出去,一会儿让副班长替自己拿着要报的表格过来了。

秦凯感到很别扭,对老茂说:"贾明这一感谢,别人还以为咱俩得了他的好处,有意偏向他呢,真跟吃了苍蝇一样难受。"

老茂说:"咱俩又没得他的好处,怕什么?再说,谁会傻到真给咱们好处啊?"

"这事让甄英俊怎么想呢?连队的其他兵又怎么想?"

秦凯顾虑重重。

"你是指导员,好好做做他的思想工作。"

秦凯瞪了老茂一眼,义正词严地说:"思想工作不是万能的,不要出了任何问题,都把责任推给思想工作。"

"我知道思想工作不是万能的,但没有思想工作万万不能。你知道甄英俊刚入伍的时候是个什么样的兵吗?说实话,就是我们经常说的'鸟兵',特别操蛋的那种兵。上任指导员老袁,用他的春风化雨育人法,把甄英俊改造成了优秀士兵。唉,老袁转业后,他这一套做思想工作的武功秘笈也快失传了。"

秦凯不服气地说:"老袁的春风化雨育人法我也研究过,它是建立在连队的整体氛围是公平公正的基础上的,现在这事让我怎么说?要顾全大局,要高风亮节,遇事不要斤斤计较?老兄,这涉及每个人的切身利益,这涉及是否公平公正啊!往小了说,它会影响连队士气;往大了说,它会影响连队整体建设,影响战斗力啊!这样搞,会出问题的……"

老茂实在听不下去了,赶紧起身关上门,回头说:"就你忧国忧民!有领导在,天塌不下来。"

"唯领导马首是瞻,亏你还是连长,一点原则不讲,一点血性没有!"

老茂愤怒地瞪着眼,指着秦凯。秦凯仰头毫不示弱地挺了挺胸膛。老茂的手放下了,接着说:"这样的事,当年我又不是没遇到过。第一年当连长,为了让一个表现特别好的老兵入党,我差点揍了以前的营领导,为这事我背了处分,这个连长也当了六年,每次调职晋级都没我的份,成了全团的老大难……"

老茂说到这里,眼圈一红。秦凯反而不知道说什么了。

"哪个连长、指导员不喜欢最优秀的兵?可我们能做什么呢?我们什么也做不了,有时连决定哪个战士探亲休假的权力都没有。现在看,那时的我就是愣头儿青……"

秦凯说:"我宁愿做那种愣头儿青,也比窝窝囊囊活着好。"

"兄弟,你还年轻,等你到我这年龄就会后悔的。"老茂重重地拍了一下秦凯的肩膀,接着说,"调不了副营,家属就随不了军,再调不了,就得转业滚蛋回老家。老家穷,工资低,转回去,老婆孩子都养不活啊!"

秦凯来连队一年多,并没跟老茂这样深入交流过,看到老茂经常一副不思上进疲疲沓沓的样子,还以为他本来如此,因而一直得不到提拔,哪知还有这番往事。

老茂接着说:"这件事,我们可能从头到尾都办错了。"

秦凯抬起头,不解地问:"按原则办事也错?"

老茂摇了摇头:"按原则办事没错,错的是没弄明白领导意图,尤其是你。"

秦凯更加不解。老茂点起一根烟,接着分析。

"你是机关下来的,之前政委对你很赏识,这个没错吧?"

秦凯点点头,苦笑道:"以前可能是这样,现在……不好说。"

"关键是贾明这个兵跟政委关系不错,跟教导员就更不用说。贾明来我们连,不管是他本人意愿还是领导意图,肯定是经过充分考虑的,目的就是能好好培养他,关键时候能起到照顾作用。现在就是这个关键时候,结果你不但没有仔细揣摩他们的意图,甚至唱起反调。我要是领导,对你能不失望吗?"

秦凯突然想起贾明下连时老谭跟他说的那些话,要如老茂分析的这般,自己肯定让领导失望了。只是他还不确定,贾明的系列操作,起主导作用的,是教导员老谭,还是政委吴汉明呢?

让秦凯没想到的是,贾明随后调到了一连。

秦凯暗自觉得高兴。这样的兵调走,连队就少了好多麻烦。老茂却叹了口气,说以后连队难了,不好干了。秦凯问为什么,老茂却不说。随后老茂去机关管理股上任,终于对秦凯说出了他的担忧:"贾明已经立了两个三等功,符合士兵保送入学条件,这时候调走,说明上边领导已经不信任连队,害怕关键时候连队又唱反调。这对连队以后的发展,包括连队主官的发展,都不是好事。"

秦凯不相信一个兵的走留会有这么严重的后果。他始终相信政委吴汉明曾经说过的那句话,任何时候心里都要有杆秤,有了这杆秤,任何时候做任何事,心里都是踏实的。

即使这样,秦凯心里还是有些不踏实。贾明调到一连后,团里推荐士兵保送入学的通知下来,一连顺理成章推荐贾明,贾明高高兴兴上军校走了。这一切正如老茂之前分析和判断的。领导是否真的对秦凯失望了呢?老谭见了他,还是笑呵呵一副弥勒佛的样子。政委吴汉明呢,每次见到,都是在团里的公开场合,私下再没接触过。以前吴汉明喜欢到各连队吃"碰饭",也就是在不打招呼的情况下,碰到哪个连队就到哪个连队吃饭,这样做能督促各连抓好伙食。秦凯刚到二连当指导员时,吴汉明来过几次,后来就再也没来过了。

一个不争的事实已摆在面前。秦凯终于意识到,他在领导心中已经失宠。实话说,他还是感到有些失落,甚至有一丝不安。

比让领导失望更糟的,是连队在此后的季度评比中,各项成绩几乎都在全团垫底。究其原因,以甄英俊为首的几个班长骨干总是在评比的关键时刻,不是犯病,就是以前训练落下的旧伤发作住进医院。没有班长骨干引领,整个连队死气沉沉,就像山体塌方一样,说塌就塌了。

这是秦凯最担心出现的事情,他预感到会有这种情况发生,只是没想到局面如此糟糕。

5

秦凯决定找甄英俊谈谈。虽然甄英俊不是连队最老的兵,但他的军事素质是最好的,在战士中的威信和影响,其他人也无法比。只要甄英俊能及时转变过来,其他骨干就好说了。

甄英俊却一直躲着秦凯。这种躲倒不是说躲着不见。秦凯明显感觉到,甄英俊是在躲避自己。不管集合站队还是平时训练,他的目光刚望向甄英俊的方向,甄英俊就把目光移开了。他根本不愿接触秦凯的眼神,也不会用眼神来回应和交流。另外,甄英俊面对他时,也不如以前那样热情,甚至会表现出小小的随意和放肆,现在越是恭敬和一本正经,那种微妙的隔阂感就表现得越突出。是得好好和他谈一谈了。

可是把甄英俊叫到连部,房间里只有秦凯和甄英俊两人时,那种交流就更困难。秦凯看似东拉西扯,不断变换着话题,其实是在找一个能打开甄英俊心扉的切入点。甄英俊却闷着,任秦凯磨破嘴皮,紧闭着嘴一声不吭,就像一块沉默的铁,杵在那里,问啥都不开腔,摆明了就是不想谈。不愿与秦凯有任何交流,不愿向秦凯敞开心扉,这说明什么?说明他根本不相信秦凯。

秦凯很恼火,可恼火也没办法。他是指导员,战士思想出了问题,他必须解决,这是他的职责。解决不好或解决不了,都是失职。不知从何时开始有了一种倾向,让基层带兵人"压力山大":不管什么人,不管什么诱因,一旦出了问题,首先追究的就是教育管理者的责任,一个"教育不到位,管理缺失"就足以让任何一个指导员下课了。

不愿谈也得想办法去和他谈,一旦甄英俊心里的结成了死结,就再也没法打开。到底该想个什么法子让他愿意敞开心扉呢?

秦凯很苦恼,想了很久,每回想出一个法子,以为管用,结果一试,甄英俊仍然如此。看来想从他身上寻找突破口很难,秦凯只能想别的办法。

秦凯决定从其他班长骨干身上着手。

二班长冯承光军事素质也不错,平时不管是训练还是其他评比方面,为争第一没少跟甄英俊较劲。但他是个暴脾气,遇事容易急,平时没少挨连队领导批评。秦凯思前想后,决定依照他的性子,故意激他一下。

这天晚点名时,秦凯讲评了连队存在的一些普遍问题,接着话锋一转,讲道:"有些同志平时不是喜欢争个第一第二吗?关键时候咋不争了?该你表现的时候咋不表现了?这时候当缩头乌龟,那不光证明平时是假积极,更是孬种没血性的表现……"

这话虽然没点名,自然会有人对号入座。秦凯边讲边拿目光往下扫,很多人都回避地低着头,只有冯承光不服地梗着脖子,胸膛起伏不平,扭头望着别处。这正是秦凯想要的,接着他说道:"我希望有这种倾向的同志好好想想,如果想不通,可以来找我,我帮你想。解散!"

响鼓不用重槌敲。像冯承光这样的兵,点到为止就好。当着全连人的面,真要把他说急了,他没准当场发飙,那样可能会把事情弄得更糟。秦凯宣布解散后,直接回了连部。以他对冯承光的了解,一会儿冯承光会推门进来,找他这个指导员说道说道。他需要的就是冯承光的这个主动,那样,他就能做到精准出击。

这一次秦凯却失算了。直到快熄灯,冯承光也没来找他。这不符合冯承光的性格。难道冯承光真的认厌了?还是压根就没把他的话当回事?

秦凯坐不住了。不过他还是装着若无其事的样子,在熄灯之前,到各班排走走看看。秦凯走到二班的时候,冯承光正训斥一个拖地没拖干净的新兵,见秦凯进来,他并没像其他兵一样立正并叫声指导员好,反而抬高了声音接着训斥。秦凯知道,那是冲他来的,他并没有介意,心里反倒一乐,看来这小子还没厌,还有救。接着他向跟他打招呼的兵摆了摆手,出了房间,见到一排长,轻声对他说:"熄灯后,让冯承光找我。"

过了十多分钟,冯承光才慢吞吞地来到连部,仍是一副梗着脖子不服气的样子。秦凯瞪了冯承光一眼,冯承光没说话,下巴挑衅地向上仰了仰,毫无畏惧地准备迎接一场暴风雨的来临。秦凯见他这样子,反倒笑了起来,接着说:"看来还有二两血气,还不完全是个尿包蛋!"

一听这话,冯承光就急了:"我尿包蛋?!我冯承光啥时候尿过?"

"你别急,我慢慢跟你讲。"

见冯承光正朝他预设的逻辑里走,秦凯心里一喜,接着说:"以前你不是一直喜欢争第一吗?现在甄英俊住院,没人和你争,你怎么也熄火了?季度评比,你们班成绩怎么样?你的成绩不比班里其他人强多少!"

冯承光突然就沉默了,眼睛望着别处,不过,下巴还是向上微微仰着。

"怎么不说话了?关键时候不敢冲锋陷阵,这就很难说有血性。据我的了解,这不是你的性格……"

"指导员,别说了……"

"怎么不说了?难道我说得不对?"

冯承光脸通红,突然提高了声音:

"指导员,本来我不想说的,既然你说起来,那我就和你掏掏心窝子,反正憋着也难受。"

"好,你说吧。"秦凯鼓励地点了点头。

"我就是觉得没劲。以前我和甄英俊争,表面上看着是不服气,但心里知道,他确实比我强。能让我服的兵不多,甄英俊算一个。像他这样的,拼死拼活干一年,连队最后给他什么了?

不要说我们势利,你们是干部,干好了能调职晋级,没准就能干上将军,我们呢？干得再好,也永远是一个兵。我们图的,是一种肯定、一种荣誉。这种东西你也知道,放在社会上可能已经没人当回事,可至少以后我们还能跟自己的孩子讲,爸爸当过兵,并且还是最优秀的兵。要是孩子问,怎么证明你是最优秀的兵呢？要是有那些荣誉,那些我们应该得到或者本来就该得到的荣誉,我们可以理直气壮地对孩子说,是的,当年我是最优秀的。可是现在,干得好与干得差结果差不多,干与不干也一样,那我还干个啥？舒舒服服等到退伍就好了。以上,就是我的想法,也许也是全连大多数人的想法。汇报完毕！"

轮到秦凯沉默了。即便他的专长是做战士的思想教育工作,善于"耍嘴皮子",此时却也无法说出个一二三来反驳冯承光。自己来到连队,努力营造争先创优赏罚分明的氛围,讲得最多的也是干与不干是不一样的,干得好与干得不好更不一样。现在呢？不是连队的战士没做到,而是连队或自己没有兑现承诺,再要去辩解或反驳,那自己和骗子还有何区别？可是,有些事真不是一个连队指导员能做主的,就像连长老茂以前说的那样,出了连队,连长、指导员的话什么都不算。

就这样无所作为吗？他心里有些不安。任由这样发展下去,所有的战士就会变成一堆沉默的铁,僵化的铁,时间久了,他们就会锈蚀,变成废屑。该如何熔化他们,把他们打造成一块能铸就锋利宝剑的好钢呢？

还得找甄英俊谈谈。因为他,连队已经出现了"羊群效应",必须想办法解开他的心结。

除了甄英俊和其他骨干,连队还有一个最老的兵叫老史。这样的兵,部队俗称"老炮"。一个"老炮"身上总有很多故事和传奇,这些故事和传奇既有他本人的,也有被他见证并经他之口流传下来的,这是连史的另一部分,可能也是最精彩最动人的部分。这样的兵,如果以往的经历够辉煌,他的威信在连队可能不亚于任何一个干部,他的话,在战士当中有时比干部的话管用。不过老史却不是这样的牛人,他是连队某型车载装备的老司机,最辉煌的经历不过就是驾车十五年,从无安全事故。就这么一个老实人,性格比较平和,新兵喊他一声老班长,他会报以憨厚的一笑,如果喊他老史或名字,他也不介意,平时除了专注开车和保养他的车辆以外,其他事从不掺和。

秦凯让老史帮帮忙,去医院给甄英俊陪床,顺便做做他的思想工作。老史一听直摇头:"这活儿我要是能干,我早就当领导了。"

见秦凯一副灰心的样子,老史接着说:"以前嘛,连队领导包括排长说话都算数,每个人干了哪些工作,平时表现怎么样,都门儿清。到年底,该立功的立功,该嘉奖的嘉奖,大家都服气。这些年,慢慢地,就不是那样了。别说排长,连你们连队领导说话也不算数了。不是说你们人品不好,而是你们说话不管用,你们还得听领导的……听领导的当然没错,可有些事,你听了领导的,自然会得罪底下战士;你要坚持原则,那就更没法干了,你们的前途命运都被捏着呢,不好干啊!我非常理解你们连队领导,所以,我当了一年代理排长,打死我也不干了,我真的干不了,我把我的车开好,不给连队添乱,这样挺好!"

秦凯突然耍起蛮横:"这是任务,你不去也行,隔两天,你就别想休假了。"

老史一惊:"这哪行呢?我老婆生孩子呢!"

6

老史去了医院,不过却灰溜溜地回来,拎着一包水果走进连部,对秦凯说:"我一去他就把我撵回来了。"

秦凯皱着眉头问:"他咋说的?"

"我去的时候琢磨,他住院,我去看望他,空着手咋行啊?就买了点水果。结果他一见我面就说:'你是连队派来的说客吧?我不跟你谈,你回去吧。'这小子可真行,一点面子也不给啊。"

秦凯说:"坏就坏在你买了水果。"

老史一脸蒙圈:"咋了?这水果上也没写你们的名字啊。"

秦凯有些哭笑不得:"大伙谁不知道你平时最抠门?一个烟屁股都要留着抽三天,你突然大手大脚买这么一大堆水果,傻子都能看出来不是花你自己的钱。对了,我问你,谁同意你私自做主买这些东西的?"

老史一听有些着急,赶紧从兜里掏出发票:"指导员,水果我一个没吃,这你得给我报了啊,这可是孩子的奶粉钱啊!"

老史虽然没做通甄英俊的思想工作,却带回两个信息:一是甄英俊的膝盖处有一个鸡蛋大的囊肿,马上要做手术;二是他情绪低落,可能是担心这个囊肿病变,也可能是别的原因导致心情不好,他准备做完手术回连队,干到年底就退伍。

秦凯决定去一趟医院,无论如何,他要试一试。不管是身体原因,还是别的原因,这么好的兵因此消沉,这是连队的损失,也是连队领导失职。不是说政工干部心里要有一杆秤吗?他是连队的指导员啊,眼睁睁地看着一块能铸就锋利宝剑的好钢就这样变成一块废铁,他的良心如何安稳?

甄英俊做手术的这一天,连队并没安排其他人去陪床,秦凯向新来的连长交代了工作,并向营里请了假,同样以看病住院的名义去了医院。

秦凯在医院待了三天就回来了。连长问怎么样,秦凯含混地说,应该没多大事,甄英俊身上的囊肿是良性的,过些天养好伤口就回来。

半个月后,甄英俊回来了。让人没想到的是,他身上的伤还没好利索,就开始参加训练。二班长冯承光有一回在水房拦住他悄悄问:"你去医院是吃错药了还是药吃多了?"

甄英俊没好气地说:"有屁好好放,别阴阳怪气的。"

"你伤还没好就这么积极,是不是指导员又给你灌了迷魂汤?你忘了去年,该给你立的功又黄了的事?"

甄英俊突然就急了:"用不着谁灌迷魂汤,干一天就好好干,起码我对得起这身军装,没你想的那么复杂。"

"我是为你叫屈,你还跟我唱高调,没劲!"

冯承光说完往外走,却被甄英俊拦住。

"是不是唱高调走着瞧。只要我在部队一天,我就要让人看看,我甄英俊是最优秀的,谁在我面前都不好使,包括你!"

"又来劲了是吧?我就不服,咱俩走着瞧!"

连队班排之间慢慢又恢复了以前那种你追我赶的场面,尤其是甄英俊和冯承光之间的较劲时时刻刻都在进行,在两人的带动下,连队又呈现出了虎虎生气。新连长有一回对秦凯说:"你说说,那次去医院,到底怎么说服甄英俊的?肯定没少忽悠他吧?"

秦凯听到"忽悠"两个字心头就毛了,他第一次没好脸色地对连长说:"怎么能说是忽悠呢?你忽悠战士,战士就敢忽悠你!"

连长讨了个没趣:"我这不是开玩笑吗!就是好奇你是怎么做通甄英俊的思想工作的。"

这件事情不光连长好奇,连队其他人都好奇。秦凯却不说,甄英俊也不愿提及,这事就成了他们两人之间的秘密。

甄英俊的表现让秦凯心里反倒有些愧疚,他不知道自己最后能给他什么。人是有情感的,一个人对你好,你自然应该对他好。一个人为连队贡献了自己的青春和汗水,连队自然也应该为他的成长和前途负责。连队最后能为他做些什么呢?作为指导员,经历过去年的事,现在他无法确定,这正是他忧心的事情,也让他良心上感到不安。这样的想法一旦产生,就挥之不去,有时他甚至觉得自己不适合当一个连队主官,因为他的行动容易被情感左右。

连队慢慢重新走上正轨,但没有达到秦凯期望的状态。如果把连队所有人都比作一块在炉子里等待出炉的钢铁,那他们远远没有达到充分燃烧,呈现火蓝的烈焰。让炉火越来越旺,这是任何一个铁匠炼出绝世好钢之前必须考虑的问题。

事情的改变,大概就是从那天午后开始的。

那天秦凯去机关办事,顺便去看已当管理股长的老茂,却没见到人。公务员说:"茂股长感冒了,在宿舍休息。"

老茂还没办完随军,住在单身宿舍,宿舍位于办公楼五楼。秦凯一口气爬上去,看到老茂正盖着被子躺在床上。桌子上椅子上搭着穿过的衣服,散发着难闻的味道。秦凯说:"你一个大股长,管着那么多公务员,也不找人收拾收拾。"

老茂探出头说:"那些公务员洗得一点也不干净,等我有空了自己搓,现在忙得上厕所的时间都没有。"

"啥事这么忙?"

"大事,天大的事……这事还保着密呢,不能跟你说。"

老茂嘿嘿一笑,说完蒙头大睡起来。

秦凯扭头往外走,走了两步又回头,找了只塑料袋,将老茂的衣服装起来拎回了连队。

两天后,老茂来到连队,对秦凯说:"谁让你把我衣服拿走的?害我想换衣服找不到。"

秦凯说:"你再邋遢也不能接着穿脏衣服吧?你不用谢,都洗好了。"

老茂抱起衣服往外走,嘴里说:"你对人那么热情干啥?我又不找你当对象。"

秦凯急忙追上去,抢过衣服扔在地上,气咻咻地说:"要不要我踩两脚,弄脏了再给你送回去?"

"那不用,反正我也不会谢你!"

老茂捡起衣服,笑嘻嘻地走到门边,回头看见秦凯好像还在生气的样子,便停下脚步,将拉开的门重新关上。

"现在有个情况,可以说是个天大的机会,关键时候不给你透露点消息,指点指点你,那就对不起咱俩的交情。"

老茂说得一本正经,压低了的声音里透着几分神秘。秦凯不知他葫芦里卖的什么药,便调侃地说:"请茂首长指示!"

老茂透露的消息确实是重磅消息:某首长专程视察偏远单位,第一站就是本团。

秦凯吃了一惊。那么大的首长来团里视察,是开天辟地头一遭。从建团到现在,来此视察的最大领导就是军长。其他更高级别的首长,即使走到离此三十公里的兄弟单位,也不曾踏足他们团。倒不是说这个团不重要,而是位置实在太偏。三十公里外的兄弟单位本来就算偏远单位,可它占了靠近省道的便宜。来此视察的首长,都是早出晚归,一早出发,从高速下来,穿过漫长的省道,到达兄弟单位时,可能已经是下午了,视察结束,再进山,时间就显得非常紧张。尤其是通往团里的那三十公里山路崎岖难行,加上山区的天气邪门得很,地无三日晴,十里不同天,进山的路年年都在修,但架不住山洪频发,刚修好的路,没准第二天就会被洪水冲毁。很多首长有心要来团里看看,一进山,看到那路,倒不是害怕颠簸,而是怕误了行程中的其他安排,不得不打了退堂鼓。

"一个月前听说有首长下来视察,不是说不到咱们这里来吗?"

秦凯不相信地盯着老茂,端起茶杯却忘了喝。

老茂的声音突然变得更低:"为了这事,政委专门到北京,跑了一星期,终于在首长的行程中加了我们团这一站。"

一个团政委能改变一个大首长的行程?这简直需要通天的本领!

见秦凯一脸蒙圈,老茂接着说:"这其实一点都不复杂。你还记得连队以前那个叫贾明的兵吗?"

秦凯点点头。

"我们都看走眼了……"老茂说了半句又打住。

秦凯见老茂神神秘秘的样子,满不在乎地说:"我知道他可能有点关系,只是不知道他到底有什么关系。"

秦凯还是有些不明白,这么大的事,说起来如此简单,这似乎超乎他的想象。不过他知道,如此高级别的首长来团里视察,对一个单位以及单位主官意味着什么。只要首长对视察的结果感到满意,单位的整体建设将会上升到一个前所未有的新台阶,单位主官的晋升自然不在话下。

"这里有一个机会,首长视察,重要的是要看连队,只要能让首长来看你这个连队,凭着这个光环,连队至少能连续保持五年先进,你是连队老指导员,成绩肯定主要算在你头上,于公于私,对连队和你,都是难得的机会……"

"连队现在的情况,你又不是不知道!尤其是……还有以前贾明那档子事……"秦凯的语气中有了一丝气馁。

"这就看你会不会想办法了。"

老茂说完走了出去。

7

是的,连队需要一场大的任务。就像战争年代那样,连队在遭遇挫败之后,急需一场大的胜利来振奋士气。

到底该想个什么办法,才能把迎接首长视察连队的任务争到手呢?几天来,秦凯为解决这个问题心急如焚。

不光是秦凯,全团所有连队主官都在动这个心思。不过有的连队也只是想想而已,真正有资格受领这次重大迎检任务的,也不外乎那几个先进连队。二连是老牌先进连队,曾创造过连续十年先进的纪录,不过去年演习差点全军覆没,先进连队的称号就丢了。如果能把这次迎检的任务抢到手,对二连来说,绝对是一次翻身的机会。

想了两天,秦凯也没想出好办法。看到其他连队主官接连往机关跑,秦凯再也坐不住了。要是让他们把这个任务抢到手,二连可能连喝汤的机会都没有。

秦凯去找老茂出主意,进了他的办公室就将门锁了,然后对正搞材料的老茂说:"如果你还认自己是二连出来的,就帮我出出主意,一定要把这个任务抢到手。没有大项任务牵引,以连队现在的样子,今年想重新拿先进,有点悬。"

老茂看到秦凯满嘴的泡,禁不住笑道:"着急上火有啥用?我不是早让你想办法了吗?"

"我要是能想出办法还能上火吗?老茂,你是管理股长,你肯定有办法。"

老茂抬起头:"办法只有一个——找啊,赶紧去找领导。"

"领导现在对我不冷不热的……我估计找了也是白找……"

秦凯接着说出了他心里的猜测和担忧。

老茂有些火了:"我这儿忙得火烧眉毛……你怎么跟娘们一样絮絮叨叨?关键时刻,你不去找,领导怎么知道你的想法?"

秦凯立即向门边走去。

老茂接着说:"前两天干啥去了?现在有多少连队去向领导要过任务表过决心了?你现在去倒真的是白找。"

秦凯的脸有些发烧,扭头说:"那就算了,吃不了肉,也喝不了汤,那就闻别人的味好了。"

老茂站了起来,生气地指着秦凯:"我现在真有点看不起你,平时耍嘴皮子行,关键时候缺乏行动能力,你这样带连队,连队能带好吗?争不了先进,也是活该!"

秦凯急了:"我是来找你想办法的,不是来听你训斥的。丢先进也是你当连长时丢的,丢脸也不只丢我一个!"

秦凯说完打开门,气冲冲地走了。

晚点名后,已经郁闷一整天的秦凯洗漱之后躺在床上发呆,老茂突然风风火火地闯了进来,掀开秦凯的被子对他说:"走,快跟我出去一趟!"

"马上就熄灯了,还出去干啥?"秦凯说完抢过被子。

"政委加班刚下楼,他习惯回家之前沿着操场走一圈,咱们现在就去他家里等,最多五分钟,把你的想法清清楚楚地说出来,态度一定要坚决。"

两人急匆匆朝家属楼走去。秦凯心里直打鼓,他从没去过领导家里,这样硬生生地去闯,人家能让你进门吗?即使进了门,又如何说呢?

老茂却给了他定心丸:"怎么说是你的事,我保证你能进门。"

老茂说完递过来一个大牛皮纸信封,封口已被钉上,秦凯摸了摸,猜不出里面装的是什么。

"什么东西?"

"反正是好东西!"

老茂的眼里闪过一丝狡黠。

秦凯突然停下脚步,眼里流露出一丝不安。

"这不会是去送礼吧?这种事我干不来。再说,要是传出去,咱们为了连队能抢到迎检的任务,削尖了脑袋去送礼,这是个多大的笑话!"

老茂有些生气地说:"你真是个榆木脑袋!别人送礼,是为了自己的前途；你送，是为了整个连队建设，说出去你也光荣！"

"那你承认是去送礼了？"秦凯将大牛皮纸信封递了过来。

老茂突然笑了："行了，我的大指导员，走吧，里面装的是连队以前的一些史料，政委是咱们连的老指导员，他对二连有感情，让我把连队历年的史料整理出来给他。我整理好了，你刚好送去。"

"他是交代你的，还是你去吧。"

"别磨叽了，我已经跟他说过，有些资料是连队保存的，到时连队整理好了会向他汇报。"

老茂说完向前走去，秦凯只好跟了上去。不知为什么，他心里总有些不踏实，也有些紧张，大半夜往领导家里跑，别人看见，自然不会产生好的联想。他四下瞅瞅，并没看到路人，于是加快脚步，像做贼一样，缩着脖子，跟在老茂身后朝家属楼走去。

老茂熟门熟路，很快就将秦凯带到政委吴汉明家门口，接着跑下楼。按时间推算，政委很快就会上楼，要是让领导知道这事是他老茂出的主意，恐怕不好。秦凯倍感无助地拿着大牛皮纸信封，一时有点进退两难，他紧张地将手举到门铃边，怎么也按不下去。要是领导家里人不让他进门怎么办呢？进了门，又该说些啥呢？

优柔寡断！老茂说得没错，自己平时讲道理一套一套的，关键时候就缺乏行动能力。秦凯觉得自己不是这块料，还种事从没干过，也干不好，还是算了。心里退堂鼓一打，他就想下楼。这时楼下传来脚步声，他本能地想躲，可无处可躲，这里是顶楼。

上来的要是政委,自己在他家门口徘徊,不知他会怎么想;要是上来的不是政委,而是别的领导,那就更尴尬了。事不宜迟,他立即按响了门铃。

门很快打开一半,他探头正要跨进去时,门后突然伸出一支枪,对准他的脑门说道:"不许动,举起手来!"

他吓了一跳,下意识地举起手,手里的牛皮纸袋掉在了地上。接着门后探出一个小脑袋,是一个五六岁的小男孩,举着一把塑料玩具枪,看见秦凯慌张的样子,他得意地哈哈大笑。

"你终于投降啦……我还以为是我爸呢,你是谁?"

秦凯正要回答,里屋出来一个中年妇女,见了秦凯问:"你找谁?"

秦凯捡起牛皮纸袋,有些手足无措:"是嫂子吧?我找政委,我给政委送份资料……"

中年妇女有些不悦地说:"工作的事你应该去办公室找他……他还没回来呢。"

"我刚跟我爸打电话了,他说马上就到家!"

中年妇女瞪了插嘴的小男孩子一眼。秦凯立即说:"嫂子,我去办公楼,听说政委已经回家,我以为他到家了呢。嫂子,最多两分钟,打扰你们休息了,对不起。"

中年妇女脸色缓了缓,说:"那你进屋坐会儿等他一下,进来吧,不用换鞋。"接着又无奈地叹口气道,"这又没打仗,你们的工作咋就那么多、那么急呢?"

秦凯没法回答这个问题,他也不止一次发牢骚过,抱怨过,也和别人探讨过,就是不知道为什么。他只能傻傻地笑了笑,拘谨地坐在客厅沙发上。小男孩坐在对面,仍然玩着塑料枪,向秦凯瞄准后说道:"不许动,举起手来!"

秦凯没动,礼貌地报以微笑,心里却有一丝懊恼。刚才居然被一个小屁孩用假枪吓到了,要真有人拿枪对着自己,自己是不是也会这么轻易投降?当了这么多年兵,说好的英雄气概呢?

政委吴汉明不久后进屋,见到秦凯,有些诧异,随即热情地招呼他坐下,又亲自给他递了一块西瓜,气氛比想象中要轻松。中年妇女这时端了一碗汤药出来,对吴汉明说:"快把药喝了。"

吴汉明说:"一会儿喝,我这谈正事呢。"

中年妇女一点也没跟他客气:"多大的正事也得先喝药,你中午就没回来喝,自己的身体什么样自己不清楚?"

吴汉明无奈地连说了几声好,咕咚咕咚地将一碗药喝了下去。秦凯有些不自在地说:"实在不好意思,不该打扰政委,要不我明天去办公室再向您汇报吧?"

吴汉明摆摆手说:"你说。"

秦凯立即讲了自己的来意,讲了二连的光荣历史,讲了全连官兵对迎接这次任务的期盼以及坚决完成任务的决心,也如实地讲了希望连队在完成如此重大光荣的任务后能在整体建设方面上到一个新台阶。他讲的同时眼睛一直盯着政委,心里打算只要发现改委有一丝不耐烦,他就立即闭嘴。还好吴汉明一直在认真地听,不时点点头,这让秦凯找到了一丝自信,一点不磕巴地将想表达的意思说了出来。

吴汉明听他说完,点点头说:"好,连队上下见任务就争、见红旗就扛的劲头还在,这我就放心了。有这个精气神在,你们二连就不会垮。连队最后能不能争取到任务,团里会进行充分研究,好吧,你别光顾说,吃点水果。"

秦凯这才发现自己手里捧着的西瓜还没吃,话已经说完,政委让他吃水果,那就是端茶送客的意思了。秦凯立即起身,对吴汉明说:"不好意思,打扰政委休息了,我先回连队了……"

吴汉明也起身:"好,回去把连队照看好,不管能不能争取到任务,现在都不能有任何问题。"

秦凯接连说了几声"是",目光落在茶几上的牛皮纸信封上,对吴汉明说:"政委,那是我们连队的资料,我刚好带过来了。"

秦凯打开门,在吴汉明扭头看牛皮纸信封的时候,他立即走了出去。

第二天下午,团里召集各营连主官开迎检动员部署会。听到由二连承担迎接首长视察的任务的决定时,秦凯有些不敢相信,扭头望见老茂向他扮了一个鬼脸。

8

二连的迎检方案在团领导的修改和把关定调之下,立即全面展开。在这个关键时刻,秦凯没想到,担当迎检军事表演重任的甄英俊却完全不在状态。团长和政委吴汉明等团领导第一次观看他们训练时,作为迎检的尖刀班班长,甄英俊就从障碍训练场上掉了下来。

领导的脸都变绿了。吴汉明当场对秦凯撂下话:"再给你们一次机会,行,你们就干,不行趁早换别的连队!"

是的,甄英俊从医院回来后,虽然也能积极参加连队的各项工作和训练,但一直没有以前那种敢打硬冲的状态。他的眼神中不时流露出一种疲沓,又有一种活明白了一样的精明和混沌,就像通常见到的那种老兵油子:说他不行吧,各方面表现还过得去;说他行吧,他表现得又不是太积极。

得和他谈谈了,谈就得谈透。很多人都好奇,秦凯去医院到底和甄英俊谈了什么,以至于他并没长期泡病号,而是及时回到连队。其实秦凯什么也没跟他谈,甄英俊刚做完手术的前两天,从麻药的昏迷中醒来,加上又不能立即进食,所以人显得特别虚弱,那种情况自然不适合谈话,何况要谈的话题并不轻松。秦凯恪守了一个陪护人员的职责,包括为甄英俊接屎接尿这种活都干得充满了真诚。同屋其他住院的战士不相信一个指导员能为战士干这样的脏活累活,都说甄英俊摊上了好指导员。第三天,秦凯扶着甄英俊下地活动的时候,一直没和他说过话的甄英俊说:"指导员你回去吧。"

秦凯说:"你还没完全好呢,我不能走。"

甄英俊说:"指导员,我知道你来的目的。你是个好人,你放心,等我伤口好了就回连队,只要我在部队一天,就一定会尽自己的本分,绝不给你添麻烦。"

秦凯见甄英俊说得非常真诚,便轻轻地拍了拍他的肩膀说:

"好,我等你回连队,我相信你仍然是我认识的那个最优秀的兵。"

原来他思想上的疙瘩并没完全解开。思想政治工作一再强调要深入,要细致,自己还是马虎大意了,要是之前和甄英俊有过深入交流,他也不会在关键时刻出现意外了。

从训练场回到连队,秦凯正准备去找甄英俊,甄英俊却拿着一本厚厚的政治理论应知应会题主动找上门了。

甄英俊满脸疲惫,打着哈欠说:"指导员,光搞军事技能我还凑合;既要搞军事技能表演,又要背那些政治理论题,我不行,你还是换人吧。"

"为啥不行?这不是你的作风,你从来没说过不行的!"

"这一千道政治理论题我根本背不下来,昨晚背了一晚上,一道题没记住。这事我干不了,真的,打死我也干不了。"

秦凯知道,这确实有些难为甄英俊。但这是团领导研究迎检方案时想出并报上级批准的一个点子,即团里的训练尖子不光军事技能一流,而且学习政治理论积极,对最新时事政治和理论热点的掌握能达到"不怕问、问不倒"的程度,这样就会给来人留下深刻印象。

秦凯说:"这是任务,干也得干,不干也得干,没有讨价还价的余地。"

甄英俊叹了口气说:"指导员,我现在一点状态都没有,干啥都觉得没意思,干啥都提不起精神,真的!吃饭没劲,睡觉没劲,干工作也没劲,就连活着喘气也觉得没劲。我去看了几次医生,啥检查都做了,却没检查出毛病,可我就是觉得没劲……"

秦凯吃了一惊,他看出来甄英俊不是在调侃,而是很认真很诚恳地和他交流。如果真是这样,那甄英俊面临的就不是思想问题,而是心理问题。这是抑郁症的表现,他太熟悉这种感觉,他曾经被抑郁症困扰过。那是他军校毕业那一年,父亲生重病住院却无钱治疗,恋爱几年的女朋友也因他没能留在读书的城市而分手,当排长时一个战士不请假外出出了车祸让他背上一个处分。一连串的打击让他变得孤独和沉默,对什么都不感兴趣,干什么事都提不起精神。读军校时他看过很多这方面的书籍,知道这是抑郁症的前兆,一些外军还设有专门的心理辅导和精神康复训练。他有意识地逼迫自己摆脱那种困境,每天和战士们泡在一起,主动和他们说话,始终让自己处于某种兴奋状态,最终他战胜了自己。

如何让甄英俊在极短时间内走出那种困境呢?甚至需要在谈话之后马上就要起到立竿见影的效果。秦凯心里告诉自己不能急,一句话说不好,可能就谈崩了。可不急不行,甄英俊就在眼前,他是主动前来谈的,这证明他心里已经感受到那种痛苦和困境。这本来属于心理康复和精神引导的范畴,现在必须靠他用思想教育的方式来完成。

秦凯说:"我理解你现在的状况,有一段时间我和你的情况一样,甚至比你更严重。"

秦凯讲了他的故事。在讲到他曾经的那些痛苦和困惑时,甄英俊感同身受地点着头。秦凯知道,甄英俊还有救,接着他话锋一转,说:"我知道你痛苦和抑郁的是什么。一方面,你渴望用优异表现来获得荣誉,获得别人对你的认可,证明你的价值;另一方面,现实的一些情况让你感到,无论你多么努力,无论你表现得多优秀,都不能得到你渴望得到的东西。于是你故意麻醉自己,对自己曾经追求和渴望的东西装出无所谓的态度。一旦失去目标或理想的牵引,你就再也没有继续前行的动力,甚至你还开始怀疑,以前的那些付出是否值得?是否还有意义和价值?越是这样想,你就越觉得没劲,然后对一切都失去了兴趣。"

甄英俊脸一红,惭愧地低下头。秦凯的话似乎戳中了他心里的某个痛点,他慌张地摇了摇头,说:"不,指导员,不是这样的……我真的不想干了,我想安安稳稳待到年底退伍算了……"

"不!不是这样的,你心里最真实的想法根本不是这样!"

秦凯的眼里射出亮光,几乎是咄咄逼人地紧盯着甄英俊。他没让甄英俊有所反驳,接着说:"你的成长经历我了解过,入伍时,你几乎是个人见人讨厌的兵,以前老指导员袁东来为你操碎了心,他的努力没有白费,最终让你变成一个优秀士兵。你否定自己的过去,也否定了别人曾经为你做出的努力,你现在的样子,肯定不是当初你渴望成为的样子。"

"不,我已经看透了,像我们这种平头老百姓的孩子,就不该有什么想法,也不该有什么理想,你越是努力,最后越容易成为笑柄。算了,指导员,你是个好人,我保证年底退伍之前,一定不给你添乱惹麻烦,其他事就算了吧。"

甄英俊说完就准备走。秦凯突然拍了一下桌子,他气得脸通红,指着扭头正感意外地望着他的甄英俊骂道:"我还以为你是个有情有义的人,原来良心也被狗吃了,早知道这样,去年也用不着为你立功的事去和领导叫板!现在,我跟你把话挑明了说,这次费尽心思争取到这个任务,一方面是为了连队,另一方面也是争取给你一个露脸的机会。在那么大的首长面前唱主角,多少人想都不敢想,放到全军,有几个战士能有这个机会?既然你也不愿意干,那就不勉强!出去,我不想看到你这种厌人,也不想看到你这种没良心的兵!"

甄英俊久久地盯着秦凯,然后说:"我不是厌人!更不是没有良心的人!"

"是不是嘴上说没用,有本事训练场上证明给我看!"

甄英俊随后的表现,即使用政委吴汉明那挑剔的眼光来衡量,全团也无人可以替代。一切准备就绪,而首长视察那一天也终于来临。

那必将是载入 A 团史册并被后人不断谈论的一天。一大早,团长带人挺进三十公里外的路口迎接,并派人十步一岗在沿线戒备巡逻,主要防止山上滚石及天气生变后道路塌方等意外情况发生。政委吴汉明是这次迎接的总指挥,坐镇团部指挥,对整个迎检流程进行最后的巡查。那一天天遂人愿,天气出奇地好。上午九点,首长的车队终于驶进 A 团破旧不堪的大门。没有红地毯,没有醒目的标语和彩旗,办公楼前,由彩色小石头拼成的"热烈欢迎首长莅临视察"的字样引起首长的注意。当得知这些石头是战士们从巡逻路上捡回来拼成的时,刚从车里下来略显疲惫的首长为之精神一振,他饶有兴趣地拿起一块石头观察了几秒,然后交给身边的工作人员,称回去要放在办公桌上,这小小的石头,不光会让他想到山沟里官兵的艰苦,还能看到基层官兵的坚韧和忠诚。首长这个举动,让在场所有人都很感动。听了吴汉明的简要汇报后,接着按迎检流程安排,到各连队转一转,看一看。

整个营院镶嵌在一条道狭长的大山沟里,即使在春天,光脊的山石上也很难看到成片的绿色。一些零星的被官兵们称为钢铁树的青岗树顽强地扎根于悬崖绝壁的石缝中,如同生活在这里的官兵一样,于荒凉中展示着生命的坚韧和倔强。

首长一边走,一边不停地点着头。他看到的营房还是二十世纪六七十年代用石头垒成的,墙上还有那个年代的标语,这让他感到非常亲切,也勾起他的美好记忆。他一边走一边说他刚当兵时营房就是这样,又讲了这种营房的方便与不便之处,还有一些趣闻。看到首长很开心,吴汉明消瘦苍白的脸上隐隐有了笑意。当初研究迎检方案时,团里其他领导包括上级都要求对整个营院进行装修,要用焕然一新的面貌迎接首长视察。吴汉明力排众议,称首长们早就看惯高楼大厦华堂美宅,来这里得让他看原汁原味的东西,要求尽量保持原貌,最多按修旧如旧的原则对破损严重的营房进行维修。吴汉明的坚持此时取得意想不到的效果。首长当即表示,即使以后有资金修建新营房,这样的老营房也要尽量保留一些,这是历史的见证,以后的官兵看了就明白,那个年代我们这支部队是如何艰苦奋斗自力更生走过来的。

所有人都点头称是。接着,吴汉明引导首长朝前方的训练场走去。那里,负责军事表演的甄英俊等人,已等候多时。

9

甄英俊瞄着前方的主席台,根本看不清上面到底坐了谁,也看不清谁是首长。他全神贯注地盯着主席台前那面旗子,那是指导员秦凯举起的信号旗。前面,冯承光等人已经跑完四百米越野障碍,优异表现赢得来自主席台的掌声。现在,他将进行压轴表演,进行特种障碍示范演练。这是团里为优秀侦察兵从特种部队引进的特种障碍,以贴近实战的高难度和残酷著称。尤其是一些障碍因地制宜建在悬崖绝壁间,更让一些未经严格训练的人望而却步。

甄英俊看到秦凯面向主席台跑了几步,报告完毕后又跑了回来。他根本听不见指导员的声音,只好全神贯注地盯着那面旗子,那是进攻的信号。接着他看见那面旗子有力地向前一挥,他嘴里喊了一声,身体冲了出去。

这是一场冲锋,他心里却渴望这是一次真正的战斗。如果这是一场战斗,他会用子弹去消灭迎面而来的敌人。可惜这只是一场冲锋,表演式的冲锋。他只能把自己想象成一颗子弹,一颗由别人扣动扳机后发射出的子弹,像遭遇一场真正的战斗那样,勇猛向前,跨越滚梯,飞越壕沟,穿过火障,攀登悬崖……一切障碍在他面前如同平地,最后他站在那道天堑前——一道十米宽的悬崖,中间只有一块二十厘米宽的钢板相连,他必须通过狭窄的钢板冲到另一端,然后利用绳索滑降至地面。悬崖下方装有一张巨大的网兜,以防有人失足掉下去摔得粉身碎骨,但令人目眩的高度和谷底犬牙交错的山石足以让人胆战心惊。

一个兵早就等在那里,在甄英俊背上系上安全绳,这是双保险,即使他掉下,即使下方的网兜没能兜住,那根安全绳也能在关键时刻救他的命。甄英俊的脚朝狭窄的钢板踩了上去,这时他只要稳住心神,平衡好身体,像踩钢丝的杂技演员那样,慢慢通过这最难最惊险的一关,他的整个表演就大功告成。这时他却突然停了下来,面向主席台方向举了举手。

主席台上的人拿着望远镜观察着甄英俊的一举一动,此时所有人都不明白他停下来要干什么。接着人群发出一阵惊讶的声音,他们看见甄英俊解下了背后的安全绳,并抛给身后那个目瞪口呆的兵,然后挑衅般地挥了挥拳头,向独木桥走去。

吴汉明的心提到了嗓子眼。甄英俊到底在搞什么鬼?这不是预先设定的内容,他害怕这个兵会搞出什么出格的举动,要是出点纰漏和意外,在这么大的首长面前,那就是惊天动地的大事,团里为争取首长前来视察以及为之付出的一切努力都将付之东流。他想立即喝止,扭头却看见首长举着望远镜看得入神。他赶紧拿起望远镜,心里希望甄英俊千万要成功。

天堑上,甄英俊望着那道钢板做成的独木桥,脸上露出一丝轻蔑的微笑。先前他踏上钢板正要快速通过时,突然听到了一丝嘲讽的笑声,那冰冷的声音就像钢板发出来的,接着他听见那个声音恶毒地说,打仗的时候,敌人就在对面朝你开枪,你有机会绑上安全绳吗?即使你绑上安全绳,你这样慢吞吞地过,演戏一样扭捏作态,上了战场只能成为别人的活靶子!胆小鬼,你根本不配称作最优秀的士兵!

甄英俊被激怒了,就像被点着火一样瞬间燃烧起来。他解下安全绳,他要用事实证明他不是胆小鬼,也不是在演戏,他是一个随时可以上战场并取得胜利的士兵。他站在独木桥边,深深吸了一口气,接着就奔跑起来。是的,千真万确是在奔跑,所有人都看见了,奔跑中他的脚落在狭窄的钢板上,就像用力踩在钢的琴键上,每一步都扣人心弦。他在最后一步时还做出了一个漂亮的战术动作,一个前扑翻滚,接着起身,抓住一根备好的绳子,身体像鸟一样滑翔而下,安全落地后朝主席台方向敬了一个飞扬的军礼。

主席台上一时没有反应。首长和各级领导们放下望远镜,长长地舒了一口气。吴汉明扭头紧张地望着首长。首长慢慢摘下白手套,率先鼓起掌,扭头对一旁陪同的几位将军说:"这个兵不错,有真本事!"

吴汉明长出了一口气,接下来该首长接见参演官兵了。

在众人簇拥下,首长与参演官兵一一握手。走到甄英俊面前时,吴汉明还没介绍,首长就说:"你是最后一个表演的那个兵吧?你叫什么?"

看来甄英俊的表现已给首长留下深刻印象,这无疑是一个意想不到的亮点。甄英俊立正答道:"报告首长,我叫甄英俊。"

吴汉明立即见缝插针向首长报告:"首长,他不光是我们团的训练尖子,还是理论学习积极分子,战士们都叫他'问不倒'。"

"是吗——"首长拉长了声音,重新打量着甄英俊,接着提了一个问题。

甄英俊不假思索,立即回答。其他几位陪同首长视察的领导也提了几个问题,甄英俊就像自动答题器一样,回答得准确无误。首长脸上露出开心的笑容,再次握着甄英俊的手说:"很难得,要继续努力!"

团里的新闻干事挤了进来,用他的相机拍下了 A 团历史性时刻的一个生动细节,也为甄英俊等人留下一张倍感荣耀又刻骨铭心的相片。

迎接首长视察的工作取得圆满成功,全团认真学习了首长视察后的讲话,其中首长谈了三点感受:一是没想到已经进入新世纪的今天,我们有一些偏远单位的条件尤其是硬件设施还如此艰苦,基本上还停留在二十世纪六七十年代,下一步,各级要认真搞好帮扶、帮建;二是全团官兵政治觉悟高,在艰苦的环境中始终保持了良好的精神状态,要大力发扬以苦为乐的优良传统,继续奋发有为;三是要广泛开展群众性练兵热潮,一个单位不能只有一个两个训练尖子,要抓好典型宣传,搞好示范引领,争取出一大批,推动部队建设上到一个新台阶。

过后，秦凯专门去了一趟吴汉明的办公室。这次能圆满完成任务，他首先要谢谢团领导对连队的信任，也表达个人对改委的谢意。不过，吴汉明的身体状态很糟糕，脸色苍白，说话时不停地捂着胃部，很痛苦的样子，看来他的胃病又发作了。秦凯说完几句感谢的话就准备离开，吴汉明却将他叫住，递过来一个牛皮纸信封，说："这个东西你还是拿回去吧。"

秦凯看到牛皮纸信封上写着"二连连史资料"，突然想起首长视察前，为争取任务，老茂带他去政委吴汉明家里的那个夜晚，拿的正是此物。秦凯见信封已经打开，以为政委看完之后不再需要，等他回到连队，却发现信封里装的并不是连史资料，而是一幅当红著名书法家的作品。

这到底什么情况？不会是政委搞错了吧？

秦凯急忙去机关，准备将信封里的书法作品再次交给吴汉明。不过吴汉明的办公室前排了很多人。有人悄声说政委身体不好，要去医院住院，大家听说后都是前来办理急需要的签字和批示文件的。

秦凯只好去了管理股老茂办公室，希望老茂能悄悄将这个信封放进政委的办公室。老茂从信封里抽出那幅字看了一眼，然后说："这是我当初放里边的，政委给你退回来，还有再送去的必要吗？"

秦凯吃惊地望着老茂，脸一红，说："你这不是明着行贿吗？"

老茂笑了笑说："这又不是钱，哪有那么严重！"

"这个书法家的作品明确标价按字数收费的,这跟送现金有什么区别?"

老茂起身关上门,低声说:"你以为我是大款?我老婆孩子都快养不活了,还舍得花那么多钱去为你送礼?"

见秦凯仍然一副气呼呼的样子,老茂接着说:"我听说,现在送字画的,大部分都是高仿,可能也就花了五百块,不是专家谁也看不出来。因为不是价值连城的东西,收礼的人不会着急去找专家鉴定。只要他收了,把事办了,即使过后看出来是假的也没事,到时可以拍着胸脯说,我当时买的就是真的,现在东西在你手里,谁知道它是真是假?另外,送的人那么多,领导能记住哪件东西是哪个人送的?"

秦凯吃惊地瞪着老茂,指着那幅字说:"这更可恶!你不会就是这样干的吧?"

老茂眼里闪出狡黠的光,接着说:"我是那样的人吗?这东西是一个朋友送我的,我也不知道它的真假。不过这世界上好多事,没必要弄清是真是假。"

秦凯望着老茂,突然感觉他的面孔非常陌生。"我要早知道,绝不同意你这么干。"

老茂轻蔑地笑道:"不这么干你能争取到那个任务吗?"

"人家最终不也没收吗?不是退回来了吗?"

"那他当时为什么不拒绝?难道他发现了这东西不对?顺水推舟给你退回来,还落个人情和好名声。"

"你这是以小人之心度君子之腹!"

老茂突然冷冷地笑了："这个世上哪里还有什么君子？你现在沾光得了好处反倒说我的不是,你不讲良心可以,我得讲。我为的不是你,我为的是二连,我在二连待了那么多年,不想看到连队毁在你手里。再见,秦君子,以后你当你的君子,我当我的小人,咱们两不相欠！"

秦凯什么也没说,气冲冲地走了。

10

首长视察之后的红利逐渐显现,好消息接连传来：上级准备拨出专项资金,协调地方政府重修省道连接 A 团的公路,解决 A 团交通上的老大难问题；从总部到下面各级,已筹出资金,拟对 A 团的营院设施进行升级改造,改善官兵的生活条件；A 团党委上报的"扎根山沟苦为乐,坚定信念铸精兵"的经验材料由总部向全军转发,产生了较大反响。

二连也在首长视察后收获巨大,由集团军司令部和师政治部进行对口帮扶,成为集团军军事训练重点建设试点连队和全师政治理论学习示范连队,分别为连队建起体能训练室和理论学习室,成为连队建设的特点和亮点。连队随后被集团军和军区表彰为基层全面建设先进连队,秦凯也被集团军评为基层优秀政治指导员。

除了这些好消息,还有一个让 A 团官兵感到悲伤的消息,那就是身患胃癌的政委吴汉明因癌细胞扩散医治无效离世。

秦凯在吴汉明住院之初去探视过一回。他实在无法把眼前那个骨瘦如柴的人与印象中的政委画上等号,不过吴汉明却显得非常乐观,他毫不忌讳地谈起医生给他宣判的时间,他说每坚持一天,就感觉是一种胜利。最后他告诉秦凯,有些事情就是这样,最开始毫不起眼,就像这个胃病,因为常年熬夜,加班,写材料,喝茶,还有那些躲不开的酒,有时又顾不上吃早饭,就这样,胃就不行了,先是溃疡,有点痛,吃点药又不痛了,你以为它好了,其实它只是在自我适应,适应后你就不感到痛了,过后你又感到痛,又吃了点药,不痛了,你以为病好了,结果溃疡慢慢长成瘤子,癌细胞就在瘤子里生长,最后变成毒瘤,时间一长就没救了。还好,当政委期间做成了一件事,这是我们团一直想做都没做成的事,能看到我们团有现在的局面,死了也没啥遗憾。

秦凯脑子里一直有个固执的想法,就是想弄明白,政委到底知不知道那个牛皮纸信封里的书法作品是假的。不管如何,他心里都有一种愧意,他从来不曾有过糊弄领导和上级的想法,扪心自问,他从未失去过基本的正直,也愿意相信吴汉明还保持着他的初心,就像他曾经说的那样,他的心里是有一杆秤的。这件事吴汉明没提,秦凯也没勇气问,这成了他心头无法言说也永远无法破解的谜团。

好了,现在还是来说说甄英俊吧。经历首长视察之后,甄英俊完全没想到,他的人生会迎来让他应接不暇的种种变化。他先是被点名批评,不该在迎检的重大任务中自作主张去掉安全绳,这是不严格执行规定和纪律的错误表现,并在全团军人大会上做了深刻检讨。接着他又被层层推荐,被各级评为优秀士兵标兵、理论学习先进个人,一时成为远近闻名的先进典型。自然,他一直渴望建功立业的梦想也得以实现,年底荣立三等功。他已经拥有两个三等功,不出意外,他将获得团里保送入学的资格,就像他曾经羡慕和有些不服气的贾明那样,最终成长为一名军官,这可能是大多数优秀士兵最成功的逆袭和华丽的转身。

随后,史无前例的军改拉开序幕。全军推进实施政治生态重塑、组织形态重塑、力量体系重塑、作风形象重塑,光荣的人民军队重整行装再出发。

A 团在此轮军改中被整体裁撤,部分优秀骨干被补充分流到其他部队。

秦凯没有想到,就在部队裁撤,上级来 A 团审计时,查出老茂虚报账目,数额不大,事后老茂又如数上交,最后受到降职处分,并做转业处理。

老茂走的时候秦凯去送他,老茂禁不住哽咽:"以前我们看不惯那种世道,不适应那种环境,并与它作对,结果头破血流!后来学乖巧了,适应了,并努力去钻营,结果……"

秦凯心里也是一阵唏嘘。他突然想起政委吴汉明曾说过的那句话:"任何时候,我们心里都应该有一杆秤,维护公平正义的良心秤。"他不知道吴汉明是否做到了,他也不知道自己是否做到了,但这句话他从来不曾忘记,也不敢忘记。

还有一件事情秦凯没有想到,已经保送入学两年的贾明被退回原部队,并按义务兵复员。不过秦凯没有看到贾明,他也没向任何人告别。

……

三年后,陆军新编合成某旅士官甄英俊趴在大漠深处演训场的一个阵地上,静等朝阳升起。黑暗已经过去,新的一天已经来临,一场实战化演习就要打响。当信号弹响起时,蛰伏许久的甄英俊冲了出去。看到地平线上那轮璀璨夺目的朝阳,他感觉自己瞬间燃烧了起来,就像一颗出膛的子弹,一生只为一次奔跑,奋不顾身,呼啸向前,向前……